七尾与史

Yoshi Nanao

ドS《エス》刑事

風が吹けば桶屋が儲かる殺人事件

幻冬舎

ドS《エス》刑事

風が吹けば桶屋が儲かる殺人事件

黒井マヤ登場

新浜松駅に向かう遠州鉄道は平日の午前中のわりにそこそこ混雑していた。座席はほぼ埋まり、それと同じくらいの数の乗客が通路に立って吊り革や手すりに摑《つか》まっている。

片山則夫は歯科医院のカルテと診療報酬明細書を作成するためのソフトを開発・販売する会社に勤めている。浜松営業所は本社と違ってスタッフも少ないので、社員一人一人がプログラマーも営業もこなす。

腕時計を見る。今朝は目覚まし時計をかけ忘れたので自宅を出るのがいつもより十五分も遅れてしまった。それでも出社時間にはギリギリ間に合うだろう。

片山は向かいの席に視線を向けた。先ほどから何度かそんなことをくり返している。パンツスーツの若い女性が座っているのだ。二十代半ばといったところか。肩に落とした艶《つや》やかな黒髪が印象的だ。肌は対照的に色白で目鼻立ちもそれなりに整っている。好みのタイプだ。

彼女は向かい側の荷物置きの上、つまり片山の真上の天井を見上げている。その方向へそっと視線を移すと車内広告が並んでいた。

彼女はそのうちの一枚を真剣な目で見つめている。浜松市が発行している観光広告だ。「三《み》ケ日《かび》みかんの丘公園」とある。みかんの木が並ぶ公園とそこから眺望できる浜名湖の写真が数枚掲載されていた。

彼女は口を半分開きながら張り詰めたような表情で広告を眺めていた。あの公園に何かあるのだろうか。何の変哲もない、ただの公園だ。しかし彼女は大きく目を見開いて口に手を当てている。その仕草がとても可愛らしい。

つい見惚《みと》れていると目が合ってしまった。まずい。慌てて視線を逸《そ》らす。しばらく時間をおいてから何気ない風を装って女を見た。

彼女の視線は、今度は片山の隣に座る親子に向いていた。三十代前半くらいに見える若い父親が膝《ひざ》の上に小さな男の子を乗せている。

「ねえ、パパ。ママはお星様になっちゃったのかな？」

子供が顔を上げてつぶらな瞳を父親に向けて尋ねた。

「うん。ママはお星様になってずうっとパパとマー君のことを見守ってくれているからね」

父親は優しい声で答えて男の子の髪の毛をそっと撫《な》でた。

「ママは、僕がいい子にしてなかったからお空に行っちゃったの？」

男の子は心配そうな顔をして父親を見つめる。

「そんなことはない。マー君はまだちっちゃいから分からないと思うけど、白血病という病気になっちゃったんだ。本当はママもずっとずっとマー君と一緒にいたかったんだよ」

父親の声がわずかにふるえる。

「じゃあ、僕がお星様になるよ。そしたらママに会えるよね？　どうしたらお星様になれるの？　ねえ、パパ」

「マー君がお星様になれるのは、マー君がもっともっと大きくなってからだよ。いま、マー君がお星様になっちゃったら……パパはもう耐えられないよ」

父親が顔を真っ赤にしてこみ上げてくるものをこらえている。肩がブルブルとふるえている。

正面に立つ中年の女性は目を充血させながら愛おしそうに男の子を見つめていた。周囲からも鼻をすする音が聞こえる。

片山の目頭も熱くなっていた。こんな小さな一番甘えたい年齢で母親を失うなんて、その辛《つら》さや悲しみを思うだけで胸が張り裂けそうだ。この男の子は自分が星になることで母親に会えるというあり得ない可能性にすべてを託しているのだ。

「パパもお星様になっちゃうの？　パパまでお星様になっちゃったら僕は独りぼっちだよ」

彼らの前に立つ四人の乗客の涙腺が決壊した。

「大丈夫だよ。パパはマー君が立派な大人になるまでしっかりと見届ける。それまでずっと一緒だよ」

「じゃあ、僕が立派な大人になったらみんなでお星様になってママに逢いに行こうね！」

だめだっ！

そう思ったときには片山の瞼《まぶた》から熱いしずくがこぼれ落ちていた。手の甲で拭《ぬぐ》っても拭いきれないのでハンカチを探した。乗客の多くもハンカチで目元を押さえている。

「あれ？」

片山の正面の座席が一人分空いていた。色白で黒髪の女性がいない……。

気がつけばいつの間にか彼女は親子のすぐ近くに立っていた。

「第一通り〜、第一通り〜」

電車が停車して扉が開く。

次の瞬間、片山は自分の目を疑った。

パシッ！　パシッ！

突然、彼女は手に持った手帳で父親と子供の頭を叩いたのだ。そして、

「いつまでも茶番を見せつけてんじゃないわよっ！　このバカ親子っ！」

と喚《わめ》くと電車を降りていった。

残された乗客と親子は呆然《ぼうぜん》としていた。片山もいきなりのハプニングに何が起こったのか分からなかった。

しかしひとつだけ気づいたことがあった。女性が持っていた胸ポケットから伸びた紐付きの黒い手帳。あれは警察手帳だ。間違いない。彼女が子供の頭を叩いた瞬間、開いた手帳の中に「ＰＯＬＩＣＥ」の文字が入った徽章《きしょう》が見えた。

ああ、そうだ。最近、浜松市民を騒がしている連続放火殺人。犯人はまだ捕まっていない。ワイドショーも警察に対するバッシングで盛り上がっている。

「ストレスたまってんだろうなあ」

電車が動きだした。乗客たちは身を乗り出して窓の外を眺めている。彼女は何事もなかったかのような顔をしてホームの階段を下りていった。

凛子

昼下がりの公園は世界で一番平和な場所だ。

老人の撒《ま》いた餌《えさ》に鳩が集まってくる。サラリーマンはベンチに座って愛妻弁当を頬張《ほおば》っている。夜になると変質者が出るそうだが、さすがに昼間は姿を見せない。砂場や遊具の周囲では子供たちがはしゃぎ回り、若い母親たちが幸せそうにその姿を見守っている。

そんな風景を見ていると、世界のどこかで戦争や紛争で人が苦しんでいることが信じられない。数年前まで勤務していた病院を思い出す。多くの人たちが病魔と闘いながら苦しんでいた。医療現場もまた、戦場と同じだった。

凛子《りんこ》はぼうっと滑り台を見上げていた。ぼんやりしていると看護師時代のことを思い浮かべてしまう。だめ、だめ。凛子は頭を振った。「あのこと」は忘れてしまわないと。いつまでも引きずっているわけにはいかない。私には私の人生があるのだ。息子と一緒に歩んでいく人生が。

三歳になったばかりの遊真《ゆうま》が滑り台の階段を一人で上っている。平均的な三歳児と比べると体がいくらか小さめだ。

凛子がいる和地山《わじやま》公園はサッカーコートが一面取れるほどの広さがある。周囲は若干の木々に囲まれていて、南側の道を一本はさんで静岡大学工学部のキャンパスが広がる。その周囲は住宅街で固められていた。

ずっと向こうの林の方からチラチラと眩《まぶ》しい光が反射している。今日も日差しが強い。時々向けられる反射光の眩しさに思わず目を背けてしまう。凜子は眼を細めて光源を見つめた。距離があるのではっきりと確認できないが、木々の間に女性らしい影が見える。どうやらその人物は手鏡を持っていて、こちらに向けて反射させているようだ。最初はたまたまそうなっているだけかと思ったが、そうでもないらしい。彼女は鏡を持った手を上げて明らかに照射をこちらに合わせようとしている。

「ママより高いよ！」

滑り台を上りきった遊真が誇らしげに凜子を見下ろしながら手を振る。

「すごいね、遊真。ママより高いね」

凜子も手を振り返す。遊真は嬉《うれ》しかったのか手すりから身を乗り出して凜子を呼びながら手を振る。その遊真の目元の一部が明るくなっていた。眩しそうに顔をしかめる。

凜子は咄嗟《とっさ》に林の方に視線を戻した。相変わらず反射光がチラチラと瞬いている。

「うわあっ！」

突然、凜子のすぐ目の前を黒い塊が上から下に通り過ぎた。足下でドサッと鈍い音がした。

「ゆ、遊真……」

足下には仰向けになった遊真が転がっていた。口と鼻から血がタラタラと流れ出てきた。凜子は遊真の体を揺さぶってみた。

「遊真！　遊真！」

しかし小さな体は力なく左右に揺れるだけで反応がない。みるみるうちに顔色が青く変わっていく。

「起きなさい！　目を開けて！」

凛子は遊真を抱き起こそうとする手を止めた。頭部から血だまりが広がっていく。凛子は遊真の頭部を少しだけ持ち上げてみた。ちょうど後頭部のあたりに拳大《こぶし》の石があった。それも尖《とが》った形状をしている。表面は血糊《ちのり》でべっとりと濡《ぬ》れていた。

「な、何なのよ、これ」

バッグからタオルハンカチを取り出し、ふるえる手で傷口を押さえる。それでもたちまち赤く染まり、生温かいものが滴《したた》っていく。そのたびに遊真の体が冷えていくような気がした。凛子は鼻先に耳を近づける。

息をしてない！

救急蘇生をしようにも両手が塞《ふさ》がっている。この手を離せば出血を止められない。かといって人工呼吸と心臓マッサージを施さなければ遊真の命は止まってしまう。

凛子の頭の中が真っ白になった。

「きゅ、救急車！　お願い！　救急車を呼んで！　誰か！」

凛子は傷口を押さえたまま大声で叫んだ。周囲の視線が一斉に集まった。やがて近くを歩いていた老人が駆けつけてきた。老人は血の池に横たわっている子供を目にすると、慌ててポケットから携帯電話を取り出した。そして興奮気味に状況と公園の名前を伝える。

「大丈夫だ。数分で到着する」

老人は携帯電話をしまいながら、膝を落として凜子に告げる。

「おじいさん。お願い、傷口を押さえて」

「わ、分かった」

老人は手が汚れることも厭《いと》わず傷口を押さえた。それでもまだ血があふれ出してくる。

凜子は遊真の顎《あご》を上げて口づけで息を吹き込む。胸がわずかに盛り上がった。

お願い。戻ってきて！

さらに人工呼吸を続けるが遊真は瞼を開かない。

「あんた、医者なのか？」

老人の声を無視して凜子は赤く染まった手のひらを遊真の胸に置いて心臓マッサージを開始した。救急蘇生を施すのは数年ぶりのことだ。それでも体が勝手に動いていた。

「だめだ、血が止まらん！」

老人が絶望的な声で喚く。

「遊真、目を開けて！」

凜子はマッサージを続けながら名前を呼びかける。救急蘇生術の講習でも患者の名前を呼びかけるよう訓練を受けていたが、看護師ではなく母親としての心の叫びだった。

祈りに応《こた》えるように遠くからサイレンの音が聞こえてきた。徐々に音量を上げてこちらに近づいてくる。

凜子は思い立って林の方に視線を移した。鏡を反射させていた女の姿はない。

あの女は誰なの？　どうしてそんなことをしたの？

「ゴホッ」

突然、遊真がむせた。

「遊真！」

遊真はうっすらと目を開けた。顔色は死人のように真っ白だ。瞼からわずかに覗《のぞ》かせる瞳は何も見えていないように虚《うつ》ろだった。しかし意識は戻った。

「がんばれ、坊や！　すぐに助かるぞ」

老人が遊真の頭を押さえたまま頼もしい声をかける。

サイレンがすぐ近くで喚いてる。一分後には遊真を乗せることができそうだ。

しかしその一分がもどかしい。今は一秒を争うのだ。凜子は顔を上げて音のする方を眺める。

しかし救急車は姿を見せない。

「急いで」

凜子は唇を噛《か》みしめた。

一分たったが救急車が見えない。サイレン音は相変わらずけたたましい。

「緊急です！　道を空けてください！」

すぐ近くでマイクの音声が聞こえた。だがサイレン音はいまだ立ち往生している。

「何なんだ、いったい！」

老人が険しい顔で音の方に向かって怒鳴った。

そうこうしているうちに虚ろに揺れていた遊真の瞳が、ふっと瞼の中に消えた。

「遊真！」

凜子は遊真の頬に手を当てる。そこにいつも感じる温《ぬく》もりはなかった。まだサイレンの位置は止まったままだ。このまま永遠に凍《い》てついてもいい。遊真に自分の体温のすべてを送り込みたい気持ちだった。

ああ、神様……。

代官山脩介（1）

浜松中部警察署の大会議室に帳場が立った。入り口には誰が書いたのか、『海老塚一丁目アベック放火殺人事件捜査本部』と達筆な毛筆体の看板が掲げられていた。

「今どき、アベックなんて死語でしょ」

代官山脩介《しゅうすけ》は隣で同じように見上げている飯島昭利に言った。飯島は白髪の混じったごま塩頭を掻《か》きながら、

「じゃあ、何て言えばナウいんだよ」

と問い返した。今年三十三になる代官山に対して、飯島は五十七歳。ちょっとした親子の年齢差だ。

「いや、その『ナウい』だって今は言いませんよ」

「マジかよ……って、もしかして『マジ』も死語なのか？」

飯島は脂ぎった顔を代官山に向ける。

「いえ、『マジ』は今でも使いますけど、アベックは言いませんね。今だったらカップルです」

「アベックにカップルか。両方とも似たような横文字じゃねえか。こんなもんにナウいだのナウくねえだの、実にバカバカしい」

飯島の階級は警部補で、浜松中部警察署強行犯係に所属するベテラン刑事だ。普段は気さくな性格だが、凶悪犯罪の捜査になるとゾッとするような鋭利な眼差《まなざ》しを見せることがある。若手たちからの信望も厚く、さまざまな相談を持ちかけられているようだ。面倒見もよく、一緒について回ると聞き込みや尋問など捜査のノウハウを垣間見ることができる。

「アベックたって、ヤクザとその情婦ですよ。美人局《つつもたせ》の前科もあります。罰が当たったんじゃないすか」

代官山は腕を組んで看板を見上げる。被害者はクスリでラリっていた若い男女だった。運ばれてきた遺体を見たが、二人とも真っ黒に焼けただれていて、かろうじて男女の区別がつくほどだった。

現場は夜になると人通りがほとんどなくなる路地に面したマンションだった。駆けつけた代宮山や飯島たちの聞き込みにもかかわらず目撃証言は得られなかった。

「だいたい放火殺人ってのはやっかいなんだ。ムシャクシャしていたからストレスのはけ口を求めたというケースが大半だからな。俺たちにとっちゃ気まぐれが一番困るんだよ。人殺すんなら、めちゃくちゃ恨んでますみたいな動機でやってくれんとな」

被害者とのつながり、そして前科。犯罪の手がかりの九割方はその中に収まる。その枠から外れれば難航する。今回もそうなのだろうか。この手の事件は目撃情報が鍵となる。せめて遺留品でも見つかれば犯人特定に結びつくのだが。

「おやおや、これはこれは。誰かと思えば、神田さんじゃありませんか」

飯島が代官山の背後に向かって手を上げながら声をかける。

「飯島さんこそお元気そうで何よりですよ」

振り返ると長身の男がこちらに向かって歩きながら敬礼を返していた。

神田輝明。本部（静岡県警）の捜査一課の刑事だ。

代官山たち所轄署刑事の仕事の大半は喧嘩《けんか》レベルの暴行や傷害、万引きやスリなどの窃盗、あとは民事的なトラブルといった軽犯罪、微罪ばかりだ。刑事課とはいえ、やっていることは地域課の業務とさほど変わりがない。それに対して本部の刑事たちは殺人、放火、強盗など重要事件ばかりを扱っている凶悪犯罪のエキスパートだ。当然、優秀な人材が揃っている。

年齢は四十半ばといったところか。整髪剤できれいに撫でつけた短髪が艶を放っている。シャープに整った目鼻立ちと縦に割れたオトガイは昭和の銀幕スターをイメージさせる。もちろん中部署の若い女性警官たちにも人気がある。階級が警部なので、年下ながら、警部補である飯島の上司になる。経験豊かな捜査員である神田の実力は飯島も認めているし、神田も神田で飯島の刑事としての勘を重宝している。

「今回もしばらく中部署にお世話になりますんで、よろしく」

神田が片方の口角を引き上げながら言う。頬に縦皺《たてじわ》が何本も入った。

「こちらこそ」

飯島が嬉しそうに笑みをこぼした。

「俺も神田さんと一緒に仕事ができて光栄です」

代官山は背筋を伸ばして神田に敬礼をした。

「おお、代官山か。久しぶりだな。元気にしてたか？」

「ええ。ぼちぼちです」

「結婚は？」

「い、いえ、まだですが……」

神田の唐突な質問に小刻みに首を振った。

「なんだよ、無駄に色男のくせしやがって。女の一人や二人はいるんだろ」

神田が代官山の腕に肘《ひじ》を当てながら笑った。

「刑事なんてやってると時間が不規則だもんで。なかなかうまくいきません」

「中部署にはきれいどころが揃ってるじゃないか。合コンとかやらんのか」

「いやあ、そういうのはちょっと……」

代官山は頭を掻いて首をひねってみせた。同じ署内の女性たちと飲みに行くことがないわけではないが、いつもただの飲み会で終わってしまう。

「認めたくないものだな」

「はい？」

「自分自身の若さ故の過ちというものを」

「はあ……」

そういえば神田は見た目はダンディなくせに、無類のアニメオタクらしい。携帯のストラップは萌え系のアニメキャラだ。本人は「娘からもらったものだ」と主張しているが、美少女アニメフィギュアの発売日に徹夜で並んでいたとか、美人声優のシークレットライブで熱狂していたという恥ずかしい目撃情報もある。もっとも本人は必死になって否定するが、ちょっとした会話に表れるところが面白い。

「今の台詞《せりふ》、どっかで聞いたことがあるんですが……」

「気のせいだろ」

「そうっすか」

しつこく追及すると逆ギレすることがあるので、ここらで留《とど》めておいた方がよさそうだ。

「署内の女どもは神田さんに首ったけですよ。代官山なんかにお鉢は回ってきませんわ」

隣に立っている飯島が呵《か》々《か》と笑う。それも半ば事実なので、代官山も頭を掻いたまま苦笑するしかない。

「俺が代官山にふさわしい、いい女を紹介してやる。なかなかの別嬪《べっぴん》さんだぞ」

神田が小指を立てて左右に振る。

「別嬪？　マジですか。期待しちゃいますよ」

「おう。その点だけは保証してやる」

「その点だけ？」

突然、神田は振り返ると廊下のずっと向こうを歩いている女性に向かって大きく手招きをした。

「おおい！　マヤ！　こっち来い！」

女がこちらに向かって近づいてくる。左右に揺れる漆黒の髪が妙に印象的だ。

「紹介する。黒井マヤ巡査部長だ」

女はまだ若い。白いブラウスに細身の黒のジャケットと同色のパンツ。身長は女性としては高めだろう。それでも百八十センチある代官山から見れば十センチほどの差がある。

漆《うるし》のように黒く艶やかな髪が肩の下あたりまで伸びている。どことなく日本人形を思わせるやや切れ長の目に、通った鼻筋。かすかにつり上がった上品な薄い唇。シミ一つ見あたらない肌は白磁を思わせる。

たしかに別嬪だ。

「こちらが中部署の代官山脩介巡査だ。どうだ。まあまあイケメンだろ？」

神田が黒井マヤに紹介する。まあまあは余計だ。マヤは腕を組みながら代官山のつま先から頭まで見上げると、

「ちょっと神田さん。この人のどこがジョニーなのよ。似ても似つかないじゃないの」

と吐き捨てるように言った。

「は？」

代官山は思わず目を丸くする。

「ジョニー？」

神田が聞き返す。

「ジョニー・デップに決まってるでしょうが。ジョニー大倉なわけないでしょ！」

「だ、誰も大倉なんて言ってないぞ」

神田がマヤの理不尽なツッコミに釈明をする。

ジョニー・デップはハリウッドの大物俳優だ——というか、なんで俺がジョニー・デップなんだ？

「まあ、そう言うな。これでもこいつは中部署で一番のイケメンなんだ。だいたい顔がジョニー・デップだったら刑事なんてやってないぞ、ふつう」

神田に同感だ。

マヤは代官山に視線を向けると、あり得ないほど大きな舌打ちをした。

何なんだ、この女は。

神田の隣に立っている飯島もきょとんとしている。

マヤは腕を組んだまま代官山を見上げて、これ見よがしにため息を漏らす。

「中部署の男もレベル低いわね。まあ、いいわ。我慢してあげる。よく見るとまあまあな感じだし背も高いし。というわけで私の名前は黒井マヤ。階級は巡査部長だから私があなたの上司ね。だから気安くマヤヤとかマヤリンなんて呼ぶんじゃないわよ」

呼ばねえよ！　代官山のこめかみが脈打つ。

「まあまあ」

神田は代官山の肩に手を回すと、廊下の隅に移動してマヤと距離を取った。

「何なんですか、あの小娘は？」

「俺が言ったとおり、なかなかの別嬪さんだろ？　ちょっと貧乳っぽいけどな。『貧乳はステータスだ！』ってな。なんだ貧乳は嫌なのか？」

「そうじゃなくて！」

「お前、黒井篤郎って知ってるよな？」

神田が声を潜めて言う。

「ええっと……誰でしたっけ？」

「警察庁次長だよ」

「ああ……って知りませんでしたけど。まさか彼女って……」

「そうだ。あのお嬢ちゃんは警察庁次長の一人娘だ」

おもむろに神田が代官山の耳元でささやいた。

「マジすか？」

警察庁次長といえば、実質的に警察庁のナンバーツーである。警察庁長官の椅子を約束されたも同然の役職だ。警察庁長官は警察組織の紛れもないトップである。この署にいる者たち全員にとってまさに雲の上の人物である。

「いいか。かなりムカつく女だがこらえろ。あんなんでも黒井篤郎のお嬢さんだからな。黒井といえば強権主義で有名だ。それでいて愛娘《まなむすめ》にてんで弱いときてる。彼女を怒らせたら有無を言わせず僻地《へきち》の駐在所に飛ばされるぞ。すでに二人飛ばされてんだ」

神田が小さくため息をつきながら首を振った。

「うわあ……ってまさか俺が彼女とコンビを組むんですか」

「ああ。お嬢さん、ジョニー・デップと組ませろってうるさいからな」

「俺、全然似てないじゃないすか」

「適役がいないんだからしょうがねえだろ。他はいかついオッサンばかりだからな。中部署じゃ、お前が一番マシなんだよ」

神田が代官山の背中を軽く叩く。

「だいたいあんな高飛車娘に刑事なんてつとまるんですか？」

「とにかくおだてとけ。それにな、お前にとっても出世の大チャンスかもしれないんだ」

神田が意味ありげに顔を近づける。

「どういうことすか？」

「ああ見えて結婚願望が強いらしい。うまくたらし込んで結婚に持ち込んでみろ。次期警察庁長官が義父になるんだぞ。こんなおいしすぎる話はないだろ。彼女、二十五だってさ。お前は？」

「三十三です」

「だったら釣り合いもばっちりじゃねえか」

「い、いや……でも、俺なんて」

代官山は巡査だ。警察官として一番下の階級である。そんな男を警察庁次長の娘が相手にするとは思えない。そもそも黒井マヤは巡査部長。巡査部長は巡査のひとつ上位の階級である。警察組織における上下関係は年齢や経験でなく階級で決まる。八歳も年下の小娘が上司になるわけだ。上意下達が徹底された警察組織において階級は絶対だ。

「いいから。とにかくあの子の面倒はきっちり頼んだぞ。お前が出世したら俺も引っぱってもらうからな」

そう言いながら今度は代官山の背中を強く叩いた。

「ちょっとお二人さん。男同士でいつまでイチャイチャしてんのよ。バッカじゃないの」

マヤが「バッカ」を強調する。代官山は一度だけ深呼吸すると振り向いた。表情筋を総動員して笑顔を無理やり作る。

「中部署の代官山脩介です。よろしくお願いします」

「はいはい。代官『様』ね。よろしく」

敬礼する代官山を腕を組んだまま見上げて応じる。

「何すか？　その、代官様って」

「あら、ごめんなさい。頭に『お』をつけるのを忘れてたわ、お代官様」

「そうじゃなくてっ！」

神田と飯島が吹き出すのをこらえている。

「だって、あなたどう見たって代官山って感じじゃないもの」

マヤが鼻で笑う。

「だったらどういう感じなんですか？」

「西日暮里《にしにっぽり》とか鶯谷《うぐいすだに》とか。なんかイマイチ感が抜けないっつうか」

「名字ですから！　しょうがないじゃないすか」

「知り合いに細井というデブがいるわ。そのギャップに笑えちゃって呼べねえっつうの。とにかく、全然セレブじゃないあなたを代官山なんて呼べると思う？」

「そういう黒井さんだって色白じゃないですか」

マヤがキッと睨《にら》む。

「小学生みたいなこと言ってんじゃないわよ！　バッカじゃないの」

「すんません」

代官山は観念した。保管庫にある拳銃を突きつけてもこの女を言い負かす自信はない。

「いいなあ、代官様。これから毎日が楽しくなるだろ」

「飯島さん。茶化さないでくださいよ」

代官山は肘を当ててくる飯島に声を尖らせた。

「おい、お前ら。そろそろ会議が始まるぞ」

高橋吾郎が通りがかりに代官山たちに声をかけた。

高橋は飯島の同期で年齢も同じだ。飯島に「勉強虫」とからかわれる高橋は昇任試験を次々とパスして、ノンキャリアでありながら警視まで昇りつめた。そして現在は浜松中部警察署の署長である。

「おい、ちょっと」

署長が代官山を呼ぶ。

「神田警部から聞いただろ。あの子は黒井篤郎のお嬢さんだ。くれぐれも粗相のないように頼むぞ。オードリー・ヘップバーンだと思って扱え」

「はぁ……」

署長は代官山の背中を二度ほど叩くと、マヤに愛想を向けながら離れていった。

これから大部屋に幹部や捜査員たちが集まって捜査会議が始まる。ネクタイをキュッと締め直した神田が背後からささやいた。

「悲しいけど、これ、戦争なのよね」

やはり神田はアニヲタだ。

代官山脩介（2）

二階の会議室には三十人ほどの捜査員たちが集まっていた。壇上には真ん中に一課長、両脇に主任と管理官、一番隅には制服姿の高橋署長が座っていた。

「あんだよ、ここ。蒸し風呂じゃねえか」

部屋に入るなり飯島がハンカチを首筋に当てながら顔をしかめた。七月に入ったばかりだというのに、壁の温度計は三十二度を示している。窓が開いているが風がないので体感温度はさらに上がる。部屋のエアコンが故障していて使えないのだ。

正面のホワイトボードには現場周辺の地図、現場や被害者の写真など一連の資料が貼り出され、初動捜査の内容が箇条書きにされていた。

「マル害は荒木浩文三十二歳、元・安西組の構成員と、宮坂由衣二十三歳、浜松市中区千歳町にある『マルガリータ』のキャバクラ嬢」

ボード前に立つ司会者が被害者のプロフィールを読み上げる。男は元ヤクザらしく天然パーマ頭の強面《こわもて》から険のこもった眼差しを向けながら黒い気性を窺《うかが》わせているが、女の方はなかなかの美形で朗らかな笑顔を向けている。可愛らしい女性だ。おそらく店でも人気のキャバクラ嬢だったろう。荒木は宮坂のヒモ同然の生活を送っていたらしい。

次に事件のあらましについて説明があった。

七月二日の深夜二時頃、浜松市中区海老塚一丁目にある三階建ての鉄筋コンクリートのマンションから火の手が上がった。近隣住民の通報によって消防車が駆けつけ三十分後には消し止められたが、部屋の中から男女二人の焼死体がみつかった。

警察が放火と断定した理由は、床に転がっていた真っ黒に煤《すす》けた四本の牛乳瓶である。鑑識の結果、瓶の中からガソリンの成分が検出された。つまり火炎瓶だ。ガソリンとなれば火の回りは早い。投げ込まれた瓶が体を直撃しようものなら即座に火だるまだ。

「目撃情報は今のところ出てない。荒木浩文は安西組の元ヤクザで、以前にも同棲中の宮坂由衣と共謀しての恐喝の前科がある。いわゆる美人局だ」

安西組といえば遠州一円を取り仕切る極道一派だ。荒木は組を抜けているとはいえ、悪質なチンピラであることに変わりはなかったようだ。

「それだけじゃない。ダイニングテーブルの上に注射器が置かれていた。遺体からも薬物反応が出ている」

管理官がさらに付け加える。薬物中毒状態だったのなら尚更逃げられなかっただろう。

「まあ、元ヤクザにキャバクラ嬢だ。二人を恨んでいた人間も相当数いるだろう。もちろん愉快犯による放火の可能性も高い。リストアップした前科者全員の裏を洗っていく必要がある」

壇の中央に座る三ツ矢晃士、県警捜査一課長がでっぷりとした腹をさすりながら、自らの威厳を誇示するかのように捜査員たちを睨《ね》め付けた。それからすぐに地取《じど》りや鑑取《かんど》りなどメンバーの振り分けが告げられた。代官山はやはり黒井マヤとコンビを組むこととなった。そして神田をリーダーとする班に割り振られた。

「おい、代官様」

神田が手招きをしている。

「その、代官様ってやめてくださいよ」

「ナイスネーミングじゃないか。それはともかく、とりあえずお嬢さんに現場《げんじょう》を見せてやってくれ」

「はあ……」

神田はマヤが離れた位置にいるのをチラリと確認して、代官山の耳元に顔を寄せた。

「うちの本部長も黒井篤郎の直属の部下だったんで頭が上がらないんだよ」

「そうなんですか」

代官山は一課長と話をしている黒井マヤを眺めた。一課長も彼女に気を遣っているところが見て取れる。長く艶やかな黒髪にすらっと華奢《きやしや》なスタイル。黒いスーツ姿は刑事というより就活中の女子大生に思えてしまう。そんな彼女がここではお姫様扱いだ。

「いいか。とりあえずおだてろ。あのお嬢さんな、有頂天になると意外な推理力を発揮することもあるんだよ」

「こう言っちゃあ悪いですけど、とてもそんな風には見えませんけど」

「女の勘ってやつなのかな。ほんとに気まぐれだけどな、鋭い推理を見せることがあるんだよ。とにかく彼女のことは頼んだ。うまくやれよ。次期警察庁長官がお前の義父になるんだぞ」

神田がまたも代官山の腕に肘を当ててくる。

「そんなこと、あるわけないじゃないすか。いい年齢《とし》して平の巡査なんて相手にしませんよ。父親が選《え》りすぐりのエリート官僚を拾ってきますって」

「そんなに自分を卑下するな。恋は盲目というだろ。コンビから生まれる恋もあるさ。『Ｘファイル』のモルダーとスカリーだってくっついたじゃないか」

「あれはドラマですよ」

「あきらめたらそこで試合終了だよ」

「それって『スラムダンク』ですよね」

「おおい！　マヤ！」

神田が代官山のツッコミをスルーして、ホワイトボードの前に立っているマヤを呼びつけた。

「お前、今から代官様と一緒に現場見てこい。それから聞き込みだ。早くホシを挙げないと、俺たち、家に帰れないぞ」

「勘弁してくださいよ、こんなうなぎ臭いド田舎。ハンズもパルコもないじゃない」

とマヤが毒づく。たしかに浜松は若者受けするショップが乏しいかもしれない。

「そう言うな。うなぎパイとか美味《うま》いだろ」

「何であれが夜のお菓子なのよ。ワケ分かんないわよっ！」

「まあまあ。お前だって一課の刑事だろ。これが任務なんだよ」

神田が、意味不明に逆ギレするマヤをなだめるように言う。

県警本部勤務の神田やマヤの現住所は静岡市にある。

県庁所在地の静岡市に対して浜松市はナンバー2の都市である。二〇〇七年、隣接する市町村と合併して人口八十万人の政令指定都市へ移行した。浜松市と静岡市は距離にして七十キロほど離れている。東名高速道路なら一時間弱、新幹線なら二十分程度だ。

行政や商業を基盤とする静岡に対して、浜松は工業の街というイメージが強い。その大半は小規模工場で、その多くはホンダやスズキ、ヤマハなど大企業の下請け工場である。しかし近年はこれらの工場再編計画のため、下請けにとって厳しい時代が続いている。

「とりあえず現場に行ってみましょうか」

「このクソ暑いのに外回りをさせる気ぃ？」

マヤは書類を団扇《うちわ》代わりにしながらうんざりした顔を向ける。

「しょうがないでしょう。それが俺たちの仕事なんですから」

代官山は黒井マヤを促した。神田が「よろしく頼んだぞ」とウインクを送ってくる。代官山はため息を漏らすと会議室を出た。そして署内に不案内なマヤを先導しながら駐車場に向かう。

「俺たちはこれです」

駐車場に止めてある白のカローラに乗り込んでハンドルを握った。しかしマヤは助手席ドアの前で立ったままだ。ドアハンドルをじっと見つめて動かない。

まさか車が気に入らないとか言うんじゃないだろうな。

「どうしたんです？」

代官山は車から出ると彼女に声をかけた。

「このドアって自動なの？」

――ああ、もうっ！

舌打ちを呑み込んで代官山は助手席側に回ると、

「どうぞ、お嬢様」

と慇懃《いんぎん》にドアを開けて頭を下げた。

「冗談よ。所轄さんも大変ね」

マヤはケラケラ笑いながら車に乗り込んだ。

ああ、クソ。完全に舐《な》められている。

代官山は運転席側に戻りながら、腹いせにタイヤをつま先でこづくと中に乗り込んだ。

「で、焼き加減はどうだったの？」

中部署に面する秋葉街道を浜松駅方面に向かってしばらく南下すると、助手席のマヤが声をかけてきた。

「焼き加減？」

「ったく、想像力のかけらもない刑事さんね。ガイシャに決まってんでしょうが」

「え、ああ。なんだかステーキみたいですね」

今回の放火で被害者の男女は丸焦げにされた。

「ステーキといえば、先日、パパに銀座の『上々苑』でシャトーブリアンをご馳走になったわ。

これが口の中に入れた瞬間にとろけちゃってたまらないのよ。まあ『牛安亭』で満足してるあなたには分からないでしょうけど」

「悪かったですね」

「って、なんで私が上から目線であなたにステーキ自慢なんてしなくちゃならないのよ。こっちはガイシャの話をしてんのよ！」

こんな理不尽な逆ギレ、初めて見た。こういう相手には「すんません」と大人の対応をするしかない。

「そうですねえ、二人とも顔の判別がつかないほどに真っ黒でした。それでも何とか性別の判断はつきますが」

「ていうとミディアムとウェルダンの真ん中ってところね」

「そんなところですかね」

よく分からないがそう答えておいた。

「表情とかどうだったの？」

マヤが助手席から身を乗り出して顔を近づけてくる。思わず見惚れてしまいそうな美しく整った顔立ちだが、興味津々といった風情だ。

「そりゃもう、苦悶《くもん》でしたよ。ほら、有名な絵画であるじゃないですか。大口開けて叫んでいるやつ」

代官山はハンドルから手を離すと、手のひらを両頬に当てて口を縦長に開いてみせた。車は信号待ちだ。

「ああ。ムンクの『叫び』ね」

「それそれ。あの絵の人物を真っ黒にした感じですよ」

それを聞いたマヤが「ヒャッヒャッヒャッヒャッヒャ」肩を揺すりながら笑った。

何なんだ、この女は？

信号が青に変わり、代官山は車を発進させる。現場はここからそれほど遠くない。しかし浜松市役所前の大通りは混雑している。有効な迂回路もないので流れに任せることにした。

「それで代官様は、非番の日は何をしてるわけ？」

浜松城公園の方を眺めていたマヤが、沈黙を持てあましたのか話題を振ってきた。

「これといった趣味はないですし、読書とか映画鑑賞とかそんなところですかね」

「映画ってどんなのを観《み》るの？」

「特にジャンルはないなあ。映画は好きだからどんなものでも観ますね」

「私も映画は大好きよぉ」

マヤが顔をパッと輝かせる。なんとも可愛い上司だ。代官山は思わず苦笑してしまう。いつも強面の脂ぎったオッサンばかりとコンビを組んでいたので、たまにはこういうのもいいかもしれない。なんといっても華やかだ。

「黒井さんはどんな作品が好きなんですか？」

代官山は彼女の話の流れに乗ることにした。どうせ現場に着くまでの時間だ。

「やっぱりダリオよ。『インフェルノ』なんて百回以上観てるわよ」

「ダリオ？」

「もしかして知らない？　あなた、バッカじゃないの」

マヤがまたも「バッカ」を強調する。今日一日で何度この台詞を聞いたことか。

「すんません。バッカなので寡聞にして知りません」

ああ、やはりこの娘と楽しい会話は成立しないようだ。

「ダリオって言ったらダリオ・アルジェントに決まってんじゃないの。そんなんでよく刑事なんてやってこられたわねえ」

それからマヤはダリオ・アルジェントなる映画監督について熱く語りだした。なんでもイタリアのホラー映画の監督だそうで、代表作に『サスペリア』『フェノミナ』などがあるらしい。代官山もかろうじて『サスペリア』のタイトルだけは耳にしたことがあった。

「はっきり言ってダリオを語るなら『サスペリアPART2』よ。パート2なんてタイトルがついているけど、実はパート1とはなんのつながりもないの。それどころかパート2は1より前に撮られた作品なのよ。パート1がヒットしちゃったもんだから、映画会社が無理やり昔の作品にパート2をつけちゃったっていうわけ。何じゃあそりゃあ、って話よ」

さらに彼女の熱弁は節操なく続く。なんでもマヤのお気に入りは『オペラ座　血の喝采』というオペラ座を舞台にした連続殺人を描いたスリラーだそうで、ストーリーを説明してくれたが、荒唐無稽で破綻しまくりの内容のどこに魅力があるのかさっぱり理解できなかった。

「ヒロインは瞼に何本もの小さな針をセロテープで貼り付けられちゃうの。その目の前で殺人鬼は彼女の恋人を滅多刺しにするんだけど、目を閉じたら針が眼球に刺さっちゃうでしょう。だからずっと見てないといけないのよ。すごくない？」

と嬉しそうに語る。まだＤＶＤ化はされておらず、彼女はＶＨＳ版を所有しているという。どうやら彼女とは趣味も合いそうにない。

「今度、うちに観に来なさいよ」

「え？　い、いや、ダリオさんはちょっと……」

美女と過ごすのは悪くないが、美しければ誰でもいいというわけではない。そもそもそんなグロい映画なんか金をもらっても観たくない。

「黒井さんは静岡市にお住まいですか？」

彼女の誘いに対処するのが面倒になったので話題を変えた。

「ええ。登呂《とろ》遺跡の近くのマンションよ」

登呂遺跡は静岡市駿河《するが》区にある弥生時代後期の集落跡だ。当時の住居が復元されているほか博物館が隣接して、小中学生の社会見学の場となっている。静岡県警本部のある葵《あおい》区追手町《おうてまち》から直線距離にして三キロほどだ。

「じゃあ、浜松は？」

「詳しくないわ。だからあなたがしっかり案内してくれないと。出身は浜松なんでしょ？　高校は浜松西校って聞いたわ」

「はい。大学の四年間だけ東京暮らしでしたけどね」

「そう。それで現場はどこなの？」

「海老塚一丁目というところです。駅から南に歩いて十分程度の立地ですかね。浜松駅の北側は繁華街と歓楽街が広がっているんですが、南は住宅街ですね」

二人を乗せた車は浜松駅前の繁華街を通り抜けた。浜松は典型的な郊外型の街で、繁華街は空洞化している。歩道を歩く人たちもまばらである。

「浜松は南米系の人が多いのね」

マヤが外の風景を眺めながら言う。

「ええ。浜松にはホンダやスズキといった大きな会社の工場がありますからね。それで外国人労働者が集まってきたんですよ。昔からモノ作りの街なんです。それでも最近の不況でかなりの人たちが帰国しちゃったらしいですけどね」

「そうなの。ああ、そうそう」

マヤがパンと手を叩く。

「浜松といえばバーバラ前園という陶器人形作家が個展を開いているのよ。『暗黒人形展』っていうんだけど」

「暗黒人形展？　何ですか、それは」

車が赤信号で止まったところでマヤがパンフレットを出してみせた。暗黒とタイトルがついているだけあってただの人形展ではなかった。拷問されたり四肢をバラバラにされた陶器人形の写真が並んでいる。猟奇趣味全開の人形展だ。先ほどの映画といい、マヤはその手の嗜好があるようだ。

「ねっ、面白そうでしょ。今度一緒に行きましょうよ」

「え、ええ……。まあ、今度機会があったらということで」

代官山はマヤの横顔をチラリと見た。性格さえもう少しまともだったら楽しいドライブになっていただろうに、と思う。

車は海老塚町の住宅街に入っていた。一方通行の路地が入り組んでいるので少し迷ったが、なんとか現場に到着することができた。車が一台通れるほどの路地に面した三階建ての鉄筋コンクリートのマンションだった。建物の側壁面には「ホワイトコート海老塚」と刻まれている。それぞれの階に三戸ずつ１ＤＫが整然と並んでいるが、一階の角部屋のベランダだけがブルーシートで覆われていた。シートの隙間からは真っ黒に煤けた壁面が見え隠れする。ベランダの前の植え込みも一部が焦げて黒く変色していた。

代官山たちは車を降りた。マンションの入り口には立ち入り禁止テープが張られていて、住民と捜査関係者以外は入れないよう交番勤務の若い警官が立っている。

「行きましょう」

代官山はマヤを促して、警察手帳を警官に提示しながらテープをくぐる。マヤも同じようにしながら、代官山が引っぱり上げているテープの隙間をくぐった。

部屋の内部は洞窟《どうくつ》を思わせた。壁も床も天井も、数々の家具や家電も墨汁で塗りつぶしたように真っ黒だった。部屋の一番奥、ベランダ側の半分開いた窓ガラスも同じように煤けている。

火の手が上がったのは深夜二時頃で、その一時間後に消し止められた。それから七時間はたっているが、部屋の中はまだ焦げ臭い。

「ガソリンだけにひどいですね」

夥《おびただ》しい数の衣装や、床に転がったぬいぐるみも灰同然だ。食器や花瓶などの陶器類が、真っ黒に焦げていた。火の勢いは相当に強かったと想像できる。

ベランダに出ると、遠くから蟬の鳴き声が聞こえてくる。ベランダと部屋を仕切るスライド式の窓ガラスは、強烈な熱で細かいひび割れが走っているうえ真っ黒に焦げている。

「昨夜《ゆうべ》はかなり暑かったわよね」

マヤが窓を眺めながら代官山に声をかける。

「六月の終わりから熱帯夜が続いてますからね。七月に入ってさらに暑くなりましたから」

先日のニュースで今年の夏は例年以上の猛暑になるだろうと気象庁が予測を出していた。まだ七月に入ったばかりだ。

「妙ねえ……」

角度を変えながら窓ガラスを検分しているマヤがぽつりとつぶやいた。

「何が妙なんです？」

代官山は振り返り、ベランダを覆っているブルーシートに背を向けて問い質《ただ》す。

「このガラスは防犯用に鉄線が入っているし厚いわ。それに網戸もない……」

「それが何か？」

マヤは半分ほど開かれた窓の隙間から外のベランダ……いや窓の隙間をじっと見つめている。

「あなた、昨夜寝るときエアコンつけた？」

「え、ええ。昨夜は特に暑かったですからね。僕は暑がりなんで、ないと眠れませんよ」

今週に入ってから就寝時にはエアコンをつけっぱなしだ。そうでなければとても寝つけない。

「ふつうはそうするわね。でも、ここの二人はつけてない。ちゃんと設置されているにもかかわらずよ」

マヤは壁の上を指さした。

「まあ、そうですね。ベランダの窓が開いたままということは、エアコンをつけずに外の風を入れていたんでしょうね」

代官山はプラスティック部分が熱で溶けてしまいもはやエアコンとは呼べない残骸《ざんがい》を見上げながら言った。

「じゃあ、火炎瓶を投げ込んだ犯人は、あの時間にベランダの窓が開いていることを確信していたということになるわね。この窓ガラスはそれなりに厚いし、鉄線が入っているから火炎瓶を投げつけたところで割れない。だから窓が開いてないと部屋の中に投げ込めない」

たしかに彼女の言うことも一理ある。犯人は火炎瓶を用意していたほどだから、何らかの理由で放火する意志は強かったはずだ。しかしベランダの窓が閉まっていては意味がない。せいぜいベランダの一部を焦がすだけのことだ。

「犯人は被害者に明確な殺意を持ってなかったんじゃないですか。つまり流しの放火魔ということです。夜の街を徘徊《はいかい》していたらたまたまベランダの窓を開けたままの部屋を見つけた。気まぐれに火炎瓶を投げ込んだ」

「火炎瓶をわざわざ用意して？」

「三年ほど前かな。城北二丁目で火炎瓶を使った連続放火事件がありましたよ。受験に行き詰まった浪人生が現行犯で捕まりました。無作為に選んだ家屋に投げつけて鬱憤《うっぷん》を晴らしていたわけです。死者が出なかっただけでも幸いですけどね」

浜松市中区城北で起こった放火事件の犯人は、住人に具体的な怨恨《えんこん》や殺意は抱いてなかった。鬱憤が晴らせれば誰の家でもよかったのだ。

「代官様は被害者の命を狙った放火だとは思わないわけ？」

マヤが漆のような黒髪に指を通しながら尋ねた。

「城北のケースと同じだと思いますね。被害者の荒木浩文と宮坂由衣はあの時刻に窓を開けたままにしておいた。彼らに明確な殺意を持った人間の犯行だとしても、犯人は窓が開いているかどうかまで予測できないでしょう」

「冷房嫌いの人って結構いると思うんだけど。そういう人は窓を開けたまま寝るわよね」

部屋の中が真っ黒に塗り込められているので、陶器を思わせるきめ細かなマヤの肌がまるで深海魚のように乳白色にぼんやりと光って見える。どちらかといえば地味で古風な系統の顔立ちが、彼女の美しさを内面に押し込めているように思える。

「冷房嫌い……。では犯人はそれを知っていたということですかね。でもやっぱり不確実でしょ。荒木と宮坂はこの部屋で同棲していた。二人揃ってそうだとは限らない。この連日の熱帯夜ですからね。冷房嫌いじゃない方は耐えられないですよ。片方の意見を尊重してつけることだってあると思います。つまり絶対に窓が開いているという確実な保証はないということです」

現時点ではめぼしい目撃情報も物証も得られていない。もし被害者と面識も交友も利害関係もない人物が犯人なら難渋しそうだ。

扉を眺めていたマヤが代官山の立つベランダに出てきた。ベランダといっても大人二人がギリギリ収まる程度の広さしかない。この部屋は一階なので、ベランダのすぐ外は植え込みで覆われており、それを抜けると数台分の駐車場が広がっている。ブルーシートの隙間から覗くと住人たちの車が並んでいた。

「この部屋は一階だし植え込みがあるけど、火炎瓶を投げ込むことはそう難しくなさそうね」

代官山は頷《うなず》いて彼女に同意した。植え込みが多少邪魔になるが、ベランダの奥行きが狭いので、木々の隙間に身体《からだ》を押し入れてしまえば四つの火炎瓶を開いたドアの隙間に投げ込むのは難しくない。

気がつけばマヤの視線がベランダの片隅に向いていた。そこにはエアコンの室外機がある。窓ガラスが炎の直撃を防いでいてくれたようで、若干黒ずんだ程度に留まっている。

「私は、犯人は明確に殺意を持っていたと思うのよねえ」

「そうですかねえ……」

マヤはベランダの外を指さしながらさらに続けた。

「もし城北のような放火魔だったら、家屋が派手に燃えるシチュエーションを求めるでしょう。このマンションは鉄筋コンクリートよ。ガソリン入りの火炎瓶でもせいぜい今回のように一部屋燃やすのがやっとだわ。周囲を見なさいよ。派手に焼けそうな木造の一軒家がたくさんあるじゃない。私だったらそちらの方をじゃんじゃん燃やすわよ。その方が断然楽しいじゃない」

マヤが嬉しそうに言う。

「楽しいとか言わないでくださいよ」

しかし、なるほどとも思う。

ここら一帯はマンションも増えているが、もともと古い街並みで木造の一軒家も多い。放火をするならそちらの方が派手に燃える。激しく広がる炎は隣家をも巻き込んで延焼するかもしれない。鬱憤を晴らすのが目的ならそうするだろう。思えば城北の浪人生も鉄筋マンションではなく、木造の一軒家ばかりを狙っていた。

「つまりこういうことですか。犯人は被害者たちがその時間に窓を開けたままにしておくことを確信していた。だから火炎瓶を使った」

「それだけじゃないわ。犯人は被害者たちがシャブ中であること、その時間にラリってることも知っていたと思う。いくら火炎瓶でも意識のはっきりしている二人の大人を確実に仕留めるのは難しいわ。彼らが逃げ遅れたのは火の回りが早かったのはもちろん、当時正常な判断ができなかったからよ。そうでなければ火炎瓶を同時に二人に直撃でもさせない限り、少なくとも一人は助かるはずよ」

マヤは視線を室外機に固定したまま言った。やはりさっきから室外機を気にしている。

「ただ、やっぱり火炎瓶を使うことには不確実性が伴うんですよね。その夜、絶対に窓が開いているという保証がどこにあるんです。それか犯人は開く機会をずっと窺っていたとか？　それだと目撃者の一人や二人出てきますよ」

そのとき、廊下から足音が聞こえてきた。マヤがその音に反応して玄関に向かう。何事かと代官山も彼女について行った。廊下に出ると、隣の部屋の青年が玄関扉にキーを差し込んでいる最中だった。

「ちょっと、あなた」

マヤが声をかけると、青年は手を止めてこちらに顔を向けた。部屋に引きこもってネットゲームに没頭していそうなイメージの、覇気のない目をした小太りの青年だった。Ｔシャツにはいわゆる萌え系のアニメキャラがデザインされている。年齢は二十代前半といったところか。

神田となら話が合いそうだ。

「県警捜査一課の者です」

マヤは青年に向かって警察手帳を掲げた。

「マジ？　本物の女刑事なんすか。マジ萌え〜」

「なにコイツ。キモいんですけど」

マヤが青年に向かって露骨に眉をひそめて言い放った。

「ちょ、ちょっと、黒井さん。キモいはまずいですよ」

代官山はマヤの袖を引っぱって耳元で声を尖らせた。

「もしかしてツンデレ系ですか？」

青年はマヤに興味津々だ。美人でドSっぽいマヤのキャラクターは彼のツボなのだろうか。

「少し話を聞かせてもらっていい？」

「どうぞ、どうぞ。一〇三号室の放火のことでしょ」

青年は嬉しそうに答える。代官山は思わず苦笑してしまった。捜査員が美人だと手っ取り早い。

「その一〇三号室だけど、夜はいつもベランダの窓を開けていたかどうか知ってる？」

「ベランダの窓……ですか？　ああ、どうかなあ」

青年は腕を組んで記憶を巡らせるように天井を見上げた。

「いやあ……。いつも閉めていたと思いますよ。だいたいこの暑さでしょ。普通はエアコンつけますからね」

「いつも閉めていた？　それは確実なの？」

マヤが問い質すと、青年は手を左右に振った。

「毎晩かどうかまでは分かりませんよ。少なくとも僕が知る限りでは、です。僕の駐車場は位置的に一〇三号室の真正面になるんですよ。夜、バイトから帰ってきて、車から降りると何気なしに一〇三号室のベランダが目に入るんです。隣の女の子は結構可愛いんですよ。おっかない顔をした男が時々出入りしてますけどね。それとなく気になるじゃないですか。でもいつも部屋の電気がついていてもカーテンと窓が閉まっているので、中を見ることはできませんでした。もっともカーテンと窓が開いていたとしても、植え込みが邪魔しますけどね。もちろん覗き趣味はないですよ」

と青年が答えた。おっかない顔をした男というのは荒木浩文のことだ。被害者は夜間、常に窓を開けているわけではないらしい。むしろ青年の言い方では閉まっていることの方が多そうに思える。

マヤと代官山は青年に礼を言うと、マンションの外に出た。駐車場に回り、一〇三号室のベランダの前に立ってみる。植え込みが邪魔をしているので、枝や葉の隙間から覗き込まなければならない。

マヤはベランダの周囲を検分し始めた。やがてコンクリートの塀と建物との狭い隙間に何かを見出した。細い腕を隙間に突っ込んで、中から大きな板状の物体を引き出す。彼女の背丈より遥かに大きい。表面は泥と埃《ほこり》で汚れていた。

「網戸ですね……」

明らかにベランダ用の網戸だ。他の部屋のベランダを確認してみると、すべての窓に網戸がついている。しかし一〇三号室だけはなかった。きっとこれがそうなのだろう。マヤは植え込みに網戸を立てかけると、パンパンと手をはたきながら泥汚れを落とした。

それにしてもどうして網戸がこんなところに置かれていたのだろう。

生ぬるい風が焦げた臭《にお》いを運んでくる。とりあえずひととおり現場を確認できた。これから聞き込みだ。

「マンションを管理する不動産屋に向かって」

助手席のシートベルトを締めたマヤが言った。

「不動産屋ですか？　そちらは飯島さんたちが向かってますが」

「所轄の分際でつべこべ言わないっ！」

「はいはい。分かりましたよ」

代官山は舌打ちを呑み込んでハンドルを握った。小娘とはいえマヤは本部の刑事で階級も上だ。上司の指示には従わなければならない。

「ねえ、ほんっとにダリオに興味ないの？」

「ないですねえ、これっぽっちも」

「どんだけつまんない人生送ってんのよ」

「すんません」

「芸術を理解しようとする教養に欠けてんだわ」

「すんません」

「心が貧しいのよ。猿以下よ！」

しばらくマヤの非難が続く。代官山は適当に相づちを打っておいた。

車を十五分も走らせると、水質の悪さでは全国ワースト級という不名誉な記録を持つ佐鳴湖が広がってくる。南北二千二百メートル、東西六百メートル、周囲七キロという小さな湖である。目的の不動産屋は佐鳴湖公園に隣接した立地にあった。簡素な平屋のテナントには「サナル不動産」と看板が掲げられている。

車を店舗専用の駐車場に止めて建物の中に入ると、スーツ姿の若い男性がにこやかに出迎えた。代官山とマヤが身分を名乗り警察手帳を見せると彼の笑顔はわずかに強張《こわば》った。

「ホワイトコート海老塚という物件についていくつかお伺いしたいのですが」

「それでしたら先ほど、他の刑事さんたちにお話ししましたけど」

マヤが用件を切り出すと、店員男性は迷惑そうな表情に変えた。彼のデスクの上には書類が何枚も重なっている。彼の言う他の刑事とは飯島たちのことだろう。飯島は今回、本部刑事のオギこと荻原とコンビを組んでいる。

「いえ、お手間は取らせません。実はあの部屋のエアコンについてお聞きしたいのです」

「エアコンですか？」

店員が男性のわりに大きな眼をパチクリさせる。代官山にもマヤが何を尋ねようとしているのか分からなかった。

「ええ。あれは備え付けのものですか？」

「そうですが。ホワイトコート海老塚には全室設置されています」

「では、故障した場合はこちらを通して修理するわけですね」

「はい。中には勝手に電気屋に依頼して修理させてしまう方もいらっしゃいますが、その場合は修理費を全額お支払いできない場合もあります。時々、トラブルになるんですけどね」

忙しいんだから早く終わらせてくれと言わんばかりに、店員は書類作業を再開しながらマヤの質問に答えた。

「もしかして一〇三号室の住人である宮坂由衣さんから、エアコンの修理を依頼する連絡が入ってませんでしたか？」

エアコンの故障？

代官山は思わず隣に立っているマヤの横顔を見た。

「ええ。よくご存じですね」

店員は少し驚いたように顔を上げてマヤを見つめた。

「実は二日前に宮坂さんと同居している方ですかね、男性の声で電話がありましてね。エアコンがおかしくなったから何とかしろ、暑すぎて夜も眠れないってどやされました。すぐに修理屋を手配したんですが、この猛暑続きですから先方も立て込んでいて三日後ということになりました。そうか……。開いていた窓から火炎瓶を投げ込まれたんですね」

状況を察した店員が痛ましそうに顔をゆがめた。即日に修理できれば彼らも今頃は生きていたかもしれないのだ。これればかりは運命としか言いようがない。

「ありがとうございました」

マヤが頭を下げたので代官山も彼女に倣った。質問はそれだけだったので、店員は拍子抜けしたような顔で「はあ」と頷いた。

「どうしてエアコンにこだわるんです？　ベランダでも室外機を気にしてましたよね」

運転席に乗り込んだ代官山はシートベルトを締めながらマヤに尋ねた。

「犯人は室外機に細工をしたんじゃないかしら」

「はあ？」

代官山は思わず素っ頓狂な声を上げた。彼女の言っている意味が分からない。

「何のためにそんなことするんですか？」

「ほんとバッカじゃないの。どんだけ鈍いのよ」

助手席のマヤが呆《あき》れたような顔を向ける。

「すんません、バッカで」

代官山も「バッカ」を強調させて当ててつけてみるが、マヤは意に介さない。

「ベランダの窓を開けさせるために決まってんでしょうが。あの部屋のベランダは一階だから、手すりを乗り越えて潜り込むことは難しいことじゃない。植え込みが遮ってくれるから誰にも気づかれずに作業できるわ。おそらく犯人は二人の留守を見計らって、ベランダに忍び込んで室外機に細工をして、故障に見せかけたんでしょう。さらに網戸も排除した。扉を開けさせても網戸が邪魔をしては火炎瓶を投げ込めないからよ」

たしかに人目を避けてあのベランダに忍び込むのは難しくない。夜間はもちろん、昼間でもあの路地は人通りが少ない。

「室外機も調べさせるわ」

とマヤが言った。犯人が細工を施したのならその痕跡《こんせき》が残るというわけだ。しかし、やはり納得しがたい。

「つまり黒井さんは、気まぐれの放火でなく明確に二人の命を狙った者の犯行だと言うわけですか？」

「だからさっきから何度もそう言ってるでしょうが」

黒井マヤは代官山に向かってはっきりと首肯《しゅこう》した。挑戦的な瞳に代官山の顔が映る。

「でもなあ……。いちいち手が込んでませんかね。だってわざわざベランダに忍び込んで室外機に細工して窓を開けさせるって。二人の命を狙っていたのならそれぞれ刃物で背後から襲うとか、車でひき殺すとか、もっと手っ取り早い方法もあると思うんですよ」

「犯人は火で殺すことにこだわっていた……とか」

「火で殺す？」

「ええ。そんな気がすんのよ」

マヤの推理が当たりとするなら犯人に強い執着性が窺える。彼らが覚醒剤中毒であることも、その時間前後に正常な判断能力を失っていることも把握したうえで犯行に及んだ。その手口も実に綿密といえる。

そして何より火炎瓶だ。数あるコロシの中で火は相手に最大の悶絶を与える。明確な殺意を持っての犯行なら、被害者二人に対する怨恨も相当に強い。それが犯人の目的だというのか。

それを告げると、

「うーん、怨恨というより犯人は焼死というシチュエーションにこだわっているような……。そんな印象なのよねえ。そしてこの事件はまだ続くわ。そんな気がする」

マヤは流れる佐鳴湖湖畔の景色を眺めながら言った。

——女の勘ってやつなのかな。気まぐれだけどな、鋭い推理を見せることがあるんだよ。

今朝の神田の言葉がよみがえる。

「ほんとかよ……」

代官山はハンドルを握りながら独りごちた。

佐々木佑哉

佐々木佑哉は時計を見た。針は二時を過ぎている。

ランチの時間が終わりサラリーマンやOLたちが姿を消して店内はけだるい空気が流れていた。先ほどから若いウェイトレスが佐々木をチラチラと意識している。彼が笑顔を送ると彼女は顔をさっと赤らめてうつむいた。

佐々木佑哉はルックスに恵まれていた。多くの男たちは風俗で大枚をはたいて性欲を処理するが、彼はそんなことに一円だって出したことがない。風俗街に出向かなくとも佐々木に抱かれたい女が順番待ちをしているのだ。

節操なく女たちと交わっているうちに、彼にとって女は単なる道具でしかなくなった。しかし最近になってそれが諸刃《もろは》の剣であることを知った。

「悪《わり》ぃ。ちょっと遅れた」

佐々木のテーブルに暗い目をした男が近づいてきた。荒木浩文だ。ひどい天然パーマが特徴で頬と顎にかけて無精髭を散らしている。

荒木はジーパンのポケットに両手を突っ込んだまま向かいのレザーシートに腰を落としてだらしなく足を投げ出した。タバコをくわえると佐々木にも一本すすめてくる。佐々木はタバコ一本でいらぬ恩を押しつけられるような気がして断った。

「で、どうなの？　金は用意できたの？」

男は紫煙を吐き出しながら言った。

「もうちょっと待ってくれませんか。百万とかさすがに大金なんで、ちょっと」

「アンタ、自分が何したか分かってんの？」

荒木はどす黒い瞳をドロリと向けた。悪意とも殺意ともつかない得体の知れない威圧を放ってくる。

「もちろんっすよ。荒木さんには大変なご迷惑をおかけしたことは分かってます」

「俺は別にこのまま警察に行っちゃってもかまわないんだよ。どうせ他の女にも同じようなことしてんだろ。お前みたいなやつは地獄に堕《お》ちればいいんだよ。だけどさぁ、それじゃあ可哀想だと思ってお慈悲をかけてやってんのよ。キリスト様でもこんなに優しくないぜ。俺の女に手ぇ出したんだ。ふつうだったらボコボコにしちゃうけどね」

口調は気さくだが目が据わっていた。彼の言うボコボコを想像すると身がすくむ。

「で、ですよねえ。大人の対応をしていただいて感謝してます」

一礼した頭を上げた瞬間、光がまたたいた。いつの間にか荒木がカメラを向けている。ポラロイドカメラだ。じぃーっと音がして排出口から真っ黒な写真が吐き出される。それを団扇のように扇《あお》ぐと徐々に佐々木の顔が浮かび上がってきた。

「アンタ、実物の方が断然いい男だね。由衣が惚れるのも分かる気がするよ」

「きょ、恐縮です」

佐々木は頭を掻いてうつむいた。

「逃げても無駄だよ。写真も撮ったしずっと見張ってるし」

「と、とんでもない」

佐々木はキャバクラで宮坂由衣と出会った。二十三歳とはいえどことなく少女の面影を残す美しい女だった。男の大半は彼女の容姿に惹かれるだろう。思ったとおりその店でナンバーワンのキャバ嬢だった。それならかなり稼いでいるはずだと由衣を次のターゲットにした。ベンチャー起業を夢見る青年といういつものやり方。何度か店に通って何とか彼女を口説くことに成功した。そして投資話を持ちかけた。ベッドの上で、そのときは手持ちがないからと三万円しか引っぱれなかった。金を受け取ったタイミングで天然パーマの男が入り込んできた。それが荒木浩文だった。美人局だと悟ったときには遅かった。

「だったらさっさと出せよ」

荒木がこの上に今すぐ札束をのせろと言わんばかりに手のひらを差し出す。小指の第一関節なかった。佐々木は思わず唾を飲み込んだ。

「い、いや……。百万なんてちょっと……高すぎるっていうか」

「ざけんなよ。うちのやつからも金引っぱってただろ。あれは俺の金なんだよ。その利子とお前の誠意を足せば妥当な見舞金だろうが」

「み、見舞金っすか？」

「当たり前だろ！」

突然荒木が佐々木のすねを蹴飛ばした。息の止まるような痛みに佐々木は顔をゆがめる。どうやら百万では終わらせてくれない。このまま一生つきまとわれるのか。急激に膨張を始めた恐怖に押しつぶされそうだった。

「俺はこう見えてもさぁ、プロの回収屋だったんだ。きっちり追い込みかけるからよ。払えないんだったらタコ部屋送ってやってもいいし、臓器で払ってくれてもいい。生きた人間ってのはさ、たとえ一文無しでも金になるんだよ。俺の知り合いがお前みたいなイケメンを探してるんだよ。そうだ。お前、日給十万のバイトやってみるか？」

「日給十万！　それってどんなバイトなんすか？」

荒木がタバコを灰皿にねじつけながら冷ややかに笑う。

「拷問だよ。そいつはその筋では有名な拷問マニアでな。自宅には地下室があって……」

「いや！　結構です！　金払います！　きっちり払います！」

佐々木は頭を左右にブンブン振って話を中断させた。もう払うしかない。払わなければ殺される。

「払うって、当てがあんのかよ？」

「は、はい。実は近々まとまった金が入る予定があるんで」

「どうせ、それも他の女から引っぱってくんだろ」

荒木が口元をゆがめて笑った。佐々木もヘラヘラと愛想笑いを返す。

「ま、悪銭だろうとお賽銭《さいせん》だろうと金は金だ。俺の方はかまわねえよ」

「ありがとうございます」

佐々木はテーブルに頭をこすりつけた。荒木が鼻で笑って立ち上がる。

「よし。じゃあ、来週の今日まで待ってやる。その日の同じ時間にここに集合な。きっちり百二十万円用意しとけよ」

「え、百万円じゃ……」

佐々木は顔を上げた。

「俺たちの生まれた星にゃ延滞金ってものがあんだよ。一週間も延期するんだ。お前が俺に与えた精神的苦痛を考えりゃあ、妥当かつ適正な金額だろ」

そのまま荒木は片手でバイバイしながら店を出て行った。一人になったテーブルで、ためていた息を一気に吐き出した。荒木に蹴られたすねの痛みがじくじくとぶり返した。ズボンの裾をめくってみると皮がすりむけて出血していた。

佐々木はケータイを取り出した。そこには数百人分の女の電話番号が登録されている。まさに佐々木佑哉の輝かしい戦歴でもあり資産だった。メールを一斉送信すれば三十分後にはこのファミレスを満員にできる。

「なんて名前だったっけ?」

彼は祈るような気持ちで電話帳リストをスクロールさせる。先日、サクラとして参加したお見合いパーティーで知り合った。流れるリストの中に目的の名前を見出した。

サハラノブコ。

佐々木は迷わず発信ボタンを押した。

代官山脩介(3)

代官山はアパートの煤けた壁面を見上げながらため息をついた。黒ずんだ壁に何本もの赤い光が走っている。緊急車両の回転灯だ。二階の窓ガラスは割れて内部は闇が充満しているようだった。その中を懐中電灯の光が動き回っている。

海老塚の放火事件から一週間がたっていた。あれから代官山たちは放火の前科者たちも含めて手当たり次第に当たっているが、これといった人間が上がってこない。元ヤクザやキャバクラ嬢という経歴の持ち主だけに、怨恨や諍《いさか》いの線も大いに考えられる。しかし該当者が多いため、彼らを洗い出すにはまだ時間がかかりそうだ。

そして先週の黒井マヤの言葉どおり、第二の放火が起こった。

窓の周囲は真っ黒にただれ、建物は二階を中心にその形を崩していた。深夜三時頃にこの部屋から火の手が上がった。門には『半田山荘《はんだやま》』とプレートがはめ込まれている。

築数十年にはなるだろう。壁も薄そうなので防音性も遮蔽性も期待できない。調べてみると一階と二階に二戸ずつ部屋があってそれぞれ１ＤＫ、家賃は二万八千円。値段に見合った簡素な造りだ。幸い入居者は焼けた部屋の男性一人だけで、残り三つの部屋は空き物件になっていたらしい。

焦げた玄関ドアもグニャリと変形してドア枠から外れかけている。火が消し止められてから数十分がたつが、焦げくさい臭いが辺りに充満している。

ネジ一本でさがっているドアをのけてみると、部屋の中はひどい有様だった。モワッと生ぬるい湿った空気が肌にからんでくる。

消防と捜査員がそれぞれに部屋の中を検分していた。その中に飯島昭利がいた。彼はしゃがんだままの状態で足下の黒く大きな塊を眺めていた。

「おやおや。お似合いのアベック登場だな」

飯島は玄関口に立っている代官山とマヤに気づくと、からかい半分の笑顔を向ける。代官山は白手袋をはめながら部屋の中に入った。マヤも代官山のあとをついてくる。

「だから、今どきアベックなんて言いませんよ」

「うるせえよ。それでどうだ。もうプロポーズをしたのか」

「アホなこと言わんでください」

茶化す飯島を受け流して、焦げた畳の上に転がる黒い塊を見下ろす。隣ではマヤがしゃがみ込んでその塊に白い顔を近づけていた。彼女はまるで未知の隕石を観察するように視線の角度を変えながら熱心に眺めていた。

黒い塊には手があり足があり頭があった。代官山はハンカチで口元を塞ぎながら呼吸を最小限に留めた。髪や肉の焦げた臭いが強烈だ。黒い塊はこの部屋の住人の焼死体だった。一週間前に安置室で見た荒木浩文と宮坂由衣の焼死体と同じように、その表情は苦悶に満ちていた。こちらもムンクの絵を思わせる。

「おい、お嬢ちゃん。なに笑ってんだよ？」

突然、飯島がマヤに向かって声をかけた。

「えっ、いや、笑ってなんていませんけど」

マヤははっと顔を上げると飯島の言葉を否定した。その表情はどことなく引きつっている。意表を突かれたのか瞬きの回数が妙に多い。

「いやあ、笑ってたぞ。それも嬉しそうにな。お嬢ちゃんは死体が好きなのか？」

「ちょ、ちょっと、お嬢ちゃんなんて失礼じゃないですか。それに笑ってなんていませんよ。不謹慎ですよ」

マヤが心外だという口調で反論する。

「そうか、そうか。それはすまんかったな。俺の気のせいだな」

飯島が笑いながら素直に撤回した。飯島の方が階級が上だが、相手が警察庁幹部の娘ということもあるのだろう。元来、口の悪い飯島も、署長からくれぐれも黒井マヤを怒らせないよう釘を刺されている。

「そ、そうですよっ！　私は焼き加減をチェックしていただけです」

「焼き加減？」

飯島が笑顔を残したまま顔をしかめた。

「あ、いえ、ガイシャの損傷具合をですね……。この状況からするに火炎瓶が体を直撃したんでしょうね」

「まあ、そうだろうな」

炭のようになった畳の上には瓶が転がっていた。数えてみると四本もある。これも海老塚のケースと同じだ。しかし今回は拳サイズの石も落ちていた。

「火炎瓶という手口から同一犯でしょうかね」

「模倣犯という可能性もある。捜査に先入観は持つな。ただ同一犯だったらやっかいだ。さっさと確保しないと何度でも続く。死者が出てるんだ」

飯島が一瞬だけ厳しい顔を覗かせながら言った。

「今回も外から投げ込まれたんですね」

マヤが床に落ちているガラスの破片を指さしながら言った。床に落ちているということは外から割られたということだ。

「ああ。ここは海老塚のマンションと違って窓ガラスが薄い。犯人はまずそこに転がっている石を投げつけて窓を割った。それからすぐに火炎瓶を投げ込んだってことだろう」

窓際には真っ黒になったベッドが置いてある。おそらくこのベッドに寝ていた被害者を火炎瓶が直撃したのだろう。被害者の状態から察するに、火だるまになってベッドから転がり落ちた。そこへ二発、三発、四発と立て続けに火炎瓶が投げ込まれた。部屋の惨状からして火の勢いは海老塚のケースと同じく相当に強かったと思われる。

風通しのよくなった窓から外を眺めると、階下は小さな公園になっていた。火が消えたというのにまだ野次馬たちが残っている。古い物件のため部屋の天井は高くないこともあって、建物の高さもさほどではない。今回は二階だが石を投げつけて窓ガラスを破り、その隙間を狙って火炎瓶を投げ込むことはそれほど難しくなさそうだ。

「とりあえず海老塚のガイシャと今回のガイシャに何らかの接点があるかもしれん。そこから洗っていけば犯人につながるぞ」

飯島は両膝をパンと叩いて立ち上がると、荻原を引き連れて部屋を出て行った。窓の外を眺めると空はうっすらと白みがかり闇が溶けかかっていた。時計を見ると四時を回っている。三時間後には街も動きだすだろう。

代官山は息を吐いた。忙しい一日になりそうだ。

代官山脩介（４）

被害者は佐々木佑哉という二十七歳の青年だった。

真っ黒に焦げた財布の中に通院中の歯科医院の診察券が残っていた。その歯科医院の院長に治療痕を確認してもらったところ、焼死体は佐々木本人であると確定された。

周辺住民の聞き込みを重ねていくと当時のおおよその状況が摑めた。

佐々木佑哉はその夜、行きつけのスナックで深夜まで飲んでいた。その店を出たのが二時過ぎ。彼は徒歩で帰宅したという。スナックからアパートまでは歩いて十分ほどの距離である。

深夜三時頃、近所に住む浪人生が受験勉強の最中にガラスの割れるような音を聞いている。それから間もなく火が上がったというのだ。

深夜で人通りの少ない立地ということもあって、今回も犯人の目撃情報は出なかった。また火炎瓶からも指紋が一切出ていない。犯人は瓶の表面をきれいに拭き取って、手袋を着用して犯行にのぞんだと思われる。

ただ、海老塚と今回では同じブランドのガソリンが使われていたことが成分分析で分かった。大手石油メーカーで全国的に使われているものなので、そこから犯人に結びつけるのはほぼ不可能だ。しかし、同じガソリンを使っているという点から、二件の放火事件は同一犯である可能性が強まった。

分からないのは犯人の動機だ。被害者の命を明確に狙ったのか、それともストレス解消を目的とした気まぐれな犯行なのか。現時点では何とも言えない。

「スナックのママが気になる証言をしています」

飯島は立ち上がるとメモ帳を開いた。会議室には三十人を超える捜査員たちが集まっていた。昼間はそれぞれに靴のかかとをすり減らしながら地道な聞き込みをくり広げている。代官山もマヤと一緒に炎天下の中を駆け巡るようにして情報を集めた。しかし犯人を特定するような情報は得られていない。

「スナック『エトランジェ』のママ、鈴木浜子によりますと、佐々木佑哉は深夜二時過ぎまで飲んでいて、かなり泥酔していたそうです。いつもだったらそこまで酔うことはないんですが、彼にとって愉快な出来事があったそうなんですな。その出来事ってのが、どうやら海老塚のヤマにつながりがあるらしいんですわ」

飯島の報告に捜査員たちがどよめいた。

事件から二日がたつが、佐々木と荒木・宮坂のカップルを結びつける報告はこれが初めてだ。壇上の幹部たちも顔を上げて飯島に着目する。

「佐々木は詳しくは話さなかったようですが、鈴木浜子に海老塚の放火事件を話題にして、『ざまあみろ』と嬉しそうに笑っていたそうなんです。鈴木浜子が不謹慎だといさめると、『あいつらは社会のゴミ』とか『ロクデナシ』などと被害者を誹謗《ひぼう》しながら、最後には『俺は犯人に感謝する』と言ったそうです」

つまり荒木・宮坂のカップルと佐々木佑哉は顔見知りだった可能性がある。さらに飯島は、

「ちなみに海老塚の放火が起こった時間帯に佐々木にはアリバイがあります。その日も彼は『エトランジェ』で飲んでいたそうです」

と付け加えた。これで海老塚のヤマにおいて佐々木は容疑者から外された。もっとも彼は同じ手口で殺されているわけだから容疑者とは考えにくいが。

「荒木は元ヤクザで宮坂と共謀した恐喝の前科もあるわ。もしかしたら佐々木は恐喝の被害者だったかもしれないわね」

隣に座っているマヤが代官山にそっと耳打ちをした。

「でもよく分かんないっすね。たとえば佐々木が恨みを持って荒木たちのマンションに放火したとして、じゃあその佐々木のアパートに火を放ったのは誰なんです？」

代官山の疑問にマヤはそっとオトガイに指を当てて小さく首を傾げてみせた。一瞬見惚れてしまうほどに可愛らしい仕草だった。

「今回のヤマは同一犯のセンが強いですから、海老塚は佐々木の犯行じゃないでしょう。アリバイもありますしね。荒木と宮坂と佐々木に接点があって、さらに彼らに恨みを抱く人物。そいつが犯人ですよ」

と代官山は続けた。今回の一件は被害者にとって不幸なことだし、何より市民を守ってやれなかったという、刑事として忸怩《じくじ》たる思いはある。しかしこのヤマが大きなヒントをもたらしたのは事実だ。海老塚のヤマではめぼしい目撃情報もなく、被害者二人の交友関係もつぶさに

当たったが、それらしい動機があってもアリバイが成立していたりする。彼も被害者だが犯人に結びつく道筋を示してくれたことは間違いない。

しかし佐々木佑哉という人物が今回いきなり上がってきた。

「やっぱり犯人は火で殺すことに強い執着を抱いているように思えるわ」

マヤが前方のホワイトボードを見つめながら言った。彼女の推察どおり、室外機に細工の痕跡が確認された。風が出ても冷風にならないように施されていた。マヤの言うとおりそのためにベランダに忍び込んで室外機に細工を施したというのなら、たしかに少々手が込んでいるように思える。しかし、二人の命を同時に狙うとなると放火という手段は有効とも考えられる。果たして犯人はターゲットを焼死させることに執着していたのか？　代官山には何とも言えなかった。

九条保奈美

九条保奈美は三ヶ月前にヤマワ楽器東京営業所から浜松本社の広報部に転属となった。ヤマワ楽器はホンダやスズキと並んで浜松の産業を代表する企業といえる。東京生活も刺激が多くて楽しかったが、生まれ育った地元で働けることが何より嬉しかった。

しかしそんな彼女の職場環境に暗雲が立ちこめた。同僚たちに誘われたお見合いパーティーが発端だった。

九条も二十六歳だ。いつも仕事を優先してきたので男性と知り合う機会に恵まれなかった。だから特定の恋人がいない。しかし今、そんな人生も淋《さび》しいと思った。仕事は好きだが結婚や育児に否定的ではない。むしろ仕事でシングルを通す人生は虚しいと感じていた。

地元の友人たちもぼちぼち結婚している。東京に比べて刺激の乏しい浜松に戻ってきてそれを強く思うようになった。さらに職場の先輩の存在がその思いをさらに強めた。

佐原伸子みたいにはなりたくない。

彼女は三十九歳の独身。職場での経験が長く業務を知り尽くしているから年配の上司たちからは重宝がられるが、典型的なお局《つぼね》気質なため年下たちからは敬遠されている。

いちいち指示が細かくわずかな落ち度も見逃さない。毎日生理中みたいにイライラしているし、彼女の周囲はピリピリとした空気に支配される。口を開けば嫌味が混じるので、彼女に指示を仰ぐのも業務経過を報告するのも無駄に緊張しなければならない。

「ねえ、知ってる？　こんどのパーティー、お局も参加するんだって！」

浜松の街を一望できるオフィスビル最上階にある社員食堂で、九条の真向かいに座った同僚の福島美津江が顔をしかめながら言った。お局とはもちろん佐原伸子のことだ。

「ええっ、マジで？」

「うん。愛美が行けなくなっちゃったでしょ。どこから聞きつけたのか知らないけど、そこへ強引に割り込んできちゃったの。嫌だったけどさすが断れないわよ」

「どうする？」

美津江の報告を聞いて食欲が失《う》せた。食べ始めたうどんはまだ半分以上も残っている。胃の中に粘土を詰め込まれたように気分が重くなった。

「出ないとまずいんじゃない？　明らかにお局を避けてるってバレバレじゃん。あとでどんな報復をされるか分かったもんじゃないわよ。ただでさえチクチクした女なんだから。差し障りなくお付き合いするしかないんじゃない？」

「そうねえ。考えようによっては、彼女がそこでいい人を見つけてくれれば寿退社で万々歳ってことになるかもね」

そうなれば本人にとっても九条たちにとっても最高のハッピーエンドだ。

「ないないないない。絶対ない」

美津江が大げさに首を振った。思わず二人で爆笑する。食事中の社員の注目を集めてしまったので二人して顔を見合わせた。

お見合いパーティーの前日、九条は佐原に呼ばれた。またミスをしたんだろうか。九条は暗い気持ちでため息をつくと、スカートの皺を伸ばして佐原の待つ給湯室に向かった。そこは佐原専用の説教部屋だ。

「九条さん。明日は私のフォローをお願いね」

「え？　フォローって何ですか？」

佐原の思わぬ申し出に声が裏返ってしまった。佐原が眉をひそめる。

「パーティーに決まってんじゃない。それとなく私を引き立ててほしいの。私って仕事ばかりだったでしょう。だからあなたみたいに男性からチヤホヤされたことがないのよ」

九条は「はあ」と相づちを打った。そりゃ年中ピリピリしてれば男だって引きますよ、と心の中でつぶやいた。

「あなたはいいわねぇ、きれいだから。男に苦労したことがないって顔をしてるわ」

彼女の言うとおり美人であることは自覚している。東京でもコンパに顔を出せばたいてい一番人気だったし、渋谷の街を歩いていて芸能プロダクションからスカウトされたこともある。

「そ、そんなことないですよぉ。全然もてませんってば」

九条は胸の前で手のひらをワイパーのように振った。その動きを二往復ほど目で追った佐原がこれみよがしに舌打ちをする。

「男って器しか見ない生き物なのよ。だからあなたみたいにカラッポだけどきれいな女がチヤホヤされるのね」

九条はため息を呑み込んだ。やはりこの人は苦手だ。こんな三十秒足らずの会話ですら不快な気持ちにさせられてしまう。それでも九条は笑顔を崩さなかった。対して佐原はニコリともしない。眉間《みけん》に刻まれた皺が緩むこともない。

佐原伸子は年齢を度外視しても美しくない女性に分類されるタイプだろう。小さな両目はひらめのように離れて、団子っ鼻はアンバランスに大きい。眉はつり上がり、それだけで攻撃的な印象を与える。色黒の肌はシミが目立ち、ヘアスタイルも垢抜けない。メイクを駆使しても平均点を超えるのは厳しそうだ。水気の乏しい広がったヘアのせいでただでさえ大きな頭が異様に大きく見える。そのうえ寸胴《ずんどう》体型だ。

「とにかく明日はお願いね。いつもあなたの尻ぬぐいしてやってんだから、たまには恩返ししなさいよ」

そう言いながら佐原がボールペンの先を九条の腹に押しつけた。

「は、はい。いつもお世話をかけてすみません」

九条は頭を下げて彼女から視線を外した。もう顔を見るのも辛い。今すぐにこの場から逃げ出したい気分だった。

「九条くん」

背後から男性の声がした。「はい」と返事をして縋《すが》るような思いで振り向いた。上司の松浦健一郎だった。

彼が「ちょっと」と手招きをする。九条は救われた気持ちになった。すぐに佐原に「失礼します」と一礼するときびすを返して松浦の方へ駆け寄った。

彼のポストは課長で九条や佐原の直属の上司だった。四十歳の妻帯者だがマリンスポーツで小麦色に焼けた肌は二十代の瑞々《みずみず》しさを感じさせる。短く整えた髪や切れ長の目やシャープな顔つきは、どことなく九条のお気に入りの映画俳優を思わせる。もちろん女性社員の間にもファンが多い。

「今日中にこれをエクセルにまとめられるかな」

松浦が書類を差し出してきた。内容を確かめると細かい項目や数値が並んでいた。九条は頭ひとつ分身長差のある松浦の顔を見上げると「はい」と笑顔で答えた。

「ところでどう？　君がここに来てそろそろ三ヶ月だ。少しは慣れたかい？」

「あ、はい。毎日楽しくやってます」

「それは結構。じゃ、それ頼んだよ」

薄い唇から真っ白な歯を覗かせて笑うと、オーデコロンの残り香を仄《ほの》かに漂わせて去っていった。その香りを吸い込むと、ダメージを受けてささくれ立った気持ちがなめらかに補修されていく。九条はこの仕事を会社の利益や自分のキャリアのためでなく、松浦課長のためにがんばろうと思った。


翌日。

お見合いパーティーの会場は浜松駅に隣接する高層ビルに入ったホテルだった。現地集合だったので九条は仕事を終えるとロッカールームでメイクを整え、勝負服に着替えて会場に向かった。ロビーにはすでにそれらしい参加者たちが集まっていた。

「九条さん」

美津江たちを探していると背後から声をかけられた。その声を聞くだけで胃が重くなる。九条は舌打ちを噛み殺して振り向いた。

「あ、佐原さん。可愛いワンピですね。なんだかいつものイメージと違うみたい」

はたして佐原伸子がそこに立っていた。こんな華やかな場所でも猜疑心《さいぎしん》に満ちたような険しい表情を貼り付けている。少女趣味の漂うワンピースはたしかに可愛いと思ったが、彼女の容姿と年齢にまるでなじんでいなかった。滑稽を通り越して不気味ですらある。

「それって、ふだんの私が可愛いとは無縁な女ってことね。あなたの言う私のいつものイメージって何よ？」

「い、いえ、へんな風にとらないでくださいよぉ。ふだんはばりばりと仕事をこなすクールでかっこいい、若い女性社員たちの憧れる女性って感じですよ」

九条は心にもないことをさも敬意を込めているような口ぶりで返した。

「ふうん。それならいいけど」

佐原は猜疑の目つきをそのままに、まんざらでもなさそうに頷く。

九条はその場にしゃがみ込みたくなった。疲れた。気がつけば美津江たちがこちらを遠巻きに眺めている。明らかに関わりを拒んでいる。なんて薄情な人たち。

そうこうするうちにお見合いパーティーが始まった。会場には男女それぞれ三十人が集まっていた。年齢は二十代から三十代前半といったところか。

司会者による運営説明の間、こぎれいに着飾った参加者たちが目視で物色を始めている。九条は男たちの熱い視線が自分に集まっているのを感じていた。こういうイベントに参加するとたいてい彼女はヒロインになる。それはそれで優越感が満たされて悪い気はしないのだが、今日に限ってそうはいかない。

「それでは歓談タイムにはいりまーす！　今から一時間とってありますので、気になる人がいたら積極的に声をかけちゃってくださいね」

司会者の合図で鎖が解かれたように人々が動き始めた。

九条はなるべく目立たないよう佐原の背後に立っていたが、あっという間に数人の男性に囲まれた。彼らから次々と名刺が手渡される。レストラン経営者、税理士、歯科医師、銀行マン、公務員。お見合いパーティーというより異業種交流会だ。

「マジできれいですよね。モデルさんみたいだ」

「いえいえ、全然そんなことないですよぉ」

「またまた～。実は彼氏さんがいるんでしょ？」

男たちは九条のありとあらゆる美点をほじくり出しては褒めまくる。悪い気はしないが、佐原の殺気が彼女の肌をチクチクと突いてくる。

「あ、あの、この方は私の先輩でいつも本当にお世話になっているんです」

九条は強引に男たちを押しのけて佐原に近づくと彼女を紹介した。

「佐原伸子です」

彼女はワイングラスを片手に丁寧にお辞儀をした。しかし男たちは一瞥《いちべつ》しただけで誰も彼女に声をかけようとしなかった。

九条は佐原を窺った。眉がさらにつり上がり表情の険が濃くなっている。

「ちょっと九条さん」

突然、佐原に腕を引っぱられた。その勢いに驚いたのか男たちは追ってこない。会場の片隅で佐原と二人きりになった。彼女は腕を組んだまま九条を睨め付けた。

「す、すみません。あんまりお役に立ててないようで」

「今からが本番よ。私の本命、あの人に決めたから」

突然、佐原が会場の対角に立つ男を指さした。その男はスポットライトが当たっているわけでもないのにひときわ眩しく見えた。東京時代、数々のイケメンを見てきたが、そんな記憶すら霞んでしまいそうだ。

野性と知性を絶妙に封じ込めたような深味のある顔立ちに、どことなく母性を刺激されそうな優しい瞳を覗かせている。百八十センチ以上はあるスリム体型のわりに顔が小さく、全身のシルエットだけでも目を惹かれる。他の男たちとは別世界のルックスをそなえた青年だ。イケメンにもほどがある。

「佐原さん、あの人が気に入ったんですか？」

「そうよ。私をあの人にアプローチして。今度という今度こそ役に立ちなさい」

彼は途中から参加したのだろう。最初は見かけなかった。あれほどの美青年なら真っ先に目についたはずだ。

「アプローチって……。いったいどうすればいいんでしょう？」

「そうね。まずは彼をここに連れてきて。あなたはここの女たちの中で一番きれいみたいだから邪険にはされないでしょう」

一番きれいみたいの「みたい」は余計だわ。九条は心の中で軽くつっ込む。そうこうするうちに青年の周りには明かりに群がる蛾のように女たちが集まっていた。

「何してんの！　早く行きなさいよ」

佐原が九条の背中を突き飛ばすように押す。彼女は大きく深呼吸して背筋を伸ばすと青年に近づいた。彫刻家が繊細に彫り出したような端整な目鼻立ちに思わず見惚れてしまう。

「あ、あの」

思い切って青年の背中に声をかけた。青年はさっと振り返ると九条に向かってほんのりと微笑んだ。それだけでふわっと幸福な気持ちになる。わずかでも気を許すと恋に落ちてしまいそうだ。

「私たちとお話しできませんか？」

九条はできる限りの笑顔を向けて佐原の方を促した。青年は佐原に視線を向けると、「いいですよ」と頷いた。女性陣の恨めしそうな視線を感じたが、九条は無視して青年を佐原のもとまで導いた。

「初めまして。佐々木佑哉です」

青年は自己紹介をすると佐原に握手を求めた。佐原は両手でがっちりと握りしめる。離そうとしない。青年の表情に困惑が浮かんだ。

「さ、佐原さん」

九条は彼女の顔を覗き込んだ。そしてのけぞりそうになった。佐原が嘘のようにきれいになっていた。表情から険という険が消えて、まるで顔全体から女性ホルモンを全開したようにツルツルに輝いていた。女は恋をするときれいになるというが、まさかこれほどまでとは。

「佐原伸子です。今後ともよろしくお願いします」

その瞬間から佐原が佐々木佑哉を独占した。彼も佐原に好感を抱いたのかどうか分からないが、楽しそうに歓談している。佐原が一方的に仕切って他人を会話に立ち入らせないので、九条はその場を離れることにした。どうやらミッションを果たせたようだ。

そしてパーティーが終わった。九条は帰り支度をしてロビーに向かった。その途中、数人の男に誘われたが、その気がなかったのですべて断った。ロビーには佐原伸子が立っていた。

「佐原さん。おつかれです」

「今日はありがとう。とっても楽しかったわ」

九条は初めて佐原の笑顔を見たような気がした。お局もやはりふつうの女性なのだ。やがて佐々木佑哉がロビーの奥に姿を見せた。他の女性たちの熱い視線にも目をくれずこちらに向かってくる。

「私、これで失礼しますね。じゃあ」

九条は幸せそうに彼を見つめる佐原にささやき、そそくさとその場を離れた。ホテルの玄関口を出てからガラス越しに佐原を見る。佐々木が佐原と楽しそうに談笑している。その二人の姿を他の女性たちが恨めしそうに眺めていた。

素敵な男性。ちょっと惜しかったかな。

それでもお局の幸せそうな笑顔を見ていると、こちらも嬉しくなる。

自分はいいことをしたのだ。

九条保奈美は彼らから視線を外すと、夜空の星を見上げながら帰路についた。

代官山脩介 (5)

「それにしてもかなりのイケメンだな」

会議が終わると、すぐ後ろの席の飯島が身を乗り出してきた。

「お嬢ちゃんはああいうのは好みじゃないのか？」

彼は前方のホワイトボードを指さしながら言った。

「お嬢ちゃんはやめてくださいって言ってるでしょうが！　一応これでも黒井マヤって名前があるんです」

マヤが飯島に向かって声を尖らせたが、

「まあ、ぶっちゃけタイプなんですけど」

と言いながら妙にうっとりした瞳をホワイトボードに向ける。そこには佐々木佑哉の写真が貼り付けられていた。

「だよな。男の俺が見ても惚れ惚れするぜ」

「飯島さんはそういう趣味があったんですか？」

「あるわけねえだろっ！」

マヤの逆襲に今度は飯島が目を剝《む》いて否定する。

写真には映画俳優を思わせる男性が微笑んでいた。肌や瞳や髪の色合いが顔立ちの美しさに見事に調和している。自分が女性なら一発で心を奪われてしまうだろうなと代官山は思った。

「犯人は女ですね。イケメンの陰に女ありだ」

「短絡的な推理と言いたいところだが、ここまでイケメンだと説得力が出てくるな」

飯島が代官山の見立てに同調する。代官山たちは席を立つとホワイトボードに近づいた。

佐々木佑哉。二十七歳。無職。浜松市東区半田山三丁目。

ホワイトボードには彼のプロフィールが並べられていた。無職とあるが、どうやらその色男ぶりで稼いでいたらしい。

佐々木を調べてみたらさっそく複数の女性関係が上がってきた。あのルックスだから予想はつくが、彼を目の前にした女性たちの心は一瞬にして沸騰してしまう。佐々木は彼女たちにベンチャー企業を立ち上げると吹いていたらしい。

「恋愛詐欺、結婚詐欺か。まあ、彼ほどのルックスなら天職でしょうね」

代官山は写真を指先で叩きながら言った。

次の日、飯島と荻原のコンビはさらに有力な情報を摑んできた。飯島が夕方から始まった捜査会議で報告した。

「どうやらここでもイケメン効果てきめんでした」

なんでも荒木と佐々木が浜松駅南にあるファミレスで同席していたことを、そこのウェイトレスが覚えていた。テレビニュースで彼らの顔写真を見て驚いた彼女は、以前彼女の恋人が傷害沙汰《ざた》に巻き込まれたときに世話になった飯島に連絡を取ってきたそうだ。

「彼女が荒木たちを見たのは今から五ヶ月も前のことらしいんですがね。佐々木のあのイケメンぶりでしょう。もろに彼女の好みにはまっていたようで印象に強く残っていたそうです。レジのときにマジで告《コク》ってみようと思ったらしいです」

飯島の報告に捜査員たちの間に小さな笑いが広がったが、署長の咳払いでそれもすぐに治まった。どちらにしても佐々木が平均的な容姿だったら、彼らもその他大勢の客としてウェイトレスの記憶に残らなかったに違いない。ともかく荒木と佐々木は面識があり、二つの放火事件はつながっている。

店員の話では、凄《すご》んでいる荒木に対し佐々木が怯《おび》えているように見えたという。佐々木に一目惚れした彼女は、仕事をするふりをしながら彼らのテーブルに接近して二人の会話に聞き耳を立てていた。どうも佐々木が荒木に脅されていたようだという。

「百二十万円と聞こえたそうです。おそらく荒木の要求額でしょう。それから一週間して、また二人が同じ店に現れた。そのとき佐々木は荒木に分厚い茶封筒を渡していたそうです」

そのやりとりをレジから眺めていた同じ女性店員は、茶封筒の中身が百二十万円と直感したという。佐々木を救おうと警察に通報することまで考えたらしい。そんなこともあって、五ヶ月も前のことだが、彼女は二人のことを鮮明に覚えていた。さらにその様子を日記に残していたので正確な日付も分かった。二月二十日だ。

「キャバ嬢だった宮坂由衣の方からも接点が出てきました。佐々木はどうやら彼女の店の客だったらしいですよ」

店長によると佐々木は一時期熱心に店に通っていたという。そして必ず宮坂を指名した。そこでも例のベンチャー起業の話が出ていたようだ。宮坂由衣は店のナンバーワンで稼ぎもよかった。あのルックスならそれも頷ける。

「なるほど。そこまで聞けば話が読めるな。佐々木は宮坂から金を騙《だま》し取ろうとした。しかし、騙すつもりが逆に荒木に強請《ゆす》られた、と」

ホワイトボード前に立つ主任が彼なりの推察を開陳する。

「ええ。あのアベックは同じ手口で恐喝した前科がありますからね。今回もそれでしょう」

「だからカップルだっつうの」とツッコミを入れる代官山の頭を後ろからはたきながら、飯島はなおも報告を続ける。

「荒木はヒモのくせに金遣いの荒い男で、いくつかの街金《まちきん》に借金があったらしいです。宮坂の稼ぎだけでは足りなかったようですね。しかし佐々木を恐喝した一週間後にはまとまった額が返済されている。佐々木からせしめた百二十万円を返済に充てたと思われます」

「三人に接点がある以上、ストレス解消や気まぐれを動機とした放火ではない。明らかに彼らの命を狙った犯行だ。しかし今のところ三人に共通する人物が上がってきていない。怨恨にしろ金銭がらみにしろ三人の命を奪ったんだ。犯人は彼らの知人ということになるだろう」

管理官がそれまでの報告から状況を総括した。たしかに殺しとなるとそれなりのエネルギーが必要だ。その殺意も長い時間をかけて蓄積していったものだろう。一回や二回顔を合わせただけの関係とは思えない。

会議は終わり、代官山たちの一日も終わろうとしていた。あとはいくつかの書類作成が残っているだけだ。

「どうも犯人は火にこだわっているような気がすんのよねえ」

廊下の自販機前でコーヒーを飲んでいるとマヤがやって来た。彼女はコインを入れて出てきた缶コーヒーを取り出す。どうやらブラック党のようだ。

「一件目の海老塚のマンション。エアコンの室外機の細工……。妙に手が込んでいる。それが最初の違和感だったの。そして二件目。やはり放火だったわ」

マヤが缶のプルトップを押し込みながら言う。

「一件目はともかく、佐々木のケースは放火にする必然性があったの？　むしろ他の手口だったら、警察は二つの事件の関連性を見出《みいだ》しにくかったはずよ。今回は二つとも火炎瓶を使った同じ手口の犯行だったから、警察は同一犯を視野に入れて捜査を進めてるわね。少なくとも我々警察には大きなヒントとなっている。それは犯人にとって不本意だと思うんだけど」

マヤの言いたいことは分かる。犯人は自身にとって不利であっても、似たような手口の放火殺人を強行した。つまりそれだけ相手を火で殺すことに執着しているということだ。殺す方法ならいくらでもある。

「それだけ相手を悶絶させたかったんでしょう。数ある殺害法の中で火あぶりが一番苦しみますからね」

「もしそうだとすれば、それだけ怨恨が強いということだわ。三人も苦しめて殺すんだから、相当の殺意と決意が必要ね。でも変よ。それだけ強い恨みを抱いている人間なら、もうとっくに捜査線上に上がってきてもいいはず。彼らの交友関係はそれほど広くない。怨恨どころか三人の共通の知人すら上がってきてないのよ。いくら何でもおかしいと思わない？」

マヤが缶を白い頬に押しつけながら言った。

「まあ、たしかに……」

海老塚の事件から十日以上が経過して、その間警察は被害者の交友関係を徹底的に洗っている。また放火歴のある者たちにも当たった。しかし今のところ容疑者は浮かんでこない。何より三人の共通の知人が一人も上がってこないのは不自然だ。三人を焼き殺すほどだから、彼らとは強い関係があるはずだし、極秘の交友でなければ真っ先に上がってきそうなものである。

「まっ、犯人を捕まえれば分かることよ」

マヤは立ち上がって空になった缶をゴミ箱に放り投げた。そして「じゃ、おやすみなさい」と手を振るとロッカールームに向かっていった。彼女は署近くにあるビジネスホテルに投宿している。署にも捜査員たちが寝泊まりできる大部屋があるが、男性が大多数を占める中でそうするわけにもいかない。

翌朝、同じ自販機の前で一服している最中だった。マヤがコーヒー片手に近づいてくる。

「ねえ。今日の昼とかちょっとつき合ってよ」

「つき合うって……どこです？」

「この前言ったでしょ。バーバラ前園の暗黒人形展。せっかく浜松にいるんだし、一度見ておきたいのよ」

暗黒人形展。あのバラバラ死体や奇形人間の姿をかたどった人形展だ。先日、マヤに見せてもらったパンフレットによればバーバラ前園は浜松在住の陶器人形作家で、猟奇性をモチーフとした作品を手がけているそうだ。さすがにあんなものを眺めて喜ぶ趣味はない。

「また機会があったらということで……」

「バッカじゃないの。こんな美女に誘われておいてどんだけ草食系なのよ！　刑事だったら少しはがっつきなさいよ」

マヤが人差し指を突き立てながら言う。

「こんなところで油を売ってやがったのか！　タレコミが入った。すぐに行ってこい！」

通りかかった神田が、代官山とマヤを見つけるやいなや怒鳴りつけた。表情が切迫している。

「どうしたんですか？」

マヤが問い質す。

「ヤマワのＯＬが消えたらしい。どうやら佐々木と揉めてたそうだ」

荒木たち以外にも、佐々木とつながる人物が浮上したということか。

「黒井さん、行きましょう」

代官山は立ち上がってマヤを促した。

「だけどまだモーニングコーヒーの最中だし」

マヤがたっぷりと入っている缶を揺らしながら言った。

「何がモーニングだ！　さっさと行ってこい！」

神田が怒鳴りつける。しかし彼の目は代官山に「つべこべ言わせずにさっさと連れて行け」と訴えている。

マヤはこれみよがしに舌打ちをすると中身の入った缶を神田に押しつける。

「神田さん。アニヲタおやじのヒステリーってみっともないですよ」

「だから俺はアニヲタじゃねえって言ってんだろ！」

「黒井さんっ！」

代官山は彼女の手を引っぱって玄関に向かった。

佐原伸子

三十九歳の佐原伸子が男性に抱かれるのは彼女の人生において二度目、前回は二十年近く前に遡《さかのぼ》らなければならない。大学のコンパで酔った勢いでサークルの先輩にヴァージンを奪われた。初めての恋人になるかと思ったその先輩に、酔いが醒めたら何も覚えてないと言われた。

美人でないのは自覚している。恋人ができないのも結局そこなのだ。

きれい、可愛い、巨乳、スタイルがいい。九条保奈美のようにすべてをクリアしている女性がいるのに、佐原はひとつも恵まれない。女性の格差は残酷だ。男性が女性から求められる経済力や優しさや強さは本人の努力でいかようにもなる。しかし女性はルックスがすべてだ。

佐原は九条を羨《うらや》ましく思う。あんなに可愛く美しく生まれたら、着飾る服を選ぶのも楽しいだろうな。化粧だってやりがいがある。鏡を眺めるたびに幸せな気持ちになれる。かっこいい男たちから誘われる仕事帰りも休日もきっと華やかなのだろう。悩んだり苦しんだりしていても誰かが手をさしのべてくれる。一分、一秒が楽しいこと嬉しいことで隙間なく埋め尽くされていて、一日中輝いていられる。

しかしそんな九条に見向きもしない男がいた。佐々木佑哉だ。彼は先日のお見合いパーティーに参加していた。男たちが九条保奈美を取り巻き、誰一人として佐原に見向きもしない中、佐々木だけは違った。彼女の話に熱心に耳を傾けてくれた。

「この際、思い切ってマンションを買ってみようかなあなんて思ったりしてるんですよ」

佐原はワイングラスを片手に思いつきで話題を振った。ベンチャー起業を目指しているという佐々木ならこの手の話題に興味を示すだろうと思ったからだ。

「ほう……」

案の定、佐々木が反応する。野性味のあるシャープな輪郭に、知性を漂わせた深味のある目鼻立ちの顔が佐原に向いて微笑んだ。

「浜松駅前にタワーマンションが売り出し中でしょう。いくら不況とはいえ本当の優良物件は価値が下がらないと思うんです。浜松駅なら東京も大阪も新幹線一本で行けるし、静岡にできた新しい空港にもバスが出てます。その駅に徒歩三分だからアクセスは便利でしょう。高層階なら眺望という付加価値もついてくるわ。住民も富裕層中心でしょうしね。万が一、物件を手放す羽目になっても高値で売れるし、そうでなくても高い家賃で貸し出すこともできる。投資という意味合いもあります」

佐原は最近、購入予定もないのに、駅前に建設中のタワーマンションの説明会に顔を出したことがある。佐々木に話している内容は営業マンの受け売りだ。彼にはイケメンアイドルや韓流スターを追いかけてばかりいるような女と思われたくなかった。

「しかし駅前の優良物件となるとかなり高価なのでは？」

佐々木が佐原の瞳の奥を覗き込むように顔を近づけた。香水が香る。急激に胸の鼓動が高鳴る。

「え、ええ。もちろんローンですわよ。貯金を頭金にすればなんとか」

実際に購入をシミュレーションしたわけではないが、低層階の物件なら長期ローンをギリギリまで組めばなんとかなりそうだ。佐原は目一杯の見栄を張った。

「すごいなあ。さすが一流企業は違いますね。このご時世にタワーマンションなんてなかなか手が出せるものではありませんよ」

「そんなことないですよぉ。だいたい一緒に住んでくれる人がいないんですからぁ」

佐原は胸の前で両手をヒラヒラと振って甘えた声で答えた。九条が男たちの前でよくする仕草だ。そんな彼女を見ると唾を吐きかけたくなったものだが、それを今、自分がしている。佐原は心の中で苦笑した。

「佐原さんならそんな男性いっぱいいるんじゃないですか？」

「私がですかぁ？　あり得ないですよ。こんな年増《としま》のおばさんなんて誰も相手にしませんよ」

佐原は自嘲《じちょう》気味に笑った。

「そんなことないですよ。今日も数人の若い女性と話をしました。こんなことを言うのは大変失礼なことなのでここだけの話にしてもらいたいんですが、彼女たちでは佐原さんのような話題にならないんですよ。美味しいスイーツとか映画とか海外旅行とか、彼女たちの頭の中は消費することばかりなんです」

「じゃあ、佐々木さんは女性に容姿とか年齢を求めないんですの？」

「僕が相手に求めるのはマインドです。容姿や年齢なんて二の次三の次ですよ。だから男は仕事、女は家事というスタイルには否定的ですね。これは持ちつ持たれつの関係でしかない。一プラス一がせいぜい二にしかならないんです。それではだめだ。僕は三にも十にも百にもなる関係でいたい」

佐原は思わずため息をついてしまった。この若さで、自分だけでなくまだ見ぬパートナーの将来をきちんと見据えている。職場の男性陣にも佐々木のような考えを持っている者はいない。社内で評価の高い松浦健一郎だってここまでの信念と人生観を持ち合わせてはいない。

ふと視界の端にこちらを心配そうに見つめる九条の姿があった。この会場で一番の美女が近くにいるのに佐々木は見向きもしない。彼の熱っぽい眼差しは佐原だけを捉えている。

「もういいから、あんたはあっちに行ってなさい！」

佐原は九条に目で合図を送った。その意味を察したのか九条はにっこり微笑むと佐原たちから離れていった。

やがて司会者が終了の合図を告げる。佐原は十二時の鐘の音を聞くシンデレラのような気持ちになった。彼と向き合う至福のひとときがこれで終わってしまう。

佐々木は優美に微笑むと「じゃあ」と佐原から離れていった。彼の背中を見て佐原は現実に戻された。周囲の女性たちが恨めしそうに佐原を眺めていた。彼女たちは誰もが佐原より美しく洗練されていた。しかしそのときの佐原はそれまでのような劣等感を抱くことがなかった。

佐々木の言うとおり彼女たちは見た目だけが美しい底の浅い容器なのだ。

パーティーが終わり佐原はロビーで彼を待った。

もっと彼の話を聞きたい。私の話をしたい。

「佐原さん。おつかれです」

背後から声をかけられた。振り向くと九条保奈美が立っていた。佐原を祝福しているような優しい笑顔を浮かべていた。

「今日はありがとう。とっても楽しかったわ」

佐原は職場の後輩に心からの礼を言った。こんなことは初めてのことだ。思えばいつも彼女たちをなじって非難しているだけだった。それは彼女たちに向上心が乏しいからだろう。つまり九条たちも佐々木にはふさわしくない。

「佐原さん。来ましたね」

九条がロビーの奥の方を指さした。佐々木の姿が見える。彼は佐原の視界の中でくっきりと立体映像のように浮き上がり、それ以外の人間はぼんやりとした背景となっていた。佐々木が近づいてくる。

「私、これで失礼しますね。じゃあ」

気を利かせたのか、九条がささやいて佐原のもとからそそくさと離れていった。

「佐原さん。よかったらもう少しお話しできませんか？」

佐原は首ひとつ分の身長差がある佐々木の顔を見上げた。彼は目尻を下げて穏やかに微笑んでいる。それは映画のワンシーンのように思えた。まるで現実感がない。自分がヒロインとは信じられず、なんとか「はい」と頷いた。

それからどこで何をしたのかあまりよく覚えていない。気がつけば佐原は佐々木とベッドを共にしていた。

「あなたの夢について聞かせて。どんな会社なの？」

佐々木はパーティーの会場でベンチャー起業の夢を熱く語っていた。実現に向けて奔走中だという。

「高齢者に関するビジネスだよ。これからは高齢化がさらに深刻化していくだろ。それに伴って市場も若者から老人に移っていくと思うんだ。財政難から年金や保険といった福祉も悪化していく。それは家族関係の希薄化、ひいては老人の孤立につながっていく。今ですら熟年離婚は珍しくない。僕たちが老人になる頃には『おひとりさま』がスタンダードになっていると思うよ」

「悲しいけど私もそんな気がするわ。私たちの老後は明るくなりようがないもの」

「ネガティブな未来予測ではあるが、前向きに考えればそこにビジネスチャンスがあるともいえる。老人たちにとって一番必要なものは何か？　それは他人の助けだよ。今でも老人ホームや介護ビジネスがあるけど、僕の考えているのはちょっと違うんだ。彼らに情報を提供するビジネスさ」

「情報を？」

佐原は首を傾《かし》げた。

「うん。簡単に言えば『他人の助け』を紹介するビジネスってところかな。老人たちは困ったことがあっても、どこの誰に相談すればいいのか分からないというケースが多いらしい。若者と違って彼らの多くはいわゆる情報弱者だからね。例えば水道の水が出なくなった。パソコンが動かなくなった。入れ歯が割れた。鍵をなくした。そんなとき彼らは途方に暮れてしまう。病気だってそうさ。数ある病院のどこに連絡をすればいいのか分からない。依頼しても引き受けてくれるとは限らない」

「たしかにそうね。老人でない私だって悩むときがあるわ」

「つまりありとあらゆるトラブルを想定した対処とそれを請け負ってくれる人や会社のデータ

ベースを構築すれば、ビジネスになると思うんだ。困ったとき途方に暮れることなくうちに一本電話してくれれば、トラブルを解決する情報を提供できるというわけ」

「なるほどねぇ。生活のトラブルシューティングね。それは便利だわ。思いつきそうで意外と盲点よね」

「そうなんだよ。それだけにこういうビジネスは早い者勝ちなんだよ。思いついたらすぐに実行に移さなければ先を越されてしまう。まずはデータベースのクオリティだ。これが弱いとどうにもならない。それだけじゃない。優秀なスタッフも必要だ。でも一番重要なことがある。何だと思う？」

「え、えぇっと……やっぱりお金かしら」

「さすがだね。僕が見込んだ女性だけのことはある」

佐々木はそう言って佐原の額にキスをした。あまりの高揚感に体がベッドから浮き上がりそうだ。

「どんなに素晴らしいアイディアがあって優れた人間に恵まれていても、金がなければ絵に描《か》いた餅さ。データベースは完成しているんだ。僕をトップとして数人の開発チームを組んでいるんだけど、みんなＭＩＴ時代の友人たちなんだ」

「ＭＩＴ？」

「ああ、ごめん。マサチューセッツ工科大学のことだよ。学生のとき留学してたんだ」

佐原も名前だけは聞いたことがある。アメリカに行ったことがない自分でも知っているのだから相当に優秀な大学に違いないと思った。

「佐々木さんってすごいのね」

「いやあ、それほどでもないよ。チームメンバーのスティーブやビルなんて僕よりずっと優秀さ。僕たちは数年がかりでデータベースを完成させた。独自のテクノロジーを採用してるから他社が参入してきたとしても絶対に追随できないね。顧客の人格や行動パターンを人工知能が分析して検索するシステムさ」

佐原は心底感嘆した。若いうちから日本を飛び出していたというところからして志が違う。彼との将来を思い描くと佐原の胸は大きく膨らんだ。

「ねえ。もしよかったら私にもあなたの夢を応援させてくれないかな？　貯金だったら少しだけどあるわ。そのお金をあなたの夢に役立てたいの」

佐々木は体を起こして佐原の瞳を覗き込むようにして見つめた。しかし厳しい顔をして首を横に振った。

「だめだ。応援とか同情とかそういう気持ちならやめてほしい。これはビジネスであり投資なんだ。出資する以上、大損をする可能性だってある。僕たちのコンセプトやシステムに死角はないと確信しているけど、この世の中に絶対はない。あのタイタニック号だって沈んだんだ。この僕と心中するくらいの心構えの持ち主じゃないとだめなんだよ」

彼と心中……。その言葉が佐原の心をふるわせた。それだけではない。彼は目先の資金に飛びつかなかった。今は一人でも多くの出資者を望んでいるはずだ。本来なら有利なことだけを並べ立てて何としてでも出資に引き込もうとするだろう。それなのに彼はリスクをきちんと説明して佐原に再考の余地を与えている。なんてフェアなのだろう。むしろ後先を考えず、彼の気持ちを惹きつけたいがために出資を申し出た自分が恥ずかしくなった。

うつむく佐原に向かって佐々木が話を続ける。

「もちろん僕は競争に勝つつもりだしその自信もある。ナンバーワンじゃない。オンリーワンになるのさ。だからパートナーになる人間の資質も慎重に見極めなければならない。僕のコンセプトを心から理解してくれる人でないとだめだからね。ただお礼は言いたい。あなたの気持ちはとても嬉しい」

佐々木はそう言って女のように細い指で佐原の髪をすいた。彼女は裸のまま佐々木の体にすがりついた。そして強く抱きしめる。

彼のすべてを受け入れたい。彼の人生に自分のすべてを賭《か》けたい。どんな結果になろうとかまわない。それがたとえ心中であろうと。

佐原は顔を上げて佐々木の瞳をまっすぐに見つめた。彼がわずかに目を細める。

「私、誓います。あなたに私のすべてを捧げるわ」

「本当にいいのかい？　大きなリスクを伴う決断だよ」

佐々木が佐原の両肩を摑んで真剣な顔で言った。佐原ははっきりと首肯した。

それから数日後。

佐々木から携帯電話に着信があった。出資金の一部が必要になったという。

「とりあえず百二十万円。申し訳ないんだけど来週までに支払わなくちゃならないんだ」

「いくら必要なの？」

「分かったわ。でも銀行からおろしてこなくちゃ」

「よろしく頼むよ」

そして次の日には駅前のカフェで佐々木と会った。その場で現金の入った封筒を彼に渡す。それから一緒にデートを楽しみたいと思ったが彼は起業の準備で忙しいという。これからチームのメンバーとの打ち合わせらしい。彼の仕事の邪魔をするわけにはいかないとその日はあきらめた。

それから佐原は毎日のように佐々木に電話を入れた。しかし準備に追われているようで会えない日が続いた。それでもこまめにメールをくれる。さっそく佐原の渡した資金が役に立ったと連絡があった。佐原が彼をさらに高いステージに導いたのだ。

佐原は自分に自信が持てた。長い間抱き続けてきた容姿に対するコンプレックスを払拭《ふっしょく》できたのだ。二人は互いに高め合う関係にある。佐原は満足していた。幸福だった。鏡を見ると心なしか前よりきれいになったように思う。佐々木は内面から輝く女性は美しいと言っていた。まさに今の自分がそうだと思った。

数日後、仕事帰りに立ち寄った駅ビルの書店で九条保奈美を見かけた。一緒にいる男性を見て息が止まりそうになった。佐々木佑哉だ。二人は会話をしている。妙な胸騒ぎをおぼえ、佐原は書架を隔ててそっと近づいた。そして本の隙間からこっそりと覗き込む。二人の顔がすぐ近くにあった。聞き耳を立てると彼らの会話が聞き取れるほどだ。

「僕は佐原とかいう君の先輩にはまったく興味がないんだ。ずっと君が本命だったんだけど勇気がなくて声をかけられなくてね。偶然、ここで君を見かけたときは神様って本当にいるんだなって思ったよ」

「でも、そんなの佐原さんが気の毒ですよ」

「あの人どうもしつこくてね。なんかこう……やたらと顔がピリピリしてるだろ。怖いんだよ」

それを聞いた九条がぷっと吹き出す。

「うちの会社のお局様ですからね。怖がって誰も近寄りたがりません」

「どう？　マジで僕とつき合ってみる気ない？」

「え、ええ？」

佐々木の告白に九条が顔を赤らめる。まんざらでもなさそうに苦笑いをしている。

佐原は全身の力が抜けた。その場で倒れそうになった。思考がまとまらず呼吸が乱れる。体の中が沸騰したように熱くなる。

騙された。奪われた。

気がつけば唇を嚙みしめていた。口を拭うと血が垂れている。しかし痛みは感じなかった。

佐原は九条を睨め付けた。佐々木と向き合って楽しそうに笑っている。どういうわけか佐々木に怒りをおぼえなかった。騙されたことより奪われたことが許せなかった。

会話の内容から九条の方からアプローチしたわけではないことが分かる。彼女はたまたまこの書店に立ち寄ったに過ぎないのだろう。しかし、何の努力もなしに他人の幸福を横取りできる持って生まれた天性が許せない。佐原がこんなみじめな人生を送っているのも九条たちが女の幸福を独り占めしてしまうからなのだ。

佐原の殺気が九条のアンテナに触れたのだろうか。

九条と視線が合った。彼女の表情は一瞬にして凍りついた。

代官山脩介（6）

ヤマワ楽器本社ビルは浜松駅から徒歩数分の好立地にある。最上階は社員食堂とカフェテリアになっていて、ガラス張りの大きな窓から浜松の繁華街を見下ろすことができる。

代官山とマヤはテーブルを挟んで九条保奈美と向き合っていた。

純白のブラウスにヤマワの社章が胸に入った紺色のジャケット。これが制服らしい。

ヤマワはここ浜松に本社を置く国内有数の楽器メーカーで世界的にも名が通っている。ルックスで選んでいるのではないかと噂されるほど、美人社員が多いことでも有名だ。そして代官山の目の前にいる女性も男性たちの目を惹く容姿だった。つい見惚れてしまう。隣に座っているマヤがどういうわけか咳払いをする。

「すみません。いきなり電話なんてして」

九条保奈美が緊張気味に頭を下げる。神田の言うタレコミとは彼女のことだったのだ。

「いいえ。こちらこそお仕事中にお邪魔して申し訳ありません。佐々木佑哉の事件のことで私どもにお話があるそうですね」

代官山はなるべく表情を緩ませソフトに話しているつもりだが、それでも九条は頬を強張らせたままだ。

「は、はい。今回の事件はテレビのニュースで知りました。だからすごく驚いたんです」

「佐々木佑哉とはお知り合いだったのですか？」

「い、いえ……。それほど親しいというわけではありません」

「親しくない？」

「ええ。初めてお会いしたのは五ヶ月ほど前でしょうか。お見合いパーティーです。も、もちろんお付き合いなんてしてませんよ」

九条が胸の前で両手をヒラヒラと振りながら、聞いてもいないのに顔を真っ赤にして否定した。代官山自身も何とはなしに安堵《あんど》した。

「私の先輩に佐原伸子という女子社員がいるのですが、その人が佐々木さんとちょっといろいろあったみたいなんです」

九条はまるで大きな秘密を打ち明けるように声をふるわせている。顔色もどこか冴えない。

「やあ、ここにいたのか」

突然、長身の男がテーブルに近づいてきた。その男性を見て彼女の表情が一瞬にして緩んだ。

しかしその表情をさりげなく引っ込めるとスーツ姿の男性に向かって会釈をした。

――この二人、できてる。

マヤもまったく同じ直感を持ったようで、代官山に目を合わせてきた。

「九条の上司の松浦といいます」

代官山は松浦の名刺を受け取った。松浦健一郎。肩書きは課長とある。年齢は四十前後といったところか。ドラマでOLのヒロインが恋に落ちる上司のイメージをそのまま持ってきたような男性だった。細身の長身、小麦色のスベスベ肌、シャープで仕事ができそうな顔立ち、柔らかな物腰。

「へえ、刑事さんにはこんな可愛い女性もいるんですね」

なるほど、松浦のような男が言うと嫌味に聞こえない。マヤもまんざらでもなさそうに微笑んだ。

松浦は九条の隣に腰を下ろすと代官山たちと向かい合った。

「実はうちの佐原が、亡くなった青年にメチャクチャ入れ込んでいたみたいなんですよ」

表情を隠すようにうつむいたままの九条に代わって松浦が話を始めた。

「入れ込んでいたというと？」

「詳しくは分からないのですが、どうも貢いでいたというか……。ねえ、九条くん」

松浦が声をかけると九条が小刻みに頷いた。松浦の「九条くん」という呼び方が白々しくもぎこちなく思えた。普段は下の名前で呼んでいるのだろう。

「貢いでいたというと、具体的にどのくらいかご存じですか？」

代官山は優しい声で九条に尋ねる。

「金額までは知りません。ただ昼休みに銀行でお金を引き出している佐原を見かけた女子社員がいまして、彼女が言うには百万円以上はあったんじゃないかって」

その金額にピンとくるものがあった。佐々木佑哉は荒木浩文から強請られていた。その金額が百二十万円。そして佐々木はその金額を実際に荒木に渡している。その原資は佐原という女子社員からではないか。マヤも同じことを考えたようで目を合わせてきた。

「それはいつ頃のことでしょうか？」

「最近じゃないそうです。二月頃って言ってたから、おそらくお見合いパーティーの数日後じゃないかと思います」

これも一致している。佐々木が金の入ったと思われる茶封筒を荒木に手渡しているのをファミレスのウェイトレスに目撃されたのも五ヶ月前のことだ。金の出所が佐原という女性であることはほぼ間違いないようだ。

「九条が言いにくいようなので私から申しますが、実は佐々木という男の本命は佐原でなくこちらの九条だったようです。それを知った佐原は九条にイジメをするようになりましてね」

松浦がしかめっ面で九条の方を見る。九条はうつむいたままだ。松浦は佐原の写真を代官山たちに差し出した。社員証に使う写真のようだ。底意地の悪そうな女が険のこもった目つきでこちらを睨んでいるように見える。

「その佐原が二日前から会社を無断欠勤してましてね。連絡も取れないんですよ」

「二日前ということは、佐々木佑哉の事件から二日後ということですか？」

代官山は話を止めて確認を取る。佐々木の自宅アパートから火の手が上がったのは四日前のことだ。

「そうです。佐原は仕事の鬼みたいな女性でしてね。無断欠勤なんて考えられないんです。もちろんそんなことは一度だってなかった。佐々木佑哉のこともあったでしょう。出勤していたときも落ち着かない感じでした。我々としても心配してるんです」

「自宅にはおられない？」

「はい。同僚と彼女のアパートを訪ねたんですが人の気配がありませんでした。二日分の朝刊と夕刊が郵便受けに差し込まれたままでした」

今度は九条が答えた。

「実家の方には連絡を入れたんですか？」

「もちろんですよ。彼女の実家は長野県の松本市にあるんですが、ご両親も彼女の居所は把握してないそうです。我々もいたずらにご両親を心配させるわけにもいかないので、『一人旅ですかね』とはぐらかしておきましたけど」

松浦がテーブルの上で指を組みながら言った。神妙な表情を向けているが、どことなく白々しく見える。

「刑事さん。何とか佐原のことをお願いできますか。たしかに佐原は気難しいところがありましたけど、今回のような事件に関与している女性とは思えません。よろしくお願いします」

松浦がテーブルに手をついて頭を下げた。九条も彼に倣う。

「事件に関与とは……、佐原伸子が佐々木佑哉の自宅に火をつけたということですか？」

代官山は少しだけ意地悪な質問をした。

松浦は険しい顔を向けて一回だけ、しかし、はっきりと頷いてみせた。

代官山脩介（7）

代官山脩介と黒井マヤはヤマワのビルを出て駐車場に向かった。日差しに体を晒《さら》せば一瞬にしてシャツは汗で重くなる。七月も半ばになる。外回りが多い捜査員泣かせの季節だ。海老塚の事件からそろそろ二週間になる。

「黒井さん。どう思います？」

運転席に座った代官山はシートベルトを締めながら助手席のマヤに声をかけた。

「おそらく佐原が銀行から引き出していたという現金は、佐々木を通して荒木に渡ったんでしょう。佐々木佑哉はベンチャーの話を持ちかけて佐原に出資させた。もちろん詐欺よ。アラフォーの彼女に結婚をちらつかせたんだわ」

しかし佐原は佐々木の本命が九条保奈美だったことを知る。駅ビルの書店で佐々木に口説かれているところを佐原に目撃された。そのときの佐原の顔は般若《はんにゃ》みたいだったと九条は言った。

それから佐原のイジメが始まったらしい。

「不審に思った佐原仲子は佐々木のことを調べた。そして騙されたことを知った。それだけじゃない。佐々木が宮坂由衣に騙されて荒木に強請られていたことまで知った。佐原にしてみれば三人は同罪だ。怒りに我を忘れた彼女は三人を焼き殺した」

代官山はマヤの推理を引き継いだ。

「ブスってほんとに救いようのない哀れな生き物ね」

マヤが吐き捨てるように言う。

「黒井さんはきれいに生まれてよかったっすね」

彼女を褒めるとしたらとりあえずそこしかない。

「私なんてこんなに麗しい美貌《びぼう》に恵まれちゃって申し訳ないくらいよ。美しさは罪っていうけど、そういう意味では死刑でも足りないくらいの大罪人だわ。私みたいな女がおいしいところを根こそぎ独占して、ブスたちを不幸にしてるのよ。そして私に見向きもされない男たちもね」

マヤが真顔で言う。自意識過剰もここまでくると清々《すがすが》しい。

「ともかく佐原仲子は姿を消してます。重要参考人ですよ」

ここへ来て、やっと容疑者らしき人間の名前が上がってきた。

「ただやっぱりどうして佐原はあそこまで放火にこだわったのかが気になるわね」

とマヤが続けた。

「だから相手を思いっきり苦しませたかったんでしょうね。苦しませるなら火あぶりですよ」

言いながら代官山は、火だるまになった自分自身をイメージして身震いした。

「だけど女ってのは怖いですね。騙された悔しさは分からんでもないけど、放火までしますかねぇ。あの年齢で独りもんでいると執念深くなってくるのかなあ。いや、むしろそういう性格だから男が寄りつかないのかもしれませんね」

代官山は頭の後ろで指を組みながら背伸びをした。

「ちょっと、代官様。それって明らかに女性蔑視発言よ」

「いやいや、そんなつもりじゃあ……。すんません」

代官山はぺこりと下げた頭を掻いた。

「いい？　女には二種類いるの。美しい者とそうでない者よ。あなたが言う『女』ってのは後者のことなの。なぜなら私たち美しい女はいつどんなときでも、どんな状況でも、徹底的に絶対的に愛される立場だから、嫉妬なんて醜い心を持つ必要がない。それゆえ顔の美しい女は心が醜くなりようがないのよ。でも佐原みたいな女はその逆よ。私たちを妬《ねた》んでやっかみながら、それをエネルギーに日々生きている。当然心もゆがんでくる。つまりあなたの言う怖い女ってのは、ブスのことなの。そんな人たちと十把《じっぱ》一絡《ひとから》げに同じ女で括《くく》ってほしくないわ。ブスと私たちを同格に扱うべきじゃない。きちんと分類すべきよ。なぜならブスと私たちは住む世界も人生のクオリティも違うし、そもそも同じ生き物ですらないもの。よく言うじゃない。『金持ちはケチ』だとか『美人は性格が悪い』とか。あんなものは何ら美点を持たない人間の浅まし

ない。

「でも火あぶりはやりすぎですよね。それも三人です。愛する家族を皆殺しにされた復讐とかなら分かるけど、たかだか百二十万の被害ですよ。やられた方もたまったもんじゃない偏見よ」

代官山は感心した。主張はムチャクチャだが妙な説得力がある。もはや反論する気にもなれない。

とりあえず話を本筋に戻す。

「私もそれが気になってんの。犯人の火に対するこだわり。もっと他に別の動機があるのかもしれないわ」

それは一番最初の海老塚の事件からマヤが主張していたことだ。犯人はエアコンの室外機に細工をしてまで部屋の窓を開けさせている。たしかにこの手口は何らかの執着性を感じさせる。

「どちらにしても佐原は姿を消している。逃げたってことでしょう」

そのとき、着信が鳴った。マヤの携帯電話だった。彼女は「神田さんからよ」と告げると折りたたみ式の携帯を開いて耳に当てた。

「もしもし黒井です……。ええっ！　ホントですか？　分かりました。すぐに向かいます」

マヤが携帯電話を畳むと、嬉しそうにほんのりと微笑んで前方の交差点を指さした。

「なんかいい知らせですか？」

「ええ、そうよ。すぐUターンして。中田島方面よ」

「どうしちゃったんです？」

中田島方面……。浜松駅から車で十数分のところにある佐原のアパート近辺だ。

「工場跡地で人が死んでるという通報が入ったそうよ」

「ほお……って、思いっきりバッドニュースじゃないすか！　なに嬉しそうな顔してるんですか！」

「そんなのあなたの錯覚よ。それより急ぎなさい」

マヤが前方を指で促した。

「まさか佐原伸子じゃないでしょうね」

死体と聞いてまず最初に浮かんだのが佐原の自殺だった。逃げきれないと観念した彼女は自ら命を絶った。もしそうなら事件は一気に解決するわけだが、代官山たち刑事たちにとっても後味の悪い結末となる。どんな事情であれ、犯人は生きて罪を償うべきだと思う。

代官山は急ハンドルを切って車をＵターンさせた。そしてアクセルを一気に踏み込んだ。

「なんだか面白くなってきたわねえ」

助手席で矢継ぎ早に流れる車窓の景色を眺めながらマヤがつぶやいた。

ヒャッヒャッヒャッヒャッヒャッヒャ……。

マヤが嫌な笑い方をしている。

代官山脩介（8）

佐原伸子の焼死体が発見されたのは、中田島砂丘すぐ近くの工場跡地だった。中田島砂丘は浜松南部に南北約〇・六キロ、東西約四キロにわたって広がる遠州浜の一部である。起伏が少ないため砂浜には美しい風紋が見渡せる。五月の浜松まつりには勇ましい凧揚《たこあ》げ合戦がこの砂丘を舞台にくり広げられる。

現場は彼女のアパートからは五百メートルほど離れている。もともと自動車の修理工場だったようだが、三年前に倒産して今は無人となっていたそうだ。家族で経営していたようで、個人のガレージに毛が生えたような規模だった。

現場では最寄りの派出所から駆けつけた制服姿の警官がテープを張って待機していた。代官山とマヤは警察手帳を見せると警官に敬礼をしながら敷地内に入っていった。

プレハブ造りの工場は薄暗くてあちらこちらで蜘蛛《くも》が巣を張っていた。長い間、放置されていたようで、置き去りにされた部品や道具は埃をかぶっていた。黴《かび》臭さに混じって何かが焼けた臭いがかすかに漂っている。

管理会社の年配の社員に案内されて奥の方へ進むと、コンクリートの地面が花火遊びのあとのように煤けている。死体はそこに転がっていた。最初見たときは人影のように思えた。近づくと肉の焦げた臭いが鼻孔を刺激した。代官山はハンカチで鼻と口を覆いながら遺体に向かった。

「月に一度、見回りに来ているんですが、それが今日だったんです。それはもぉ、ホントにビックリしましたよ」

白髪混じりの男性は気の弱そうな顔を向けながら泣きださんばかりの声で話す。その表情には、自分がもしかしたら疑われているのではないかという不安も窺えた。

代官山とマヤはしゃがみ込んで死体を眺めてみる。死体は前の二件と同じように黒焦げで、一見しただけでは男女の判別がつかないほどだった。地面の焦げあとを調べると佐原がのたうち回ったような形跡がある。相当に苦しんだんだろう。体をのけぞらせた状態で、肉が焼け落ちた表情は苦悶に満ちていた。

代官山はそっと黒井マヤに視線を移した。

笑っている……。

いや、表情に出しそうな笑いをこらえているといった案配だ。瞳をらんらんと輝かせながら、口角がつり上がらないよう口元を引き締めている。それは謙虚さをアピールするために喜びを表に出すまいとするときの白々さを思わせた。

そのうち彼女は顔を死体に近づけて目を閉じた。

そういえばマヤはここに入ってから口や鼻を一度も塞いでいない。それは前の二件もそうだった。臭いだ。黒井マヤは臭いを嗅いでいるのだ。肉の焦げた臭い。まるで香水の香りを楽しむように、その表情にはうっすらと恍惚《こうこつ》感すら漂っている。

「で、どう思います？」

「焼け方がひどいわね。今回もガソリンが使われたかもしれないわ」

死体の近くに財布とアパートのものと思われる鍵が落ちていて、こちらはまったく焼けていなかった。ポケットに入れておいたが、何らかの拍子に落としてしまったのだろう。財布の中には佐原伸子の免許証とクレジットカード、少々の現金が入っていた。

「どうやらこの死体は佐原伸子のようですね。自殺かな？」

本当に佐原伸子かどうかは今後の身元確認作業で判明するが、状況からして本人であるのは間違いないと思われる。

「今回も火だわ。自殺にしろ他殺にしろ、火に対するこだわりが気になるわね」

「他殺の可能性を疑いますか？　まあ、そりゃ、捜査に先入観を持ってはいけませんけど」

「ええ。だって不自然よ。たった百二十万円の恨みを晴らすために三人を殺して、自分自身に火を放つ。まあ、恨みの大きさは人それぞれでしょうからあそこまでの凶行に及ぶことはありだと思うけど、焼身自殺する必然性はないと思うのよ。曲がりなりにも彼女は騙された被害者なんだから。相手を殺して私も死ぬという発想だったにしても、飛び降りとか首吊りとか、もう少し一般的な死に方を選ぶわよ、ふつう」

「つまり彼女は自殺じゃない、だから他殺だと言うんですか？」

代官山の問いかけにマヤは頷いた。

「じゃあ、佐原伸子を殺したのは誰なんです？」

「それが分かれば苦労しないわよ。どちらにしても気の毒な人生ね。ブスに生まれたがためにさんざん損な役回りで、挙げ句の果てにこんな悲惨な死に方してんだもん。笑っちゃうわよ」

「またまたそんな……」

「それと、しつこいようだけどさ」

マヤが顔を近づけてくる。

「何なんですか？」

「バーバラ前園の暗黒人形展よ。今月中には終わっちゃう。今からつき合ってよ」

「はあ？　これから署に戻って報告でしょうが！　そんな時間なんてありませんよ」

マヤが大きく舌打ちをする。とても上司の態度と思えない。代官山はため息をついた。


そしてその日のうちに黒井マヤの推察が肯定された。

まず黒焦げの遺体は歯の治療痕から佐原伸子と断定された。また死体の近くに落ちていた鍵は彼女のアパートの部屋の鍵穴と一致した。

そして何より検死によって自殺ではないことも確定された。解剖の結果、脇腹に刃物で刺された深い傷が確認されたのだ。しかしそれが致命傷にはなっていない。というのも気道が焦げていたそうだ。つまり火が放たれたときにはまだ息があったということになる。そうでなくてものたうち回ったような痕跡と、のけぞらせた身体を見れば、生きたまま焼かれたのは間違いない。そして今回もやはり今までと同じようにガソリンが使われていた。

推定死亡時刻は二日前の早朝とされている。彼女が無断欠勤した初日だ。近隣住民たちへの聞き込みで分かったことだが、現場は佐原伸子のジョギングコースの途上にあった。

彼女は出社前の早朝、ほぼ欠かさずこのコースを走っていたらしい。焼け残った靴はジョギングシューズだったし、建物の入り口に彼女のものと思われるスポーツタオルが落ちていた。おそらく佐原はジョギング中に何者かによって襲われたのだろう。周囲から夥しい血の跡が見つかっている。脇腹を刃物で刺されて、動けなくなったところを工場内に引きずり込まれた。そしてガソリンを浴びせられ火に巻かれた。

「やはりここでも犯人は火で殺すことにこだわってるわ。刃物を使っているのに致命傷を与えていない。動けなくなった佐原をわざわざ人目につかない屋内に引きずり込んで火を放ってる。ガソリンを用意していたということは、最初からそのつもりだったのよ」

マヤがまたしても火に対するこだわりを指摘した。ここへきて彼女の主張にも説得力が出てきた。殺すことが目的ならナイフで事足りたはずだ。

それにしてもいったい何なのだろう。宮坂由衣に近づいた佐々木佑哉は、彼女のヒモである荒木浩文に恐喝された。金に困った佐々木はお見合いパーティーで親密になった佐原伸子から金を騙し取る。彼女は被害者だ。その怒りが荒木や佐々木に向くのも必然だ。だから彼らを火あぶりにした。凄惨《せいさん》な手口と動機のギャップに疑問があったにせよ、代官山たちはそう考えていた。

しかしその佐原が殺された。自殺ではない。つまり犯人が他にいるということだ。手口が類似している点から、荒木や佐々木を殺した人間も同一と考える方が自然だ。そうなると当然、動機も違ってくる。

今、警察では荒木カップルと佐々木佑哉と佐原伸子、この四人の共通の知人を洗っている。四人の共通の知人となると、その範囲は相当に絞られるはずだ。その人物が事件に関わっている可能性が高い。

浜松中部警察署内はちょっとした騒ぎになっていた。もうすでに四人の市民の命が奪われている。この時点で警察は容疑者を挙げていないのだ。

捜査員は大幅に増員された。これ以上、被害者を出せば、県警の威信に関わってくる。当初はさほど大きく取り扱われなかったが、佐原の事件がきっかけで全国版として大々的に取り上げられるようになった。特に佐々木と佐原の接点がお見合いパーティーであることが人々の関心を惹いたようだ。各局のワイドショーも浜松にレポーターを送り込んで報道合戦の様相を見せ始めている。

その夜に行われた捜査会議はピリピリとした空気が広がっていた。捜査員が増員されたので、昨日までは若干余裕のあった会議室も満員御礼の寄席を思わせる有様だ。強面のいかつい顔をした体格のいい男たちが互いに気を遣い、肩を縮めて着席している。

そんな捜査員たちを三ツ矢晃士捜査一課長が険しい顔をして壇上から眺めている。主任と管理官も同様だ。一番隅の席では署長の高橋吾郎が幹部連中の顔色を窺いながら貧乏揺すりを続けていた。

各班からそれぞれの報告が上がってくるが、その中に直接犯人に結びつくような情報はない。聞き込みで得られた証言も、思い込みや、先入観や錯覚が疑われる信憑性《しんぴょうせい》の低いものばかりだ。明らかなガセネタも多い。

増員された捜査員たちが、被害者四人の交友関係を徹底的に調べている。なのにこの四人に共通する知人が浮かんでこない。彼らの幼少期まで遡って調べているが、今のところ該当者はゼロだ。荒木カップルと佐々木佑哉、佐原伸子と佐々木佑哉はそれぞれ面識があるのは確認されている。しかし荒木カップルと佐原伸子にはまるで接点がない。社会の裏を歩んできた荒木たちと、生真面目で実直で男に縁のない生活を送ってきた佐原。携帯電話やインターネットの電子メールやチャットまでつぶさに調べてみたが、彼らが連絡を取り合っていた痕跡は見つからなかった。むしろ両者はまったく面識がなかったという見方が勝っている。

「荒木カップルから佐々木佑哉へ、佐々木から佐原伸子へ。この事件は直線的にはつながってる。そこに注目するべきかもしれないわ」

マヤが緊迫感を漂わせる壇上の幹部たちを見つめながらぼんやりと言った。

そのとき代官山の脳裏に美しい女性の顔が浮かんだ。

「先日、ヤマワで九条保奈美という女子社員から話を聞いたじゃないですか。佐原伸子が大金を貢ぐまでに熱を上げていた佐々木佑哉の本命が九条だったって。それが原因で彼女は佐原から社内でイジメにあっていたと言ってましたよね」

九条は華やかな容姿の女性だったがどこかやつれたような顔を覗かせていた。彼女の上司である松浦健一郎の話では社内で佐原のイジメを受けていたという。

「荒木たちが佐々木を恐喝して、その佐々木は金を工面するため佐原を騙した。今度は佐原が自分のストレスを九条保奈美へのイジメという形で解消した」

「つまり、九条が犯人ということですか？」

佐原のイジメにあった九条は、こんな状況を引き起こした原因を遡っていき、関係者全員を焼き殺す。

「さあ、何とも。どの程度か知らないけど、四人も、それも焼き殺すほどのイジメだったのかな」

たしかに彼女の言うとおりだ。陰湿なイジメを受けている本人にとってその数ヶ月は生き地獄だったに違いない。しかしそれが四人も殺す動機になり得るだろうか。佐原一人で充分ではないか。それに放火にこだわる手口も解せない。

荒木たちから渡ってきた悪意のバトン。

もしそんなものが存在するとしたら、そのバトンは今現在、九条保奈美が握っているということになるのだろうか。

そうこうするうちに会議は終わって解散となった。マヤは帰り支度を済ませると部屋を出て行った。彼女は近くのホテルに宿を取っている。

「おい、代官様」

マヤの背中を見送っていると後ろから声をかけられた。飯島だ。

「なんですか？」

「いけ好かないとこもあるけど、可愛いお嬢ちゃんじゃねえか。ちゃんと口説けたか？」

「バカ言わないでくださいよ」

「たしかにこんなバカ言ってられる状況じゃなくなってきたな。また死人が出たらヤバいぞ。署長の首も飛ぶかもな」

飯島は壇上の署長を見つめながら顔を曇らせた。高橋は落ち着かない様子でしきりにハンカチで額の汗を拭っている。

「それよりお前、佐原伸子の現場には中部署では一番乗りだったそうだな」

「え、ええ。そうですが」

最寄りの派出所からはすでに若い警官が到着していたが、本署からは代官山とマヤのコンビが一番早かった。

「それが何か？」

「いや、大したことじゃねえんだ」

飯島が目を見開いて肩をすくめた。

「気になりますよ。何なんです？」

「鑑識の連中が言ってたんだけどよ。被害者の人差し指の爪が見つからないんだと」

「爪ですか？」

「ああ。ガイシャは生きたまま焼かれたわけだろ。のたうち回ってコンクリートの地面を引っ掻いているうちに爪が剝《は》がれちまったそうなんだ。その爪が見当たらないんだとよ」

「そんなことですか？」

代官山は苦笑する。たしかに大したことじゃなかった。

「やつらが首を傾げていたからさ。別に重要な物証ってわけでもないから、気にすることはないんだけどな。お前、知らないか？」

飯島が代官山を横目で見ながら尋ねてきた。

「知りませんねえ。燃え尽きちゃったんじゃないすかね」

「だよな。俺もそう思うわ」

飯島が表情を緩めて代官山の肩を叩いた。

そのとき、代官山は佐原の焼死体を眺めている黒井マヤの姿を思い出した。彼女はまるで死体の焦げた臭いを堪能するかのように目を閉じて顔を近づけていた。それに時々見せる、死体を前にしての意味不明な微笑み。

「飯島さん」

突然、班長の神田輝明が二人に近づいてきた。切羽詰まったように顔が青ざめている。

「どうしたんですか？　神田さん」

飯島が声をかけると神田は腰に手を当ててうなだれながら首を振った。

「逃げちゃだめだ！　逃げちゃだめだ！　逃げちゃだめだ！」

「大丈夫かい？　あんた」

飯島が心配そうに神田の顔を覗き込むと、神田は顔を上げた。

「火事です。南区の方で消防に通報が入りました」

「マジすか……」

そのとき、代官山の頭に浮かんだのは九条保奈美だった。悪意のバトンは彼女に渡っている。問題は彼女が一連の放火事件の真犯人なのかどうか。もしそうなら次に焼き殺されるのは誰なのか。しかし今まで悪意のバトンを受け取った者は同じように焼き殺されている。九条が犯人でなければ、次の被害者は彼女なのかもしれない。

九条保奈美の現住所は東区小池町だったはずだ。自動車学校の近くだといっていた。火の手が上がった南区からは十キロ近く離れている。

「僕はもう疲れたよ……」

どこかで聞いたことのある妙に懐かしい台詞を神田がつぶやく。

「今回の事件とは無関係ですよ、きっと」

代官山は追いつめられたような表情を貼り付けている神田を励ますようにして言った。

「そうだといいんだが……。だけど嫌な予感がするんだ」

神田は窓に目を向けながら言った。建物に阻まれて見えないが、その方向のずっと向こうが現場だ。代官山も祈るような気持ちでそちらを見つめた。

――だけど嫌な予感がするんだ。

代官山も胸騒ぎをおぼえていた。

松浦健一郎

松浦健一郎は仕事帰りに、駅ビル内に入っている浜松市内で一番大型の書店に立ち寄っていた。経営や労務関係のコーナーに目的の本が並んでいた。『パワハラを防ぐ方法』『モラルハラスメントを撃退する本』『職場イジメはなぜ起こる？』『部下を殺す上司たち』『パワハラ相談Ｑ＆Ａ』……などなど。現代社会における職場イジメの深刻さが取り扱い書籍の多さに窺える。

部下である女性社員の一人が、一週間ほどまえに松浦に相談を持ちかけてきた。

彼女はヤマワ東京営業所から数ヶ月前に転属してきた女性で、ここに来た当初は仕事が楽しくてしょうがないといった趣で笑顔も潑剌《はつらつ》としていたし、そんな彼女を眺めるとこちらまで元気がもらえた。それがここ一ヶ月ほど曇りがちだった。笑顔は途絶え顔色が冴えない。何かに追いつめられたようにいつも警戒した目つきで落ち着かないし、こちらからの呼びかけにも反応が鈍い。仕事にも集中できていないようで、些細《ささい》なミスをくり返している。当初の彼女の能力からすればあり得ないことだ。

彼女は佐原伸子の名前をあげた。健一郎も佐原が苦手だった。彼女の醸し出すピリピリとした空気にはいたたまれないものがある。ただ、仕事ぶりに落ち度はない。職場経験が長いだけあって誰よりも業務を知悉《ちしつ》している。健一郎自身、ミスの許されない重要な業務は他の社員に任せることができず佐原に頼ってしまう。それだけに強く出られない。

「課長?」

本から顔を上げると目の前に女性が立っていた。今もどこか疲れきった表情が彼女を何年分か老けさせていた。ほんの一ヶ月ほど前までは若さと美しさがまばゆいほどに輝いていたはずだ。彼女が佐原のターゲットとなっている九条保奈美だ。

「ああ、君か。あれから調子はどうかね?」

健一郎が声をかけると九条はさらに顔を曇らせてうつむいた。佐原のイジメは続いているようだ。しかし健一郎の抱えている本のタイトルを見てぱっと顔を上げた。

「課長、その本って……」

「ああ、これか? まあ、こんなことがあったから僕もいろいろと勉強しようと思ってね」

「それって、私のために?」

「いや、まあ……。恥ずかしい話だけど、こんなときどうすればいいのかさっぱり分からなくてね。君がこんなに辛い思いをしているってのに情けない話だよ。まったく上司失格だ」

健一郎は軽く頭を下げた。

「い、いいえ、そんな。課長が謝らないでください。私、とっても嬉しいんです」

「嬉しい?」

「はい。だって職場では相談できる人がいなかったですし、話したところで微妙すぎて理解してもらえないでしょうし」

「そうか」

健一郎も佐原以外の女性社員たちにそれとなく話を聞いたことがある。当初、楽しそうに仕事に打ち込んでいる九条の姿を見て職場に溶け込んでいるものと思っていたが、必ずしもそうではなかった。

「東京での生活をひけらかしては浜松で働く自分たちを見下している気がする」「美人であることを鼻にかけている」「男性社員の目を意識している」など彼女に対するネガティブな意見がぽつぽつと出てくる。

とはいえ同僚たちも九条に対してあからさまな悪意や憎悪を抱いているわけではなく、どちらかといえば生まれつき恵まれた容姿や、それに伴う華やかな経歴を持つ者への嫉妬やコンプレックスが彼女らの本音ではないかと思う。

「どうしてこんなことになったのか、そのきっかけに心当たりはある？」

「はい。たぶん、先月のお見合いパーティーだと思います」

「お見合いパーティー？　そんなものに君も佐原さんも出てるのかね？」

「そんなものって……」

九条が戸惑いの表情を浮かべる。

「いや、ごめんごめん。婚活だったたっけ。そういうのがブームになってたね」

「佐原さんのお気に入りだった男性の本命が私だったんです」

「そりゃまあ、その男性でなくてもそうなるだろうな」

九条がふっと笑みを漏らした。久しぶりに彼女の笑顔を見た気がする。やはり美しい。健一郎は胸がきゅっと締めつけられた。いつまでも彼女の笑顔を見ていたい気持ちになった。

「よし、ここではなんだから飯でも食いながら話を聞こうか。どう？」

「はい、喜んで」

健一郎の誘いに九条の顔がぱっと輝いた。そんな彼女を見て健一郎も仄かな高揚をおぼえた。

実は健一郎には下心があった。職場のイジメに対するマニュアル本まで購入して取り組んでいるのは、部下の悩みを何とか解消してやりたいという思いもあったが、相談相手が九条だったことが大きい。この一件を通して九条の好意を自分に向けさせたいという思惑があった。

読書好きの彼女が、仕事帰りによくこの書店に立ち寄ることも人づてに聞いていた。ここに通っていれば「偶然の出会い」にありつけるという算段もあった。そして三日目にして早くも実現したのだ。

「本当に大丈夫？　君みたいな若い女性がこんなオッサンと二人きりでなんて迷惑じゃない？」

「迷惑だなんてとんでもない。お話を聞いてもらえるだけで幸せです。それに課長は女の私から見ても素敵な男性ですよ。こうして話をしているだけで気持ちが安らぎます」

健一郎の浮気の虫が数年ぶりにうずき始めた。結婚してから何度か浮気に走ったことがあるが、一度も妻の妙子に気づかれたことはない。妻にバレないこと、そして本気にならないこと。この二点さえ厳守することができるなら不倫は悪いことではない。誰も傷つかないからだ。たがいにきちんとルールを守って楽しめば不倫は実に有意義なゲームだと思う。

ただ、今回はルールを守り通す自信がなかった。それほどまでに九条保奈美は魅力的だった。

できれば妙子との夫婦関係を崩したくない。彼女の実家は資産家だ。浜松の街並みを睥睨《へいげい》するタワーマンションに高級外車にブランドの服。そして何より会社の同僚たちが抱いている経済的な不安と無縁の日常。健一郎が自分の収入を遥かに上回る生活ができているのも妻のおかげだ。そもそも健一郎にとって彼女との結婚は打算以外のなにものでもなかった。

「じゃあ、行こうか」

健一郎は本を棚に戻すと九条を促した。彼女が嬉しそうに頷いた。

ヤバいかな……。

健一郎は破滅を予感しながらも止めることができなかった。貧しくとも毎朝、九条の笑顔で目覚める人生も悪くないかなと思った。

代官山脩介（9）

代官山は薄暗い小部屋の中、右肩を壁にもたせかけ腕を組んだ状態で、デスクを挟んで向かい合う男女を眺めていた。部屋の隅のデスクでは荻原が記録を取っている。さらに入り口付近には黒井マヤが立っている。

「刑事さんは私がやったとおっしゃるんですか？」

女は握りしめたハンカチで乱暴に目元を拭いながら、濡れそぼった瞳で飯島を睨め付けた。涙でマスカラが溶けて隈取りのように広がっていた。

代官山は彼女の夫の顔を思い出した。端整で整った顔立ちの夫に対して、妻である彼女の容姿は今ひとつ釣り合いが取れていないように思える。高級そうな服装で身を固めているが、ルックスはひいき目に見ても人並み以下だ。

「奥さん。大変申し訳ないんですが、昨夜の九時頃はどこで何をされていましたか？」

「だからどうしてそんな質問をするわけ？　私を疑ってるってことじゃない！」

女がヒステリックにデスクを手のひらで叩く。飯島は怯《ひる》むことなく彼女の目をじっと観察していた。

「松浦さん。ご主人を亡くされて辛いお気持ちは分かるんですが、ただの火事じゃないんです。それにあなたを疑っているわけではありません。このような事件が起きた場合、我々としてはご家族のことをきちんと把握しておく必要があるのです」

飯島は持ち前の鋭い視線をそのままに優しく答えた。

「本当に私を疑ってないの？　警察はこういうときって家族から疑っていくものでしょ」

「まあ、それについては否定しませんが、どうか我々にご協力いただけませんかね。警察としてもあらゆる可能性を想定して捜査していくわけです。それもご主人の命を奪った犯人を捕まえるためです」

「夫の愛人の命もね」

松浦妙子は自嘲するように鼻で笑った。

昨夜の九時頃、浜松市南区のアパートから火の手が上がった。近所からの通報により急行した消防車によって火は一時間後に消し止められたが、二階建てのアパートの一室はほぼ全焼した。幸いにも他の部屋の住人たちは避難が早かったためけが人は出なかったが、火元となる一階の部屋からは男女の焼け焦げた死体が見つかった。

アパートの借り主は松浦健一郎だった。そして遺留品から女の方は九条保奈美と推定された。現在、身元確認を急いでいるがおそらく間違いないだろう。

先日、佐原伸子失踪の件で代官山と黒井マヤは二人と話をしたばかりだ。彼らのやりとりから上司と部下の関係を超えた気配を直感したが、正しかったようだ。松浦健一郎は妻と暮らす浜松駅前の高級タワーマンションを出て南区のアパートで暮らし、別居状態にあった。九条保奈美とはそのアパートで半同棲状態にあったようだ。アパートの住人たちも、彼の部屋に出入りする九条の姿を何度も目撃していたという。

そして今回も放火だ。今までと同じようにガソリンが使われている。

犯人の行動も大胆さを増してきているように思える。松浦は佐原と同じように脇腹を刺された状態で腕を後ろに回され手錠をかけられていた。そして同じ部屋に転がっていた九条の後頭部には鈍器で殴られたような痕《あと》が見つかった。

その日、二人の退社時間には一時間半余の開きがある。松浦健一郎は六時には帰宅の途についているが、九条保奈美は残業のため会社を出たのが七時半を少し過ぎていた。七時頃、バスから降りた松浦と近所の主婦が会話を交わしている。彼女は、その後松浦はまっすぐ自宅アパートに向かったと証言している。つまり松浦がアパートに帰宅したのは七時過ぎ。それから二時間ほどして九条が彼のアパートを訪れた、そんなところだろう。

松浦の血のついた財布が玄関先に落ちていた。

おそらく犯人は物陰に身を潜め、帰宅した松浦が玄関の扉を開けたタイミングを見計らって背後から襲いかかり、刃物を脇腹に刺し込んだと思われる。周囲の目がないことを確認して犯人は身動きの取れなくなった松浦を部屋の中に引きずり込む。犯人は松浦が抵抗できないよう両腕を後ろに回し手錠をかけた。松浦は大声で助けを呼ぶことができたはずだ。それができなかったということはガムテープか何かで口を塞がれていたのだろう。その状態で犯人は部屋の入り口付近に身を隠す。

やがて夕食の具材の入った買い物袋を提げた九条が訪れた。何も知らない彼女は、松浦の尋常ならざる姿を見るまで異変に気づかない。部屋の扉を開けて息も絶え絶えの松浦を見たとき、彼女は目の前の出来事がすぐに理解できなかった。そして背後には鈍器を振り上げた犯人が忍び寄っていた。

次の瞬間、彼女は息が止まるような痛みとともに気を失った。ここで重要なのは二人とも生きていたことだ。犯人はまだ息のある二人に向かってガソリンを撒いた。そして放火――これが代官山たちが描いた犯行模様だ。

「あなたは九条保奈美という女性のことを知ってたんですね？」

「ええ。知ってたわ。正直言ってひどく憎んでたわね。分かるでしょ。旦那を寝取られたのよ。女にとってこんな屈辱的なことってないわ。あんな美人ならいくらでも選択肢があったでしょうに、よりによってどうして私の夫なのよ」

「憎んでいた、ですか？」

「当たり前でしょ。はっきり言うけど犯人には感謝してるわ。女の死体に向かってざまあみろって罵《ののし》ってやりたいほどよ」

松浦妙子は強張った表情をビリビリとふるわせながら、こぼれる涙をふきもせず、まるで目の前に九条がいるかのように殺意に満ちた目を飯島に向けた。今の彼女ならたしかに九条たちを殺しそうに思える。

「松浦さん、とりあえず落ち着きましょう。それで先ほどからお伺いしていることなんですが、昨夜の九時頃、どこで何を……」

「痛っ！」

突然、松浦妙子が右頬を手で押さえて顔をしかめた。

「大丈夫ですか？」

飯島が立ち上がり松浦の方へ身をかがめた。彼女は頬に手を当てたまま辛そうに一時《いっとき》だけ身を丸めたが、すぐに「大丈夫」と手のひらを一振りさせた。

「もしかして虫歯ですか？」

「いいえ。インプラントよ。興奮して強く噛みしめすぎちゃったみたい。顎に電気が走ったみたいだったわ」

痛みが治まったのか松浦妙子はデスクに手を置いて身を戻した。

「インプラントですかぁ。顎の骨に穴を開けて差し歯を埋め込むやつですよね。テレビで見たことがあります。よくもあんなおっかないことをやれますなあ」

飯島が頭の後ろに右手をつけて笑う。

「歯医者はきちんと選ぶべきよ、刑事さん。私の場合、どうも調子が良くなくて。思えばこのインプラントを入れてから人生が狂い始めたわ。イライラするようになって、旦那から愛想を尽かされてこんな事件に巻き込まれて、挙げ句の果てには警察にまで疑われちゃってね。嚙み合わせが悪くなると体全体の調子も悪くなるっていうけど、それ以上ね。運気まで悪くなる。つまりかかりつけの歯医者によってその人の運命は大きく変わるってわけ。あの仕事は責任重大なのよ」

松浦妙子がため息をつく。飯島と雑談を重ねているうち、濡れていた頰も乾き彼女も冷静さを取り戻したようだ。

「つまりこんなことになったのも、松浦さんの嚙み合わせの悪さが原因ということですか？」

「さあね。そうだったら歯医者のせいね」

松浦妙子が苦笑を見せた。

やはり松浦妙子が犯人なのだろうか。

彼女は夫とその愛人が許せなかった。しかし彼らが惹かれ合う遠因となった、佐原や佐々木たちのことも同じように許せなかった。

夫や九条はともかく、それ以前の面識すらない人間たちを火だるまにするという行動原理がどうにも理解できない。しかし松浦妙子は嫉妬に狂っていた。激しい嫉妬は人々を説明のつかない無分別に向かわせることがある。先日も、浮気していた相手を滅多刺しにした女性の事件を担当したばかりだ。普段は慎ましくおとなしかった女性だが、嫉妬心に火がつくことで思いも寄らない凶行に走ってしまった。

しかしどうして放火なのか？

代官山は飯島と雑談を続けている松浦妙子をじっと観察した。

そのどこか投げやりな態度に夫を失った悲愴感は窺えない。

もし彼女が犯人で警察の追及をかわそうとするなら、号泣するとか茫然自失《ぼうぜんじしつ》を決め込むなど、もう少しまともな演技をするだろう。しかし彼女は二人への憎悪を露《あら》わにしている。それとなく荒木や佐々木たちのことを聞いてみたがまったく面識がないと答えた。ただ佐原だけは夫と同じ職場ということもあって名前だけは知っていた。

取り調べが終わり部屋を出た飯島は、

「俺の印象ではシロだな」

と代官山とマヤに告げた。荻原も同意したように頷いている。代官山も同感だ。彼女が嘘をついているようには思えない。

「いちおうアリバイのウラはとってみるがな。多分、彼女の言うとおりだろ」

代官山は頷いた。松浦妙子はその時間、友人三人と繁華街にあるシネコンでレイトショーを観ていたという。その後、近くのバーに立ち寄ったそうだ。嘘でなければ彼女のアリバイを証明する人間が複数出てくるだろう。

「佐原伸子、九条保奈美、松浦健一郎。ヤマワの社員が三人も犠牲になってますね。今頃会社は大騒ぎですよ」

「ああ。もしまた次の犠牲者が出るとしたらやっぱりヤマワの社員なのか、それともまったく別の人間なのか、だ」

捜査本部では現在ヤマワの関係者を重点的に洗っている。大企業だけに、リストラした社員や派遣およびパート、受注を打ち切った下請け関連会社などとトラブルがあるかもしれない。

「松浦妙子がシロなら放火はまだ続くかもしれん」

飯島が被害者の数を指折り数えながら言った。もうすでに六人だ。

今はとにかく犯人を特定して確保することが先決だ。

代官山脩介（10）

翌日。

捜査線上に畑山哲平という青年が浮かんだ。三年ほど前にヤマワに派遣社員として勤務していたが、社員との間でトラブルを起こして三ヶ月ほどで辞めている。

飯島と荻原のコンビが早速ヤマワに出向いて、当時の関係者たちから話を聞いた。

それによると畑山は情緒不安定なところがあり、遅刻や無断欠勤も多かったという。また協調性に欠けるので社員たちとよく口論になっていたそうだ。

「特に佐原伸子とよく揉めていたそうだ」

飯島がヤマワから提供された畑山哲平の履歴書を代官山に差し出した。ざっと目を通すと畑山は現在二十四歳。浜松西部中学校から市内随一の進学校である浜松北高等学校に進んだが、明治大学を中退している。それからはバイトや派遣など短期の仕事を転々としている。趣味の欄には「テレビゲーム、ホラー映画鑑賞」とある。字体の拙《つたな》さもどことなく本人の未熟性や幼児性を窺わせる。カラーの写真には青白い畑山の顔が写っていた。長くも短くもない髪の毛を真ん中で分けて黒縁のメガネをかけている。表情に乏しく体温を感じさせない、どことなく昆虫を思わせる顔立ちだ。

「子供の頃はいじめられっ子で、大人になってから復讐するっていう粘着質タイプの顔ね。だけどホラー映画鑑賞ってところが気になるわ。ダリオ・アルジェントは好きなのかしら？」

「そんなことどうだっていいじゃないですか！」

「ホントにロマンのかけらもない刑事さんね」

捜査員たちが畑山に注目したのは彼の放火歴だ。十五歳と十八歳のときに、近所の空き倉庫や小屋に火をつけているところを取り押さえられている。動機は定番の「ムシャクシャしていたから」だった。さらに彼は先月から姿をくらましている。

アパートの郵便受けには消費者金融からの督促状がたまっていた。成子町《なるこちょう》にある実家の両親に問い合わせても、携帯電話も止められているようで連絡がつかないという。

「やつは佐原とトラブルを起こした。そのとき仲裁に入ったのが上司の松浦健一郎だ。彼は二人の言い分を吟味したが、畑山の落ち度を指摘したそうだ。実際、それは本当に畑山の仕事に問題があったわけだが、それから間もなくして彼はヤマワを辞めてしまった。というより無断欠勤のまま派遣会社からも登録を抹消されたそうだ。やつが佐原と松浦に強い怨恨を抱いていた可能性は高い」

それも三年前の話だ。その間、ずっと恨みの火を絶やさないでいたというのか。しかし写真の青年の顔を見ているとあり得そうな気がしてくる。

「それでは逆恨みですね。そんなことで殺されては佐原も松浦も浮かばれませんねえ」

「それだけじゃない。畑山は荒木浩文とも接点がある」

飯島は顔を近づけると、代官山とマヤに耳打ちするように言った。

「マジですか?」

代官山は目を丸くして身を乗り出した。マヤも整った眉をひそめている。

「ああ。俺もさっき聞いたばかりなんだが、ヤマワに勤務していた時期に畑山は荒木から暴行を受けて被害届を出している。路上で肩がぶつかって謝らなかったとかそんなことがきっかけだったらしい」

「こんなところで荒木の登場ですか」

佐原伸子、松浦健一郎、荒木浩文。被害者六人のうち、分かっているだけで三人もの人間と接点がある。残り三人も把握できていないだけで畑山と因果関係があるのかもしれない。そして彼の放火歴。あそこまで手の込んだことをして火にこだわる理由は分からないが、少なくとも放火と縁がある男だ。

「畑山哲平。重要参考人ですね」

「問題はやつがどこで何をしているかだな。やつが本ボシならいまだ市内に身を潜めているということだ」

飯島が点状の髭がざらつく顎を撫でる。

「だけどよく分からないですね」

マヤが首をひねった。

「何が分からないんだ？　お嬢ちゃん」

眉をひそめたマヤが抗議するより先に飯島は両手を広げて「冗談だ」と撤回した。

「郵便受けに消費者金融の督促状がたまっていたでしょう。畑山はあちこちから総額三百万ほどの借金をしてます。そのほとんどが返済期日を過ぎている。きつい取り立てもあったようですよ。彼の知人の話では最近はちょっとノイローゼ気味だったようです。それで畑山はたまらず身を隠したんじゃないですかね。そんな切羽詰まった状態で六人もの人間をわざわざ火を使って殺して回る。ちょっと無理がありませんか」

マヤの疑問に飯島は腕を組んで天井を見上げた。

「うーん。畑山は借金苦のストレスを放火で解消していたのかもしれんな。それもどうせやるなら今まで自分を踏みにじってきた人間、憎い人間。そういうことじゃないか」

「だけど借金取りから身を隠す必要があるわけですから、目立つような行動はなるべく控えると思うんですけどね。そのわりに今回の犯行は粗暴ですよ」

一番最初の荒木のケースはエアコンの室外機に細工して窓を開けさせるという手の込んだ手法をとっているが、それから後は刃物で脇腹を刺したり、アパートの中に押し入って手錠をかけたりと、マヤの指摘どおりその手口はかなり乱暴だ。

「そもそも借金取りに追われている人間が市内に留まっているとは考えにくいですよ。それにこれほどの凶行です。追われてる状況でやれることじゃないと思うんですけどね」

それは飯島も感じているようで、どこか釈然としないような顔をマヤに向けている。

「とにかく今は畑山の居所を突き止めることだ。やつがクロだという直接的な物証が出ているわけじゃない。荒木と佐原、松浦との接点はあったにしろ、他の三人については不明のままだ。現状では逮捕状も指名手配も無理だろう。任意で引っぱってきてやつから直接聞き出すしかないだろうよ」

飯島は立ち上がると荻原に声をかけて一緒に部屋を出て行った。これから本格的に畑山の足取りを追うつもりだ。

「とりあえず俺たちも畑山を追いましょう」

代官山は、被害者や現場の写真が並ぶホワイトボードを眺めているマヤに声をかけた。

「ええ。畑山がクロなら一件落着ね」

「それはそうと、黒井さん」

代官山は一呼吸置いて、改めて彼女に声をかける。

「なによ？」

「佐原伸子の爪を知りませんか？」

「し、知らないわよっ！　そんなの」

マヤは慌てたように振り返った。そして無理やり作ったような笑顔を向ける。

「燃えちゃったんじゃないの」

マヤはそう付け加えると逃げるようにして部屋を出て行った。

畑山はともかく、彼女はどうやらクロのようだ。

代官山脩介（11）

畑山哲平の足取りを追うため、代官山たちは親戚や友人知人に聞き回って情報を集めていた。

しかし畑山の所在を特定するには至っていない。

「黒井さん、よかったすね。思わぬ形で希望が叶《かな》って」

「ええ。日頃の行いのたまものよ」

助手席のマヤがご機嫌そうな笑顔を向ける。

畑山の自宅アパートを捜索したら大量のホラー映画のＤＶＤやＶＨＳが出てきた。それに関する書籍も多く相当のマニアだったようだ。

そしてその中からバーバラ前園の暗黒人形展のパンフレットが見つかった。いかにもホラーマニアの畑山が喜びそうな人形展だ。もしかすると最近立ち寄っているかもしれない。そこでマヤはバーバラ前園への聞き込みを嬉々として申し出たというわけだ。彼女自身、これまでにも何度も暗黒人形展につき合えと代官山にせがんでいた。つき合うつもりは微塵《みじん》もなかったが、これは仕事だから仕方がない。

代官山たちを乗せた車は姫街道の松並木を北上していく。高速道路を横切る高架橋を渡ると、先ほどまで密集していた家屋がまばらになって、代わりに畑が目立つようになってくる。

「なに、この風景。類人猿とか出てきそうじゃないの。どんだけ秘境なのよ」

「秘境とは失礼な。三方原《みかたはら》台地ですよ」

東西十キロ、南北十五キロメートルに広がる洪積台地だ。主に日本茶やジャガイモ、大根などが作られている。

「そこの道を右折して」

マヤがパンフレットを見ながらナビゲーションする。代官山は言われたとおり、ハンドルを右に切って両側が畑に囲まれている細い道を進む。しばらく直進するとこちらも畑に三方を囲まれた空き地が目的地だった。

入り口には洒脱《しやだつ》な字体で「やすらぎ工房」と刻まれた木製の看板が掲げられている。

「やすらぎ工房？　暗黒のわりに妙に平和な名前の建物ですね」

「バーバラ前園が借りているらしいわ」

空き地は駐車場になっており、ここの人間のものと思われる白いセダンが一台だけ止めてあった。その奥側に、丸太を組み合わせた山小屋を思わせる建物がぽつねんと佇《たたず》んでいる。大通りから見通せる立地にあるが、少し奥まっているし建物自体が小さいので、多くの車はこんなところに工房があるなんて気づきもしないで通り過ぎてしまうだろう。

代官山とマヤは車から降りると、丸太小屋に向かう。三段ほどの木製階段を上がり玄関の扉を開く。入ってすぐのところに置かれたイーゼルには「暗黒人形展　バーバラ前園」とデザインされたポスターが掲げられていた。ポスターには数々の陶器人形が並び、片隅に全身黒の衣装で統一したバーバラ前園が微笑んでいる。暗黒というから不気味な魔女風をイメージしていたが、細面《ほそおもて》で品のいい顔立ちをした女性だった。入り口にパンフレットが積んであったので一部手に取る。プロフィールによるとバーバラ前園というのは変名で、本名は前園時枝とあった。

写真の女性が部屋の奥から現れて、代官山たちを笑顔で迎え入れた。おそらく六十を超えていると思われるが、年齢特有の落ち着いた美しさを持っていた。

「ようこそいらっしゃいました」

女性はシックな黒い花柄の刺繍が入った黒のブラウスに同色の長めのスカートだった。体型も身長も三十以上年下のマヤとそう変わらない。すらっと伸びた四肢、顔が小さく首が細長いところも同じだ。むしろ胸がふくよかな分、シルエットではマヤに勝っていると言える。さすがに肌の張りはマヤに軍配が上がるが、目鼻立ちの美しさは決して引けを取ってない。

「どうぞ、ゆっくりしていってくださいね」

バーバラ前園こと前園時枝は代官山とマヤを促した。彼ら以外に客はいない。とはいえ展示部屋は大人七人も入れば窮屈に感じてしまうほどの広さしかない。

部屋の中央と壁際に沿っていくつかのテーブルが並べられ、その上に彼女の作品が置かれている。それらのほとんどが陶器人形だ。しかしただの人形ではない。たとえば『魔女狩り』とタイトルのついた作品では黒い三角ずきんをかぶった男が椅子に縛り付けた女を拷問している。その隣の『だるま女』は四肢を切断された女がテーブルの上に載せられ、周りで赤い顔をして酔っ払った男たちが囃《はや》し立てている。『ジェノサイド』に至っては何十人分もの手足や胴体や頭部が箱庭の中でバラバラに散乱している。どれもこれも酸鼻《さんび》極まるシチュエーションばかりだ。

「代官様、これ見てよ」

マヤが奥に置いてある瓶を指さした。それはフラスコをさらに大きくしたような透明の瓶で、中身は薄黄色に濁った水で満たされている。その中には二体の赤ん坊が沈んでいた。代官山は思わず顔をしかめた。二人は顔面の一部と体が結合していた。タイトルは『双生児』だ。

それを眺めながらマヤが「ヒャッヒャッヒャ」と嬉しそうに笑う。悪趣味にもほどがある。

「いかがですか？　私の作品は」

前園時枝が嬉しそうに作品を眺めるマヤに声をかけてきた。初老ながらしっとりと上品な女性だ。作品とのギャップが大きすぎる。

「素晴らしいです。この双生児のホルマリン漬けなんて本物みたいです。血の通わなくなった肉や肌の質感なんか陶器だなんて思えませんよぉ。バーバラさんは見た感じ上品で優しそうな方なのに、どうしてこういう作品を作ろうと思ったんですか？」

「私はね、世界史の暗部に興味があるんですよ。猟奇、虐殺、戦争や災害。それらのシーンって創作意欲を掻き立てるんですよね。人々が目を背けたくなる場面にこそ芸術が潜んでいると思うんです」

「分かる！　分かる！　それを映像化したのがダリオ・アルジェントなんですよ！」

「ダリオ・アルジェント！　私の敬愛する映画監督よ。お嬢さん、お若いのに素晴らしい感性をお持ちね。私の作品を理解してくれる人がなかなかいなくてね。あなたのような方に逢えると本当に嬉しいわ」

二人はすっかり意気投合したようだ。それから前園はマヤを案内しながらそれぞれの作品のコンセプトを解説していった。マヤの方も興味深そうに前園の話に耳を傾けている。代官山も彼らの後ろをついて回ったが、こんな気味の悪い人形のどこが芸術なのかさっぱり理解できない。しかしマヤの言うとおり、陶器でできているとは思えないリアルな質感があった。

黒井マヤは部屋の真ん中に置かれたテーブルの上を眺めていた。喫茶店の四人掛けサイズのテーブルの上には、これも前園の手作りだろう、森を描いたデザインのクロスが掛けられて、その上に人形が置かれている。カラフルに描かれた森の中で、ナイフや弓矢といった武器を手にした四人のインディアン姿の子供たちが互いを牽制《けんせい》し合っている、そんな状況が窺える。それぞれの表情に邪悪や殺意が浮かんでいる。殺し合う子供たちの姿で社会を風刺しているのだろうか。タイトルは『ＡＭＣＣ』とある。他の作品は具体性のあるタイトルなのに、これだけがアルファベットである。

「あのう、このタイトルってどういう意味なんですか？」

マヤがプレートを指さしながら尋ねた。前園はマヤの方を向いて「うふふ」と口に手を当てながら微笑を漏らす。

「さあ、なんでしょう？　四つのアルファベットにはもちろん意味があるわ。でも内緒。これは作り手の謎かけなの」

「ああん、気になって今日の夜は眠れなくなりそう」

マヤはもどかしげに体を揺らしながら言った。

「ねえ、代官様。分かる？」

「いや、全然」

代官山は肩をすくめた。

「バッカじゃないの。ほんっとに役立たずね。たまには貢献しなさいよ」

「悪かったすね」

前園がクスリと笑う。残念ながらマヤの期待には応えられそうにない。彼女はいつになく真剣な表情でテーブルの上を見つめる。やがて手をパンと叩きながら、

「あっ！　アルファベットは四文字。そして人形は四つ。もしかしてヒントはここですか？」

と前園の表情を読み取るような瞳を向けた。しかし前園はもったいぶったような笑みを返す

だけだった。

「ＡとＭとＣとＣか。それぞれの子供の名前のイニシャルかなあ？」

「血液型とか」

「ああ！　それだ……って、そんなわけないでしょ！」

代官山のボケにマヤが律儀にツッコミを入れる。

「ＡとＭはともかく、Ｃが二つあるのが気になるわね。四つのうち二つは何らかの共通点があってＣと分類されているのかしら？」

マヤと代官山は四つの人形をじっくりと見比べた。しかしどのインディアンの子供の体型も表情もまったく違う。

「森の広さのわりに子供が少なくないですか？　ちょっと閑散としていて寂しいというか」

マヤが前園時枝に向き直って、テーブルの上の作品を指でなぞりながら言った。

「そうね。ちょっと寂しい感じがするわね」

前園が作品を眺めながら軽く頷いた。たしかにマヤの言うとおり、人形四つではバランスが悪い気がする。倍くらい置いた方が賑やかになって楽しくなると思う。

突然、マヤがバッグからデジタルカメラを取り出す。

「あの、この作品をカメラで撮ってもいいですか？」

「ええ、どうぞ。かまいませんよ」

マヤの申し出を前園が快諾する。マヤは三歩ほど下がるとファインダーに作品全体が収まるように合わせながらシャッターを押した。

「お気に召していただけたかしら」

「ええ。とっても。タイトルも意味もすごく気になるので、うちに帰って写真を見ながら謎解きしたいと思います」

「そうしてちょうだい。もし解けたら連絡ちょうだいね」

「もちろんですよ。ところでバーバラさん、この男性がここに来たことはありませんでしたか？」

マヤがおもむろに畑山哲平の写真を取り出して前園に見せた。刑事としての仕事は忘れていなかったようだ。しかしそんな彼女に対して前園が訝《いぶか》しげな顔を向ける。

「あなたたちは？」

「ごめんなさい。警察の者です。もちろん仕事で来たのですが、バーバラさんの人形展は前々から観たいと思っていたんです。でも仕事が忙しくてなかなか。こんな形ですがやっと実現しました」

「そうだったの。そう言ってもらえると嬉しいわ」

前園が表情を緩ませながら言う。そしてメガネをかけて写真を見つめた。

「ごめんなさい。見たことがない人ね。うちもそんなにお客さんが多いわけじゃないから、来ていただいた方たちの顔は全員覚えているわ。この男性は来てないわね」

「そうですか。もしこの男性が来たらこちらにご一報いただけますか？」

「ええ。私も善良な市民ですから協力は惜しまないわ」

前園はマヤの名刺を受け取って微笑んだ。どうやら今回も空振りのようだ。

「それではこれで失礼します」

マヤは頭を下げると展示部屋の出口に向かった。代官山も彼女のあとについていく。

「おや。可愛い男の子ですね」

マヤが突然立ち止まって、出口から一番近い小さな丸テーブルの上を指さした。そこには木を組み合わせて作られた櫓《やぐら》があり、その上に男の子の人形がちょこんと座っている。こちらは手のひらにのせることができる大きさだ。ふっくらとした体型が、陶器なのにマシュマロみたいな柔らかさを思わせる。三歳くらいだろうか。くりっとした瞳、少しすぼめた唇、うっすらとピンクがかった桃の表皮のような頬。お菓子やオモチャが欲しいのか、少し拗ねたような表情を向けている。

「私の一番のお気に入りなの。可愛いでしょ」

「ええ。陶器なのに温かみを感じます。この子は表情がいいですね。可愛いだけでは終わらない、どこか放っておけない親しみがあります」

マヤの言葉で時枝の表情に嬉しそうな笑みがぱっと咲いた。まるで幸福を噛みしめるような笑顔だった。

「この子は私の自信作、いえ、最高傑作なの。今までたくさんのお人形を作ってきたけど、こんな表情を出せたのは奇蹟といっていいわ。もう二度と出せない気がする」

「へえ。やっぱりそういうことってあるんですね」

マヤが感心したように頷く。

「でも、他の作品とコンセプトが随分違いますが……」

「いくら私でも血なまぐさい作品ばかりでは気が滅入ってしまうわ。だからたまにはこういう作品も作ってるの。心のリハビリよ。それに出口にそういう人形が置いてあるとほっとするでしょ」

代官山の問いかけに前園は照れ笑いして答えた。代官山は子供に顔を近づけてみた。たしかに子供らしい可愛らしさだけではない。可愛い拗ね方をして大人の関心を惹こうとする子供特有のあざとさが仄かに浮き出ている。それが隠し味となって陶器の人形に人間味を与えている。他と比べても別格の完成度だ。むしろ前園はこういう作風の方が向いている気がする。

「この櫓もものすごく作り込んでありますけど、前園さんが作られたんですか？」

マヤが尋ねる。子供がのっている櫓は木片を細工した骨組みで構成されている。階段や手すりまで精巧に組まれていた。

「櫓というか、展望台ね」

「展望台なんですか？」

「ええ。そのモデルになった男の子がお気に入りなの。だからついでに作ってあげたのよ」

「へえ。モデルがいるんですか。それにこの展望台もすごく精巧ですね。こういう舞台装置も手を抜いてないんですね」

マヤは手のひらにちょっと余る大きさの展望台を持ち上げると、上下左右から見ながら言った。

「黒井さん、そろそろ」

きりがないので代官山は彼女に声をかけた。次からの聞き込みが立て込んでいる。

「ああ、ごめんなさい。お忙しいのに引き留めちゃって。なかなかお客さんが来ないからつい嬉しくて」

「いえいえ。私たちもとても楽しかったです。ねえ、代官様」

マヤが唐突にふってきたので代官山は慌てて相づちを打った。

「じゃ、これから仕事に戻りますんでこれで失礼いたします」

前園時枝は玄関先まで二人を送ってくれた。代官山は運転席に乗り込んでシートベルトを締める。これからまた畑山哲平の行方を追うための聞き込みを再開する。

「『ＡＭＣＣ』か。何なんだろ？」

マヤが首を傾げながらつぶやく。

「そんなの捜査に関係ないじゃないですか。今は畑山の足取りに集中してくださいよ」

「分かってるわよっ！」

マヤはシートベルトを締めながらキッとした顔を向けた。

松浦妙子

松浦妙子はワインボトルを片手にリビングルームから窓の外を眺めた。マッチ箱のような家々で構成された街並みが、何も遮るもののない視界に広がり、遥か向こうには遠州灘《なだ》が見える。彼女のいるリビングルームは、浜松駅前の一等地に建つタワーマンションの二十九階にある。松浦夫妻は二年前にこのマンションを購入した。駐車場はビルの地下に完備され、雨天でも濡れることなく自家用車であるＢＭＷに乗り込むことができる。リビングは高級ブランドの調度品で彩られていた。

購入したといっても妙子の実家の両親がほぼ全額負担してくれた。地元の優良企業勤務とはいえ、夫である健一郎のサラリーではとても手が出ない物件だ。会社経営者、弁護士、開業医師など高額所得者と思われる人間層が住民となっている。

妙子はボトルにそのまま口をつけるとワインをラッパ飲みした。葡萄《ぶどう》色のしずくが口角からこぼれたが気にしない。虚ろな目でここから数キロ先にある南区のエリアを睨み付けた。健一郎はあの辺りのアパートに住んでいる。

一ヶ月ほど前に健一郎はこの部屋を出て行った。

「ごめん。好きな人ができた」

そう言って彼は、自分の記入欄を書き込んで捺印までしてある用紙を差し出した。離婚届だ。

テレビドラマで何度となく見たことのある一枚の用紙。それがまさか自分につきつけられるとは思ってもみなかった。

健一郎とは今から十二年前、妙子が二十五歳のときに出会った。そのとき彼女は医師だった父親の経営する総合病院に事務員として勤務していた。父親は妙齢の娘に若い勤務医との出会いを目論んでいたようだ。しかし彼女の気を惹いたのは交通事故で入院していた青年だった。小麦色に焼けたスポーツマンを思わせる体型とシャープに整った顔立ち。そんな彼が微笑むと口元から真っ白な歯がこぼれ出す。

妙子はすぐに青年の素性を突き止めるため彼の保険証データを確認した。二十八歳、ヤマワ楽器に勤務。名前は松浦健一郎。

それから妙子は保険証の確認など何かと理由をつけては彼の病室を訪れた。彼は好意を寄せてくれたようだが、それが病院経営者の娘という付加価値と無縁でないことは感じていた。

しかし妙子はそれでもよかった。人並み以下のルックスでしかない妙子ではハンサムな健一郎と釣り合いがとれない。しかし実家の資産で自分の価値を底上げできる。それで彼と対等になれるのだ。

それから二年ほどの交際を重ねて二人は結婚した。その頃にはすでに妹が有能な若い医師と結婚していたので病院の継承問題はクリアされていた。両親も健一郎との結婚を心から祝福してくれた。

それから十年。二人の結婚生活に大きな波風は立たなかった。何度か健一郎に女の影を感じたこともある。しかし妙子はあえて詮索しなかった。彼のルックスなら女性たちは放っておかないだろう。しかし自分は妻という立場で彼の人生を独占しているのだ。

それに妙子は自分自身の容姿が夫の不満の一つであることも自覚していた。彼ならもっともっと容姿端麗な女性をものにできたはずだ。満足のレベルを下げざるを得ない彼のストレスを考えれば、火遊びの一つや二つは致し方ないのかもしれない。下手に追及すれば二人の関係は一気に悪化してしまうかもしれない。妙子は健一郎というイケメンの夫を失いたくなかった。ルックスのいい夫は高級ブランドのアクセサリーと同じだ。身につけるだけで自分の格が上がる。

そんな夫を失うわけにはいかない。生活レベルを落とせないように、一度結婚したらパートナーのレベルも落とせない。ここで離婚して健一郎以上の男性に出会えるとは思えなかった。妙子もすでに三十七歳だ。

だから本気にさえならなければと彼の浮気にも目をつぶっていた。そして彼が本気にならないという確信もあった。妙子を捨てるということはこれまでの豊かな生活を失うということだ。どちらかといえば現実主義者の彼がそんな愚かな選択をするとは思えなかった。小遣いの範囲で楽しむギャンブルのような女遊びに留めるだろう。だから妙子も気づかないふりを決め込んでいた。

しかしその均衡が破られた。

相手は夫の部下である九条保奈美という女性だった。それとなく彼女の姿を探ったことがある。妙子にない若さと美しさの完全武装だった。二十六歳当時の自分と重ね合わせてみても比べものにならない。嫌味のない優美な顔立ちに、妙子自身もこんなことがなければ好感を持っただろう。しかしこの手の美しさが男にとって魔性になる。健一郎はこの女性のために豊かで恵まれた生活を放棄しようとしていた。

妙子は歯を噛みしめた。

顎の関節にもどかしさを感じた。奥歯がうまく噛み合わない。顎をずらして座りのいい場所を探ってみるも、噛み合わせは落ち着かなかった。奥歯がカチカチと小刻みに当たる。

「あのヤブ医者め」

携帯電話を取り出してアドレス帳を表示させた。その中に「岩波歯科医院」があった。

半年ほど前に奥歯がうずき、岩波歯科医院にかかった。患部の歯根は垂直に割れ、それが原因で抜歯となった。抜歯後の傷口が治まり欠損部をどうするかが問題となった。バネのついた義歯は老人みたいで嫌だったし、ブリッジも両隣のきれいな歯を削らなければならないので躊躇《ちゅう》躇《ちょ》した。

そこで岩波院長は顎の骨に人工歯根を埋め込むインプラントという方法を提案した。保険外診療なので全額自費となるが、妙子にとって悩むような額でもなかった。それから何度か通院して先月完了した。

しかしどうも気に入らない。噛めないとか痛みがあるというわけではないが、インプラント体を埋め込んでから気分がすぐれないのだ。その日から明らかにいらつくことが多くなった。

健一郎がここを出て行ってから特にひどくなった。

こんな目にあうのも絶対に医療ミスのせいだわ。

そのたびに岩波歯科医院にクレームを入れた。不思議なことに院長に不平不満をぶつけるとすっきりする。そのときだけは不思議と不調が解消する。とにかくクレームをつけるのだ。はっきりとした原因は分からないが先方に非があるのは間違いない。

彼女は携帯電話の発信ボタンを押した。

代官山脩介（12）

松浦妙子はシロだった。

別居中の夫である松浦健一郎のアパートから出火した時間に、彼女は友人たちと繁華街のシネコンでレイトショーを見ていたと証言した。さっそく調べてみると、シネコンの入っているビルのエレベーターの監視カメラに彼女と友人たちの姿が写っていた。

ついでに佐原伸子の事件が起こった日のことも調べてみた。すると当日は箱根のホテルに一泊していたことが確認された。さらに調べてみると、佐々木佑哉の日のアリバイはないが、荒木カップルの日は二泊三日の韓国旅行で日本にいなかった。

当初警察は松浦妙子が、不倫関係に陥った夫と九条保奈美を憎んでの犯行の可能性を見込んでいた。しかしそれでは佐原や佐々木に対する凶行の動機としては弱い。さらに彼女が手の込んだことをしてまで放火殺人にこだわる理由も分からない。アリバイのウラが取れたことと、畑山哲平の浮上によって、松浦妙子は容疑者リストから完全に除外された。

「犯人には時間がないんじゃないかしら」

「たしかにそんな印象を受けますね」

黒井マヤの見解に代官山も同意した。

「最初の海老塚から比べると、犯行の手口が乱暴になってきてるわ。なにかこう犯人の切迫さを感じなくもない。そう考えると畑山の線も濃厚ね。彼には借金取りに捕まるまでというタイムリミットがある」

たしかにそうだ。もし何らかの強い目的意識を持って犯行を重ねているなら、彼には心理的な余裕がないはずだ。

「そして火に対するこだわりですよね」

もちろん捜査本部もその点については注目している。だから過去の放火事件や火災事故を徹底的に洗ってきた。そうすることでめぼしい人物が何人も上がった。彼らはいずれも放火や火の不始末で火災を起こした加害者やその被害者たちだ。火災にまつわる悪意や怨恨の線を洗ってみると数人の人間に絞られてきた。しかしアリバイという篩《ふるい》にかけてみると残ったのは一人だけだった。

それが畑山哲平だ。

放火歴があり、何といっても被害者のうち三人に対して怨恨の形跡がある。しかしそれ以上のことはまだ出てきていない。アリバイどころか行方すら分かっていないのだ。

「問題は連続放火殺人がまだ続くのか、すでに完了したのか、です。犯人はもう六人もの命を奪っている。復讐は終わったのか。もし、まだ続くのなら次のターゲットは誰なんだろう？」

「やっぱり松浦妙子でしょうね」

マヤがあっけなく答えを出した。

「どうしてそうなるんですか？」

「一連の流れよ。荒木浩文からスタートした悪意は、憎悪、嫉妬と形を変えて次の被害者に向かっている。つまり次のターゲットとなる人間は、その時点で大きなストレスを抱えているわ」

荒木が佐々木を脅し、佐々木が佐原を騙し、佐原が九条をいじめ、九条が松浦健一郎と不倫をする。そしてそのストレスは妻である妙子に向かっている。

「だけど何で畑山が松浦妙子を殺すんです？」

「そんなの分かるわけないじゃない。そもそも畑山が本ボシだと決まったわけじゃないでしょう。我々が想定もしていなかった別の誰かが、まったく違う理由で犯行を重ねているのかもしれない」

マヤが涼しい顔をして言う。多くの被害者が出ているという現実を彼女はどう受け止めているのだろう。少なくとも彼女の態度や表情から被害者を痛ましく思う気配は窺えない。それどころか犯人にたどり着かない焦燥感やもどかしさすらない。いつも他人事《ひとごと》のような顔をして事件に向き合っている。

代官山は腕時計を見る。午後五時半を回ったところだ。

次のターゲットは松浦妙子。

彼女がターゲットという発想はなかった。考えてみれば荒木カップルから発生した悪意のバトンは、たしかに松浦妙子が握っているといえるかもしれない。

代官山脩介（13）

代官山は駅前のタワーマンションのエントランスに立っていた。新築の高層マンションは最新のセキュリティが施されており、部外者は簡単には内部に入り込めないようになっている。

「不在のようですね」

代官山は首を横に振りながら言った。何度もボタンを押しているが反応がない。部屋は高層階にあるので、地上からではベランダの一部しか見えない。携帯電話にもかけてみたがこちらもつながらない。受信圏外にいるらしい。

仕方ないのでマンションの管理人に話を聞くことにした。エントランスに設置されている管理人専用の通話ボタンで呼び出す。やがてホテルのフロント係を思わせる紺のブレザー姿の男性が現れた。胸の名札には『コンシェルジュ　河西政夫』と刻まれていた。整髪料で髪をきちっと固めた河西は代官山たちに向かって穏やかに微笑む。さすがは高級マンションだけあって一般の管理人とは応対が違う。

「あの、どういったご用件でしょうか？」

二人は揃って警察手帳を掲げた。河西の笑顔にわずかながらも警戒の色が浮かんだ。

「こちらのマンションの住人である松浦妙子さんに緊急で連絡を取りたいんですが、どうもご不在のようで。もしかして管理人さん……いや失敬、コンシェルジュさんならご存じかと思いまして」

代官山が警察手帳を胸ポケットにしまいながら尋ねた。河西は「管理人」のところで一瞬だけ眉をひそめたがすぐに笑顔に戻した。

「松浦さんでしたらお昼過ぎくらいにお出かけになられましたよ」

「彼女の行き先をご存じではないですか？」

「さすがにそこまでは……。比較的軽装でしたから旅行ではないと思いますね。一泊以上の旅行に行かれるときは必ず私に声をかけてくださいますからね」

「そうですか……」

どうやらこれ以上の情報は得られそうにない。彼女の友人知人を当たった方が早いかもしれない。代官山とマヤはもし松浦が帰ってきたら連絡をしてもらうよう河西に名刺を渡してマンションを離れた。

「次のターゲットは本当に松浦妙子なんですかね？」

夜の七時半を回ったというのに、この不況で賑わいの乏しい歓楽街を歩きながらマヤに話しかけた。日が落ちても昼間の余熱が燻《くすぶ》っている。汗ばんだ彼女の肌がなまめかしい。

「そんなの犯人に聞きなさいよ」

マヤが日が落ちても引かない熱気にウンザリしたような顔で答える。

「畑山哲平の線はどう思います？」

と代官山が尋ねる。

「現状では何とも言えないわねえ。畑山がヤマワに派遣として勤務していたのは三年も前よ。諍いのあった佐原や松浦健一郎はともかく、九条保奈美はそのときまだ東京営業所勤務で、畑山の在籍期間内に一度も浜松本社に立ち寄った形跡がない。畑山とは接点がなかったと思われるわ。それなのに犯人は九条保奈美が松浦健一郎のアパートを訪れるのを待ち伏せまでして殺している。彼女に対して明らかな殺意があった証拠よ。犯人が畑山だとすると、どうにも解せないわ」

「そんなこと言ったら松浦妙子だってそうですよ。いくら夫の方とトラブルがあったからといって、三年もたってから奥さんにまで手をかけますかね」

畑山犯人説には懐疑的な部分も少なくない。九条や松浦妙子もそうだが、佐々木佑哉にいたっては学歴や職歴、交友歴まで洗ってみたが畑山との接点がまったく浮かんでこない。

それに事件は浜松市内に限られているが、比較的広範囲で起こっている。市内のエリアにこれといった法則性や限局性といったものがない。

そしてすべて夜間に限られている。浜松は大都市圏と比べると広さのわりに交通網が乏しい。

犯人は移動手段に車を使っていると思われる。タクシーを使っているなら何らかの証言が運転手たちから上がってくるはずだが、今のところそれもない。しかし畑山は車を所有していない。レンタカー会社に問い合わせをしてみたが、彼が利用したという履歴も見当たらなかった。車を持たない畑山にこれまでの犯行が可能だろうか。

「黒井さん。犯人はともかく、今は松浦妙子です。なんだか嫌な予感がするんですよね」

生ぬるい風が二人の歩く路地を吹き抜けた。代官山は背筋にぞわっとした冷気を感じた。鳥肌が立っている。

それから三時間後、代官山の「嫌な予感」は的中した。

代官山脩介（14）

時刻は午後十一時半。

近隣の住人から通報を受けたのは三十分ほど前のことだ。路上で「人のようなもの」が燃えているという。場所は松浦妙子の住むタワーマンションから程近い路地だった。

マンションは繁華街の一角にあるが、主に雑居ビルや小さなブティック、商店が並んでいるので、この時間はすっかり人通りが途絶えてしまうエリアだ。もともと浜松は郊外に超大型のショッピングモールなどが乱立して繁華街の空洞化が著しい。駅ビルとそれに隣接する百貨店まではそれなりの集客があるが、そこから百メートルも離れてしまうと土日祝日でも閑散としてしまう。周囲はきれいに整備されているのに寂れた空気が漂っている。

「ちくしょう……。畑山の野郎め」

飯島が地面に膝をついて、路上で黒くなった死体を見つめながら顔をしかめた。

衣服の焼け落ちた死体は体をくねらせ、手足をあらぬ方向に曲げながら横向きに倒れていた。ところどころ焼ききれなかった、真っ赤に腫《は》れ上がった肉が、黒炭にくすぶる赤熱のように浮かび上がっている。強張らせた指をかぎ爪のように折り曲げて地面をひっかいている。炭の粉末をまぶしたような、艶のない縮れた髪の毛からは白い湯気が上がっていて、見えない位置まで離れてもタンパク質の焦げた臭いが鼻をつく。紛れもなく死の臭いだ。

「ガイシャは松浦妙子で間違いなさそうです」

落ちていたエルメスのバッグから彼女の運転免許証や保険証、各種クレジットカードなど身元を証明するものが複数出てきた。

どうやら松浦は友人とコンサートホールへオペラを観に行っていたらしい。コンサートホールといっても、浜松駅に直結する高層ビルの複合施設に入っているのでマンションから目と鼻の先だ。代官山が連絡を入れたとき、コンサートホールの中にいた松浦妙子は携帯電話の電源を切っていた。オペラが終わって彼女たちは近くのバーに立ち寄った。店の名前の入ったレシートも見つかった。バーもここから徒歩数分の立地だったので、すぐに確認が取れた。その店はビルの地下に入っている。そこも受信圏外だ。

「ほろ酔い気分で帰ってきたところを襲われたんだろうな。損傷の激しさからして今回も間違いなくガソリンが使われている」

飯島が煤けたアスファルトの路面を一拭いしながら言った。指先が黒く滲《にじ》んでいた。

「事件はまだ続くんですね」

これから死体は身元と死因を特定するため解剖に回される。今回も背後から殴られたか刺された傷が出てくるかもしれない。今までも犯人はそうやって被害者の動きを封じてきた。しかし絶命はさせない。彼らが命を落とすのはあくまで焼かれてからだ。犯人は今回も火にこだわっている。だからこそ一連の事件の同一犯による可能性が高い。

「目撃者は出ますかね？」

「まあ、無理だろうな。二年前にもレイプ事件があっただろ。被害にあった女性はここで十分以上も乱暴されていたんだ。それなのに一人も目撃者があがらなかった。ここを通るのはせいぜい松浦のマンションの住人くらいだ」

代官山は再びマンションを見上げる。部屋の灯りは数えるほどしかついていない。事件が起こった時間にここを通りかかった住人があの中にいるだろうか。しかしあまり脈がないように思える。

「上の連中はピリピリしてるぞ。これで犠牲者が七人目だからな。俺たちに対する風当たりも相当にきつい」

飯島が運ばれていく死体を恨めしそうな目で追った。

いまだ犯人逮捕に至らない警察に、新聞やテレビ各社の報道は辛辣《しんらつ》で容赦がない。どの新聞の見出しにも「無能」「給料泥棒」の文字が躍っている。

その中で上がった畑山哲平犯人説に幹部連中たちは縋りつきたい心境のはずだ。しかし容疑者とするにはあまりに根拠が薄弱だ。焦るあまり無関係の人間を逮捕してしまってはさらに傷口を広げることになりかねない。そんな上の判断もあってかマスコミに畑山哲平の名前は流れていない。目下マーク中の重要人物としてお茶を濁している状況だ。それでもまったく目処《めど》がついてないよりずっとましというわけである。

今回の事件において警察に不幸で犯人にとって幸運なのは、とにかく目撃情報が出てこないことだ。

「おい、代官様。あのお嬢ちゃん、よほど気に入ったみたいだな。あの顔見てみろよ。まるで前から欲しかったブランドのバッグを眺めているみたいだぞ」

飯島が苦笑を浮かべながら焼死体に顎を指す。いつの間にか黒井マヤが腰を落として死体に顔を近づけていた。少女のように瞳をキラキラと輝かせている。

そのとき、彼女が何かを拾った。代官山は目を細めて彼女の指先に焦点を合わせる。ここからでは分からないが、白くて小石のような塊に見えた。マヤは周囲を警戒したように見回すと、白い塊をさっとポケットに入れた。その表情はまるで万引きをする若い女性そのものだ。どうやら代官山の視線に気づいていないようだ。

「どうした？　代官様。お嬢ちゃんが気になるか」

「そ、そんなわけないでしょう」

飯島はマヤの仕草に気づかなかったようだ。

「次の犠牲者が出るんでしょうか？」

話を逸らすため、事件に話題を戻した。飯島自身、状況が状況だけにこれ以上茶化すような気分でもないらしい。彼は険しい表情に戻すと、

「ああ。まだ続くだろうな」

と言った。

「じゃあ、次は誰がターゲットに？」

「想像もつかねえよ。まさか松浦妙子が焼かれるなんて想定もしてなかったぜ。ましてやつい先日まで、容疑者候補の一人だったしな。とりあえず彼女の交友関係を洗っていく必要がある」

思えば今回の犠牲者が松浦妙子であることを予想したのはマヤだ。警察の誰もがその時点では想定していなかった。マンションの真下で代官山と飯島は松浦の部屋を見上げた。二十九階の高さともなると見上げるだけで首が痛くなる。

それから数人の捜査員で手分けしてマンションの住人たちに聞いて回った。ベランダから路地の方で火の手が上がったのを見たという青年の情報が出たくらいで、これといった手応えはなかった。

署に戻ると捜査本部の置かれた会議室は緊迫した空気に包まれていた。

壇上の真ん中に座る宮下刑事部長が腕を組みながら、険しい顔つきで捜査員たちを睨め付け

ている。深刻化した現状にしびれを切らした宮下は県警本部から中部署に乗り込んできたのだ。刑事部長といえば殺人など強行犯を担当する捜査一課のみならず、知能犯を扱う二課や盗犯を扱う三課などを束ねる刑事部のトップだ。

ヤクザの親分を思わせる強面で、百八十センチを超える筋骨隆々とした巨体はとても東大出のキャリアには見えない。白髪混じりの太い眉毛の下から威圧的な眼光を放ちながら、唇の隙間から噛みしめた歯の一部を覗かせている。

捜査員たちは彼と目が合うと一様に顔を伏せた。壇上の一番端に座っている高橋吾郎署長は完全に固まっている。血気盛んな捜査員たちをまとめる三ツ矢一課長ですら顔を強張らせていた。

捜査本部に宮下が顔を見せるのは珍しいことだ。それだけ県警も追いつめられている。これ以上の被害者続出となったら幹部連中はもちろん、県警本部長の首まで飛ぶかもしれない。

それから深夜の捜査会議が始まった。

まずは捜査員たちの進捗《しんちょく》状況が報告された。そのたびに宮下の表情に苛立《いらだ》ちの色が濃くなる。次々と上がる報告の中に直接犯人に結びつくめぼしい情報は聞かれない。

「畑山哲平についてはどうなんだ！」

ありきたりな報告にしびれを切らしたのか宮下が声を張り上げた。署長がビクリと背筋を伸ばす。普段、代官山たち若手刑事の前では威勢がいいだけに思わず苦笑してしまいそうになる。

「今のところ情報収集中……です」

畑山哲平の行方を担当している班の捜査員が答える。まるで目標売り上げを達成できなかった店長のように、申し訳なさそうに顔を半分うつむけた状態で窺うように宮下を見上げた。

「バカ野郎！　何が情報収集中だ！　お前らが間抜けな捜査をしてる間に何人の犠牲者が出たと思ってんだ！」

宮下は両手を机に叩きつけるとその勢いで立ち上がった。そのまま日本刀を抜いて斬《き》りかかってきそうな形相だ。さすがは「鬼将軍」と呼ばれるだけのことはある。気圧《けお》された捜査員は数歩ほど後ずさった。

「お前ら、よく聞け。とにかく畑山哲平を引っぱってこい。ヤツがクロかシロかなんてどうでもいい。まずは取調室の椅子に座らせろ。それでどうにかなる！」

宮下のドスのきいた声が代官山の鼓膜をふるわせる。上の連中も切羽詰まっているようだ。批判的なマスコミや市民を黙らせるためなら、冤罪《えんざい》も厭わないばかりの勢いである。こうなると警察かヤクザか分からない。

「いいか。畑山は被害者のうち荒木浩文、佐原伸子、松浦健一郎と三人もの人間と接点があるんだ。さらに宮坂由衣、松浦妙子も彼らを通して間接的につながっている。それを含めればざっと五人だ。まったく無関係なんてことはあり得ねえだろ」

他に容疑者が浮かんでこない状況で、畑山が犯人で決着してほしいということが幹部連中の本音だろう。まったく別の人間が真犯人となると捜査は白紙同然になってしまう。

「それともう一つ」

宮下が突然声量を抑えた。それに伴って神妙な顔つきになる。

「畑山は現在も逃亡中だ。事件はまだ続いていると想定すべきだろう。そうなると問題は次の犠牲者が誰なのか、だ。どうだ？　心当たりのあるやつはおらんのか」

捜査員たちが互いの顔を見合わせながらざわつき始めた。しかし手を上げる者はいなかった。宮下の眉間の皺がさらに深くなる。代官山は隣に座っているマヤの顔をチラリと見た。彼女は、単位とは関係のない講義を受けている大学生のように、退屈そうな顔を壇上に向けていた。

「失礼します！」

そのとき突然、会議室に事務員が入ってきて、壇上で仁王立ちしている宮下におそるおそると近づいた。

「なんだ？」

事務員は口元を手のひらで覆って宮下の耳元に近づけた。そして何やら耳打ちを始めた。しかし宮下の顔はみるみるうちに真っ赤になり事務員が顔を離すやいなや、

「ふざけんな！　ちくしょう！」

と先ほどまで腰を落としていた事務椅子を蹴飛ばした。代官山や飯島を含めて壇上を見つめていた捜査員たちは一斉に体をのけぞらせる。その直後、会場は水を打ったように静まり、怒り狂った鬼将軍の前に誰一人として口を開く者はいなかった。

代官山脩介 (15)

畑山哲平の死体が上がった——という連絡が福岡県警から入った。

見つかったのは浜松から数百キロ離れた北九州市八幡東区にある山中だった。

畑山の死体は山道から外れて数百メートルほど雑木林を掻き分けて進んだところで見つかった。見つけたのは地元の大学生たちだった。

彼らはサバイバルゲーム同好会のメンバーで、それぞれが迷彩模様の戦闘服に身を包み空気銃とペインティング弾を使ってゲームを楽しんでいた。

死体は腐敗が進んでいて一部白骨化していた。また胸部や大腿部などに獣に食われたような痕跡もあった。死体の真上には木の枝に結わえられたロープの輪が下がっており、首吊りだったと思われる。首は体の重さでもげ落ちた状態だったそうだ。

現場に残されていたバッグの中から畑山の免許証やクレジットカードが入った財布が見つかった。さらには遺書も出てきた。借金取りからの逃亡生活に疲れたといった内容だった。財布の中には三十円しか残っていなかったそうだ。

それからすぐに身元鑑定が行われたが、歯の治療痕から畑山本人であることが確定されたというわけである。腐敗の状態から死後数週間は経過しているだろうと推定された。

「とりあえず畑山はシロってわけね」

マヤがホワイトボードに貼ってある畑山の顔写真を眺めながら言った。畑山の名前には赤でバツがつけられて、その下に死亡と書き込まれていた。

自殺であれ他殺であれ、畑山は一連の放火事件の前に命を落としたことになる。捜査会議中に入ってきた事務員が宮下刑事部長に耳打ちしたのは畑山の死亡報告だったのだ。彼の蹴飛ばした椅子は背もたれの金属がグニャリと曲がってしまい廃棄処分となった。

「警察にとっては頼みの綱だったんですけどねえ」

代官山は腕を組みながらため息をついた。

「そうよねえ」

「ところで、黒井さん」

「な、何よ？」

代官山の呼びかけにわずかに背中をのけぞらせたマヤがふり返る。

「犯人の次のターゲットは誰なんです？」

「そんなの分かるわけないでしょう。何で私が知ってんのよ？」

「黒井さんって俺にいろいろ隠し事してません？」

「隠し事？」

「たとえば推理ですよ。あなたは松浦妙子が被害者になることを予測してましたよね。それだけじゃない。佐原伸子が死体で見つかったとき、検死前から他殺であることを言い当てた。あの時点では自殺の可能性だって充分考えられたのにです。おそらくあなたは一連の事件に何らかの法則性を見出している。実はもう犯人の目処がついているんじゃないですか？」

「はあ？　なにバカなこと言ってんの。私は超能力者じゃないわ。次のターゲットが誰か、まして
や犯人が誰かなんて、そんなこと分かるわけないでしょう」

　マヤは尖った視線を向けてくる。

「それと、ガイシャの歯をどうするつもりなんですか？」

「歯？」

　代官山の言葉に一瞬弾《はじ》けるように背中をのけぞらせた。

「松浦妙子のですよ。ガイシャの前歯が根元から折れてました。火に巻かれて倒れたとき口元
をアスファルトにぶつけたんでしょう。しかし鑑識が集めてきた採集品の中に破折した歯の欠
片が入ってない。俺、見たんですよ。あなたが死体を検分している最中に地面から何かを拾い、
それをポケットに入れるところを。白い小さな塊でした。それってガイシャの前歯ですよね？」

「ちょ、ちょっと……。やめてよ。前歯なんて拾ってどうすんのよ」

「それだけじゃない。佐原伸子のときは爪が現場から消えているんです」

「それも私がポケットに入れたって言うの？　何のためにそんなことをするのよ？」

「そこまでは俺にも分かりません。どちらにしてもちょっと上着のポケットの中を調べさせて
もらってもいいですか？」

「私、これでもあなたの上司なんですけど」

　マヤがくびれた細い腰に手を当てながら代官山を睨め付けた。

「拒否ですか？」

「いいわよ。ここではなんだから、隣の部屋にでも行きましょうか」

そう言ってマヤが部屋を出て行く。隣は小さな会議室になっており今は誰もいない。マヤと代官山の二人きりだ。こんなところを他の捜査員に見られてはなんて言われるか分からない。

マヤは頬を膨らませたまままさっさと黒の上着を脱いだ。半袖の白いシャツが汗でボディラインに貼り付いている。細く白い上腕やくびれた腰のラインに思わずドキリとしてしまう。

代官山は上着を受け取った。それは彼女の華奢な体型を主張していた。腕回りも首回りもウエストも儚《はかな》いほどだ。こんな小さなジャケットに体が収まることが信じられなかった。

代官山は左右の腰のポケットを探った。しかし出てきたのは「クールシャワー」という錠剤状の清涼菓子が入ったライター大のケースだけだった。胸ポケットまで調べたが、代官山の指摘した前歯は出てこなかった。そんなはずはない。おそらく現場からここに戻ってくる最中でどこかに隠したのだろう。モノが出てこなければどうしようもない。代官山は観念した。

「気が済んだ？」

マヤは上着を受け取ると澄ました顔で言った。その表情にはどこか安堵感を漂わせているように見えた。

「黒井さん。あなた、本当はどこまで勘づいているんです？」

「勘づいているって何を？」

「だから事件のことですよ。次のターゲットが誰なのか目星がついているんじゃないすか？」

「天地神明に誓って言うけど、次のターゲットなんてまったく予測もつかないわ。何度も言うけど私は超能力者でも霊媒師でも祈禱師《きとうし》でもないの。どんだけオカルトなのよ」

マヤが腕を組んで代官山を見上げながら続ける。

「だいたい犯人が誰かなんてどうだっていいじゃない」

「何なんですか、それ」

「殺される者がいれば殺す者がいる。それが自然の摂理だし、人間のドラマよ。だから世の中面白い。そう思わない？」

「意味分かんないですよ。犯人なんてどうでもいいってどういうことですか。あなたには刑事としての正義感がないんですか？」

「そんなもん、あるわけないじゃない。正義感だらけの刑事なんてベタすぎて虫酸《むしず》が走るわ」

「ちょ、ちょっと、黒井さん。いくら黒井篤郎の娘さんでもそういう発言はマズいですって」

「冗談よ。なにムキになってんの。バッカじゃないの」

黒井マヤはニヤリと笑うと手を振りながら「おやすみなさい」と部屋を出て行った。代官山は彼女の背中を呆気にとられて見送った。

うまくはぐらかされたような気がする。

しかし彼女が犯人に目星がついていてそれを隠したとして何の得があるというのだろう。

消えた爪、折れた前歯、焼死体の焦げた臭い。

どうやら黒井マヤのことを調べてみる必要がありそうだ。

代官山脩介 (16)

前方のタクシーが止まったのを確認して、代官山は距離を置いて車を止めた。女性のシルエットがタクシーから降りてくる。ダッシュボードのデジタル時計は夜の十一時を示している。場所は入野町《いりのちょう》から雄踏《ゆうとう》街道に入った途中だった。道は車が何とか二台すれ違うことができる程度の幅だった。道の両脇には住宅と商店が混在しながら櫛比《しっぴ》している。個人で経営している小さな八百屋から、数十台の車を止められる駐車場を有する大きなドラッグストアやレンタルビデオ店までその規模もさまざまだ。しかし深夜ということもあって多くの店は明かりが消えていた。

降りてきた女性は黒井マヤだった。

署のすぐ近くにあるホテルに帰ると言って浜松中部署を出たが、ホテルからここは直線距離にして四キロほど離れている。そもそもこんな時間にどこへ向かうつもりなのか。

彼女の帰路をつけて今日で四日目になる。今までは署を出るとコンビニに立ち寄って真っ直ぐホテルに帰っていたが、今日は違った。今日は捜査会議がいつもより早めに終了した。つまりそれだけめぼしい情報が上がってきていないわけである。

署内ではあきらめムードも漂っている。次の放火があれば捜査の向かうべき先の道しるべとなる重要なヒントになろうが、これ以上の犠牲は警察の立場をさらに危うくする。

ワイドショーは連日、この話題で持ちきりだ。浜松中部警察署には多くのマスコミ関係者が集まり、報道合戦をくり広げている。その報道内容は日に日に警察批判への姿勢を色濃くしていた。安心して夜も眠れないという市民からの苦情で、署の電話もパンク状態だ。ただでさえ人手の足りない署員がその対応に追われている。市民やマスコミからのプレッシャー、事件解決につながらない焦り、そして何より猛暑続きで捜査員たちの顔にも疲労の色が滲み始めていた。

マヤはタクシーから降りると、そそくさと一軒の店の中に入っていった。周囲にも小さな店舗が並んでいるが、明かりが消されてシャッターが閉まっている。こんな時間に開いているのはコンビニとレンタルビデオ店くらいだ。しかし彼女の入っていった店は営業していた。

個人経営の雑貨屋を思わせる小さな店舗は、路地の奥まったところに佇んでおり、通りすがりには分かりにくい。看板には「エムズショップ」とデザインされているだけで、何を取り扱っている店なのか摑めない。暗闇に浮かぶぼんやりとした青白い明かりもどことなくいかがわしい。かといってポルノショップとはまた違う気がする。もっと秘匿めいた趣がある。

マヤは二十分ほどで店から出てきた。何かを買ったようで大きめのビニール袋を提げている。中身もそれなりに重量がありそうだ。彼女は路上に立って再びタクシーを拾った。

これからホテルに帰るのだろうか。

しかし彼女を乗せたタクシーはホテルを通り過ぎてさらに北上した。やがて姫街道の松並木の道に入っていく。代官山も先日、この道をマヤと通ったばかりだ。だから行き先の予想がついた。しかし彼女はこんな時間に何のためにそこへ向かうのか。

それから十分後には代官山の予想したとおりの場所にタクシーは止まった。

周囲は畑に囲まれている。そこに「やすらぎ工房」の看板が立っている。タクシーはその駐車場に入っていった。もちろんこんな時間だから工房の中の電気も消えている。

代官山は少し距離を置いて車を止めた。マヤに気づかれないようヘッドライトも消した。彼女は代官山の追跡に気づいていないようで、タクシーを降りると周囲を警戒することもなく工房の小さな丸太小屋に向かっていった。タクシーは駐車場に待たせたままだ。

マヤは工房の窓のカーテンの隙間から中を覗き込んでいるようだ。前園時枝だったか、あの美しい老女の姿もない。自宅は別なのだろう。先日、ここを訪れたときに駐車場に彼女が所有していると思われる白いセダンが止めてあったが、今はない。

突然、工房の方でフラッシュがまたたいた。マヤが窓の外から中を撮影したのだ。

あの女、いったい何を考えているのか？

代官山は工房の内部を思い浮かべる。狭い室内に悪趣味な陶器人形が並んでいただけだ。果たしてこんな時間に撮影するほどのものだったろうか。そうこうするうちにマヤが駐車場に戻ってきた。工房を覗いていたのはほんの数分のことだ。彼女はタクシーに乗り込むと今度は間違いなく投宿先のホテルに戻っていった。

マヤの帰宅を見届けた代官山は再び、彼女が最初に立ち寄った、雄踏街道沿いの小さな店「エムズショップ」に戻る。深夜一時を回ろうとしていたが店はまだ開いていた。店に入ると小さな店舗ながら、四人ほどの客が狭い店内に並べられた商品を熱心に物色していた。いずれも顔色の悪い暗い目をした青年ばかりだった。店内は独特の黴臭さが漂っている。

どうやらここは古書店のようだ。狭い店内に並ぶ書棚には色褪《いろあ》せた背表紙の本がぎっしり並べられていた。しかしこの店が普通の古書店でないことは陳列を見た瞬間に分かった。

『シリアルキラー大事典』『カニバリズムの歴史』『グラン・ギニョル戯曲集』『楽しいバラバラ殺人』『死体写真全集』『西洋拷問史』『日本猟奇犯罪記録』『七三一部隊のすべて』『バートリー・エルジェーベト』……。

猟奇趣味だ。

一冊取り出すと、男がベッドに縛り付けた女を解剖している表紙だった。奥付を確認すると三十年以上も前に発行されたものだと分かる。しかし値札を見て驚いた。当時の定価千円のものに一万円の値段がついている。ここは猟奇ものやオカルトといったジャンルの稀覯本《きこうぼん》を扱う古書店のようだ。秘匿めいた店舗の空気も奇怪な書物が醸し出す気配なのだろう。ピンクとは明らかに違ういかがわしさだった。

代官山は店員に向かって警察手帳を向けた。青年は生気のない目を向けて「何ですか？」と蚊の鳴くような声で応答した。

「四十分ほど前にここに若い女性の客が来ただろ。黒い髪が肩まで伸びていて黒ジャケットに黒パンツの女。なかなかの別嬪だ」

代官山が尋ねると青年は表情の乏しい顔で首肯した。

「彼女、何を買っていったか教えてくれないか？　もちろんこれは捜査だ。ご協力願いたい」

青年は警察手帳をどこか冷めた目で見つめている。彼なりの権力への抵抗かもしれない。

「こういう本も風紀的にはどうかと思うがね。一度調査に入らなきゃならんかな」

代官山は店の中を見回しながら告げると、遠回しの威圧が利いたのか青年は舌打ちをして注文書をカウンターの上に置いた。そこには『猟奇殺人死体写真集』と書かれていた。値段を見ると二万円とある。

「この本はなかなか手に入らないんすよ」

青年がぼそりと答える。

「レアものなのか？」

「そうっすね。ネットに流したらすぐにメールが来て。今日の夜に立ち寄るから取り置きしておいてほしいって」

「どういう本なんだ」

「どうって……。タイトルどおりっすよ。殺人鬼に損壊された死体の写真集です。アングラで流れているので正規のルートでは入手できませんけどね……」

と言ったあと青年は慌てて口を手で押さえた。警察相手に裏流通のことを漏らしてしまったことに気づいたのだろう。

「心配しなさんな。捜査に協力してくれりゃ摘発なんてしないよ。彼女、以前にもここに来たことがあるか？」

「ええ。ここ二週間で三回くらい来ましたね。結構、こういう趣味を持っている女性って美形が多いんですよ。ほら、ホラー映画に出てくる女の殺人鬼って美人が多いでしょ。あれはあながち間違ってないんですよね」

安堵したせいか青年が若干饒舌《じょうぜつ》になった。

「あと彼女、アイテムのことを尋ねてきましたよ」

「アイテム？　何だそりゃ」

「ハッキリ言っておきますけど、うちでは扱ってませんからね。あくまでも噂ですからね」

青年は潔白を宣誓するように右手を上げて、そう前置きした。

「分かったから、そのアイテムとやらについて教えてくれ」

「本当にそんなものがあるのかどうか知りませんけどね。いわゆる殺人に使われた道具とか、現場に残された遺留品のことですよ。それらがアングラで流通しているという噂です。マニアの間で結構高値で取引されているらしいですよ」

「たとえばどんなのが裏マーケットに流れるんだ？」

「実際に殺人に使われた凶器ですね、ナイフとか鎌とか。ひどいのになると切断された指とか耳とか、損壊された被害者の体の一部が流れることもあるらしいですよ。そういうのはすごい値がつくらしいです」

「マジかよ」

「世の中、病んでいるやつって多いっすよ。まあ、俺も商売しているわけだから人のこと言えませんけどね」

　青年は自嘲気味に笑う。

「彼女はコレクターなのか？」

「そんな感じでしたよ。アイテムのことを問い合わせてくるマニアは稀にいますけどね。残念ながらうちもそこまでディープな店じゃない。こんな店ですけど健全な方ですよ」

　彼は否定しているが、裏マーケットに精通しているのではないかと代官山は直感した。しかし今の代官山にとってそんなことは問題ではない。

　代官山は礼を言って店を出た。外の蒸されたような空気に触れると軽い目まいを覚えてよろめいた。

　ただのホラー映画ファンだと思っていたが、黒井マヤは筋金入りの猟奇マニアらしい。それもかなり本格派の。

　代官山は車に乗り込むとキーを回す。クーラーの風が汗ばんだ身体を冷やしてくれる。夜になっても温度が下がらなくなった。彼はハンドルを握ると車を出す。そのまま帰宅せず、今度は先ほどと同じように姫街道を北上した。目的地にはほんの二十分程度で到着できた。「やすらぎ工房」の看板が車のヘッドライトに照らされて浮かび上がってきた。

　代官山は車を駐車場に止めた。辺りは畑に囲まれて人気《ひとけ》がまったくない。街灯も乏しく、車のライトが消されると周囲は闇に塗りつぶされた。数十メートル向こうには先ほど通ってきた姫街道が見えるが、深夜ということもあって車通りもまばらだ。

代官山は工房の丸太小屋に近づくと窓ガラスに手を当てて、マヤと同じようにカーテンの隙間から内部を覗いた。中は真っ暗だ。代官山はポケットからペンライトを取り出した。内部を照らすと陶器人形が浮かび上がった。先日立ち寄ったときと同じ人形がほぼ同じ配置で並んでいる。しかしそれ以外にこれといって目を引くようなものはない。マヤは何を求めて、こんな時間にタクシーまで使ってデジカメ撮影をしたのか。

事件と関係があるのか。それとも別の何かなのか。現状ではそれすらも分からない。


「神田さん。ちょっといいですか」

やすらぎ工房から中部署に戻った代官山は、深夜にもかかわらず捜査本部に詰めていた神田に声をかけた。

「おお、どうした。まだいたのか」

「黒井さんのことでちょっと」

神田は代官山を部屋の片隅に促すと「何だ?」と尋ねてきた。

「黒井さんは俺に何か隠しているみたいなんですよ」

「何かってなんだ?」

「たとえば事件の真相とか」

代官山はこれまでのことを簡潔に説明した。神田は腕を組みながら耳を傾けていた。

「やっぱりそうか」

「神田さんも気づいていたんですか？」

「ああ。なんとなくな。前に彼女とコンビを組んだ所轄刑事も同じようなことを言ってた。そいつは彼女を糾弾しようとして飛ばされちゃったけどな」

そう言って苦笑する。警察官僚の父親の力だ。

「じゃあ、彼女の猟奇趣味のことは？　それもかなりの筋金入りですよ」

「らめぇっ！」

らめぇっ？

「おい、代官様！　いいか。とりあえずそれは口にするな。下手なことをすればお前も飛ばされるぞ」

「じゃあ、彼女の趣味のことは神田さんも知ってるんですか？」

「ほんの噂話だ。しかし誰も関わろうとはしないよ。相手は警察庁のそれも大幹部だ。愛娘の立場を悪くするようなことがあれば、どんな手を使ってでも阻止してくるぞ」

神田が肩をすくめながら続ける。

「たしかにあの娘は人並み外れた洞察力を持っているかもしれん。実際、そう思うときもある。しかし決して表に出そうとしない。あいつは事の成り行きを眺めているだけだ」

やはり事件解決は彼女にとって興味の対象外なのだ。

「問題は次のターゲットが誰なのか、です」

「マヤは目星をつけているようなのか？」

「本人は否定してますが、何ともいえません」

「しかし、マヤには真相の片鱗《へんりん》がすでに見えているのかもしれん。よし、代官様。彼女の考えていることをそれとなく探るんだ」

「どういうことですか？」

「簡単に言えば、彼女の推理したことをお前が推理するんだよ」

「はあ？」

代官山は素っ頓狂な声を上げる。

「長く一緒にいれば必ずヒントや手がかりを漏らすはずだ。お前は彼女の言動を注意深く見守って、真相を探ってくれ」

「む、無茶ですよぉ」

「お前が信じるお前を信じろ」

「何の台詞ですか、それ？」

「じゃ、頼んだぞ」

神田は代官山の背中を叩くと、そそくさと部屋を出て行った。

岩波哲夫

「やっと抜けました」

岩波哲夫は抜けた大臼歯を金属製のトレーの上に転がしてみせた。歯根が先端でかぎ爪のように湾曲している。これが手こずった原因だ。

時計を見ると開始してから一時間近くかかっている。疲労で体が鉛のように重くなっている。患者も満身創痍《そうい》といった顔をして治療室を出て行った。無理もない、一時間も口を開けていたのだ。岩波もこのまま医院を飛び出して酒でも飲みたい気分だったが次の患者が控えていることもあり、折れそうな気持ちを持ち直して診療に当たった。

岩波は血のついたグローブを外して手洗いを終わらせると、パソコン画面に向かう。岩波歯科医院のカルテ全般を管理するコンピューターだ。歯科は一つ一つの歯に対する処置も多岐にわたるので記入項目が多く複雑だ。さらに患者の愁訴、所見、症状の経過などを詳細に描き込む必要がある。

パソコンに不慣れな年配のドクターは手書きも少なくないが、今年四十五歳になる岩波の世代より若いドクターのほとんどがコンピューターを導入している。そのカルテを管理するソフトも高価だ。ものによってはそれ一つで外国車一台が買えてしまう。

とりあえず今のうちに打ち込みを進めておこう。

岩波は指の関節を鳴らすとキーボードを叩いた。

「うん？」

入力した項目が表示されない。それから何度もキーを叩いてみたが画面はフリーズしたままだ。

「またかよ」

岩波は舌打ちをする。それとともに腹の中に熱い黒煙が立ちこめてくる。最近このパソコンはトラブル続きだ。サポートセンターには何度もクレームの電話を入れている。それでも埒《らち》が明かないので先日は業者の人間を呼んで怒鳴りつけてやった。

また電話を入れてやる。何度でも呼び出してそのたびに怒鳴りつけてやる。俺は客だ。決して安くない金を支払っている。彼らはそれに見合う仕事をする義務があるはずだ。こんな不良品を売りつけておいて誠意を見せないではこちらも黙っていられない。

そう思っているうちに電話が鳴った。嫌な予感がした。

「……はい。何となくおかしい？　気分がすぐれない？　治療に問題……。は、はあ。そうですか。それは大変申し訳ありませんでした。今からお越しになりますか？」

電話に出た受付嬢のうんざりしたような表情で相手が誰なのか察しがついた。また一波乱あるな。他のスタッフも察したようで一斉にため息を漏らす。重苦しい空気が院内に流れた。

十分後にその患者はやって来た。岩波の頭の中でベートーベンの「運命」が響きだす。

受付嬢が「こんにちは」と強張った笑顔を向ける。しかしその女性はニコリともしない。不満を極限までため込んだような顔で診察券を叩きつけるように置く。そこには松浦妙子と印字されていた。彼女は全身から刺々《とげとげ》しい苛立ちを放っていた。岩波は手を洗いながら大きく深呼吸をして気分を整えた。

「先生、何度も言ってるけどやっぱりこのインプラント、絶対におかしいわ」

松浦妙子は治療ユニットに座るなりインプラントの入っている右下顎をさすった。半年前の初診時に比べると随分とやつれて見える。肌の調子が良くないのか化粧ののりも悪い。

「まだ慣れませんかねえ」

「慣れるとか慣れないの問題じゃないの。明らかにおかしいって言ってんの！」

早くも妙子のヒステリーが爆発しそうになる。とにかく確認してみるしかない。岩波は彼女をなだめて開口させた。

「清掃不足ですよ。汚れがかなり残ってます」

岩波はミラーでインプラント体周囲を確認しながら告げた。歯垢《しこう》はインプラントばかりでなく全体にわたって付着している。以前はこんな状態ではなかったはずだ。衛生士の指導どおりにブラッシングケアに取り組んできた。岩波はその経過を来院のたびに確認していた。だからこそインプラント手術に踏み切ったのだ。

「今日はたまたま歯磨きするのを忘れちゃったのよ。普段はちゃんとやってるわよ！」

妙子が荒《すさ》んだ視線を向ける。最近の彼女は表情も口調も仕草すらも攻撃的だ。初めて来院したときは美人でないにしても品のある落ち着いた女性だった。なのにここ一ヶ月で随分と変わってしまった。彼女はそれが岩波の施術したインプラントのせいだと訴える。そしてアポイントなしに押しかけてきてはヒステリックに不満を並べるのだ。

岩波は彼女の来院に怯えながらこの一ヶ月を過ごしてきた。今では彼女のカルテをさわるだけで蕁麻疹《じんましん》が出てくる。

「そ、そうですか。ちょっとだけ歯肉が出血してますね。ただ大きく腫れているわけではないし、歯が動いているようでもないし……」

岩波は注意深くミラーで周囲の組織を確認する。ここ一ヶ月、来院するたびに確認しているが、日に日に彼女の手入れが悪くなっているような気がする。

歯医者を十七年もやっていると、口の中を覗くだけでその患者の精神状態や経済状況がある程度分かる。身につけている服やアクセサリーやバッグを見る限り、経済的に恵まれた女性に思える。そんな彼女の生活でも荒むようなことがあるのだろうか。

「まあ、よくブラッシング清掃をしていただければ問題ないと思いますが」

「問題ないわけないでしょう！　時々うまく嚙み合わなくなるの。顎の関節が強張るっていうか、とにかくおかしいのよ。それにこの歯を入れてからずっと違和感がつきまとってる。イライラするのよ！」

「違和感？」

「口ではうまく説明できないわ。とにかく違和感よ。私ね、先生にインプラントやられてからずっと人に優しくなれないのよ。他人に対して思いやりが持てないの。分かる？」

何だ、それは？

「痛いというわけではないんですよね？」

「痛くなければいいってもんじゃないでしょうが！　ずっと違和感がとれないのよ。その違和感が苦痛だって言ってんの！」

　妙子が眉をつり上げて怒鳴った。

「インプラントといえど、ご自分の歯ではありませんから、多少の異物感はあるかもしれません」

「そんなこと今初めて聞いたわよ！　最初は直接顎の骨に埋め込むから自分の歯のように噛めるって言ってたじゃない！　だから私は五十万もの大金を出したわけ。でも入れてもらったものは『自分の歯のよう』とは程遠いわよ！　まるで小石が口の中で転がってるみたいよ！」

　彼女はわざと右頰を膨らませて乱暴に指さす。

「『自分の歯のよう』にも個人差がありますから」

「なによ！　個人差でごまかす気！　それってインチキダイエット食品と一緒じゃない。いい？　先生は私の口の中を診断してから言ったのよ。その個人差を見極めたからこそ私にインプラントを勧めたんでしょうが」

　尖った熱気をふりまきながら患者は早口にまくしたてる。

「いや、インプラントがご自分の歯のように噛めるというのはあくまで一般論です」

「その一般論が私に適応しなかったってことじゃない。個人差があることを分かっていながら安易に一般論を当てはめたのは先生の落ち度だわ」

　彼女の訴えは正論だ。故に反論が難しい。彼女はここに来る前に理論武装を整えてきたのだろう。徐々に気持ちが追いつめられている。後ろを振り向けば崖が広がっているような気がした。

「ちょ、ちょっと松浦さん。落ち度なんて決めつけないでくださいよ。時々顎が強張るっておっしゃいましたよね。それはインプラントではなくて顎の関節に問題があるのかもしれませんよ」

「ふん。責任転嫁して私のせいにするつもりね」

岩波もそうしたい気持ちになっていた。しかし顎関節《がくかんせつ》異常の可能性も捨てきれない。

「そうじゃありません。たしかに顎関節症は不良な入れ歯やインプラントが原因となることもありますが、他にも悪癖や外傷などいろいろあります。顎の関節といってもそこには骨や軟骨はもちろん筋肉や血管、神経があって意外と複雑な構造になっているんです。それらの要素が複合的にからみ合ったりするので原因を特定するのがなかなか難しいんです」

「ここでインプラントを入れてからおかしくなったんだから明らかに先生の責任よ」

相変わらずきつい口調で譲ろうとしない。そんな彼女と生活を共にする夫はどんな男性なのだろうと思った。彼女の保険証に記載されている組合名はヤマワ楽器だった。夫は浜松市を代表する優良企業のサラリーマンだ。

「もちろんその可能性を否定はしませんが、絶対にそうだとも言いきれません。たとえば最近、生活に大きな変化はありませんでしたか?」

「な、何よ、生活の変化って」

妙子が一瞬だけ怯んだように顔を強張らせた。岩波は何かありそうだと直感した。

「たとえばですね、仕事や人間関係のトラブルなどです。そういったことで引き起こされるストレスが顎関節症の原因になることもあります」

「な、ないわよ、そんなの。まさか私に原因があるっていうの？　私の生活や人間関係に問題があるっていうわけ？」

どうやら彼女の怒りの火に油を注いでしまったようだ。彼女は大きく顔をゆがめて憎悪に満ちた目を向けてきた。

「そこまでは言ってない。あくまでも可能性の話です」

「何が可能性よ。あなたの考えてることはお見通しだわ。患者の微妙な落ち度を見出してはそれに原因をこじつける。父が病院をやってて、私はそこに勤務してたの。だから医者がどれだけ嘘つきで悪質なのか分かってんのよ。体質の問題だとか健康管理が悪いとか、そう言って患者に責任転嫁するドクターを何人も見てきたわ。私を甘く見ないでね。ふつうの人よりずっと医療の知識があるんだから。適当な専門知識で騙そうたってそうはいかないわよ！」

だめだ。もう限界だ。これ以上この患者に関わったら自分自身が壊れてしまう。

「とにかく……僕は最善を尽くしました。自分の治療が間違っていたとは思いません」

「ふざけないでよ。じゃあ、この違和感は何よ？　この他人に対して優しくなれない気持ちは何なのよ？　こうなったのもここで治療を受けてからよ。それまではまったく問題なかった。明らかにあなたの落ち度よ。医療ミスよっ！」

妙子が「医療ミス」と金切り声で叫んだ。待合室で順番待ちをしている患者が何事かと受付口から顔を覗かせる。その表情には延々と待たされた苛立ちと不信感が貼り付いている。

「松浦さん、落ち着いて！　それなら治療費をお返しします。それでいいでしょう！」

岩波は治療費の返金を申し出た。五十万円は彼にとっても大金だったが、この切羽詰まった状況ではそうも言ってられない。ふつうならこんな対応はしないのだが、このときばかりは逃げ出したい一心だった。

「ほら、認めたわね」

妙子が口元をゆがめて笑った。

「な、何を認めたって言うんです？」

「医療ミスよ。自分に落ち度がないのに返金を申し出るなんておかしいわ。私が要求したわけでもないのにそれをするのは、自分に非があることを認めたからでしょう」

岩波はいやいやと頭を振った。

「僕に非はありませんよ。ただ満足していただけなかったようなので返金するまでです」

「ほんっとに腹が立つわね。患者にこんな苦痛を与えておいて誠意の欠片もないじゃないの。言っておきますけど返金なんかで納得しませんからね。顎の骨に不良品をねじ込まれたんですから。徹底的に争うつもりよ。訴えてやるわ！」

妙子は人差し指を岩波の鼻先に突きつけて喚いた。

モンスター患者だ。松浦妙子はモンスターだ。

突然、岩波の腹の中から煮えたぎったマグマが急激に噴き出してきた。体中が一気に熱くなる。

「ああ、訴えればいいでしょう！　僕の治療は完璧《かんぺき》だ。あんたに責められるべきことなんて何ひとつない！」

今まで強気に出ていた妙子が岩波の迫力に圧倒されたのか後ずさる。

「な、なによ！　絶対に訴えてやるからね！　ほんとに信じらんない。このヤブ医者！」

松浦妙子はありったけの声で怒鳴ると治療室を飛び出していった。

重苦しい空気が室内に流れる。スタッフが同情とも軽蔑ともつかない表情で岩波を眺めていた。岩波は何とか彼女たちに院長としての威厳を見せなければと思った。こういう状況こそ強気でいなければ舐められてしまう。

「先生、鳥海さんが見えました」

スタッフの一人が医院の裏口を指さしながら伝えてきた。そこには貧相な青年が立っていた。鳥海尚義。岩波が取引している歯科技工所の技工士だ。歯科技工所といってもスタッフは経営者である彼一人しかいない。岩波が取引を切れば一気に経営が立ちゆかなくなる。

いいところに来てくれた。

鳥海は岩波にとって実に便利なストレス解消のはけ口だった。診療で気に入らないことがあれば、依頼した技工物に適当なクレームをつけてはだめ出しをする。そうなれば彼は模型を持ち帰って一から作り直さなければならない。納期も厳しいから徹夜を余儀なくされる。今日持ってきた技工物だって睡眠を削って作製してきたのだ。

モンスター患者の理不尽に心が折れそうだ。このストレスを誰かに吐き出さなければ自分がだめになってしまう。そして士気の下がったスタッフに院長としての威厳と強さを見せつけ、信頼と尊敬を取り戻さなければならない。

岩波は笑顔を取り繕うと裏口へ向かう。鳥海は緊張した面持ちで技工物の入ったケースを抱えながら直立していた。

「先生、お忙しいところ申し訳ありません」

彼は媚《こ》びるような笑みを見せると頭を下げた。そしてケースの蓋《ふた》を開けて中身を見せた。

「鳥海くん。こんなレベルでは話にならないよ。志が低すぎるんじゃないかね」

岩波は彼の作ってきた技工物をひととおり眺めると威厳たっぷりにだめ出しをする。完璧な技術を持つ技工士はごく稀だ。完成品に落ち度を見出そうと思えばいくらでもできる。彼のレベルよりちょっとだけ高く合格ラインのハードルを上げる。彼が腕を上げればさらにハードルを上げればいいだけのことだ。岩波は持ってきたすべての技工物をつき返した。

「うちの医院と取引したければこのレベルでは受けられない」

やつれて青白い鳥海の表情が絶望的にゆがむ。これで彼は今夜も眠れない。反論したいことは山ほどあるだろう。しかし彼は決してそれを口にできない。それをすれば何もかもが終わってしまうことを知っているからだ。開業して間もない技工所が経営破綻して彼は路頭に迷うことになる。

「いいか。僕たちは君みたいに模型相手に仕事をしているわけじゃない。血の通った人間と向き合って仕事をしてるんだ。君はこんな義歯を実のお母さんに装着できるかね？　できないだろう。患者一人一人を自分の家族だと思って仕事をするんだ。そして自分の仕事にもっと誇りを持てよ。申し訳ないが、今日持ってきた技工物には君の誇りがまったく感じられない。そんなものを患者の口の中に入れるわけにはいかない。やり直してくれ」

岩波は声に貫禄を込めて説教した。神妙な面持ちの鳥海が何度も頭を下げながら詫びる。こんな院長の姿に若い女性スタッフたちは尊敬の念を抱いているに違いない。胃の中で渦巻いていた重く熱い黒煙が晴れていく。

岩波は診療室に戻る。待合室には患者が三人待っていた。

さあ、仕事を再開しよう。気分が晴れたおかげで仕事に集中できそうだ。

代官山脩介（17）

「あのぅ、すみません」

代官山とマヤが立ち入り禁止テープをくぐろうとすると背後から声をかけられた。振り返ると代官山と同年代くらいの青年が立っていた。よれよれのＴシャツにすり切れたジーンズ。頬がこけて顔が青白い。全体として不健康な印象を受ける貧相な男だ。

「岩波先生はやっぱり……亡くなられたんですか？」

「あなたは岩波先生のお知り合いの方ですか？」

男は緊張したような面持ちで「はい」と答えた。焦げた臭いが辺りを包んでいる。この臭いをここ数週間で何度味わったことだろう。

「鳥海デンタルラボの鳥海尚義といいます。歯科技工士をしているんですが」

「歯科技工士？」

「はい。歯医者の先生方から注文を受けて入れ歯や詰め物を作ってます」

「ああ、なるほど」

つまり鳥海は岩波歯科医院の取引先ということになる。睡眠不足だろうか。鳥海は目の下にクマを広げていた。肌つやも悪く、その表情に慢性的な疲労をためているように見えた。しかし自分も似たようなものだ。ここ数日、ろくに休みが取れていない。おかげで朝から体中が痛む。夜になってもだるい痛みが取れない。

「先生と何かトラブルでも？」

隣に立っていた黒井マヤが鳥海に声をかける。

「いえ、そういうわけじゃないんですが。先生からいくつか急ぎの仕事を受けてましてて……。ご家族の方にも連絡が取れないのでどうしたらよいものかと」

鳥海が不安そうに答える。

「実は先生は先ほど病院で息を引き取られました」

マヤはそう伝えたが、実際にはこの現場で絶命している。消防の必死の消火もむなしく、岩波は真っ黒に焼け出された状態で見つかった。

「そうなんですかぁ」

鳥海は大きくため息をつくと、敗戦の決まったサッカー選手のようにその場にしゃがみ込んでしまった。

「亡くなっちゃったんですか……。参ったなあ」

彼は両手でクシャクシャと頭を投げやりに掻きむしると、真っ黒に煤けた歯科医院の建物を恨めしそうに眺めた。火は一時間ほど前に消し止められたが、いまだ白煙が暗闇に滲んでいる。平屋建ての診療所の割れた窓の奥には漆黒が広がっていた。

火の勢いが相当に強かったのだろう。建物の屋根や壁は焼け落ちて骨組みの一部が剝き出しになっている。電線を中継するための鉄柱は飴《あめ》のようにグニャリと曲がり、建物に向かってお辞儀をするように倒れ込んでいた。

「参ったって、何か困ったことでも？」

代官山は腰を落としてしゃがみ込んでいる彼の目線に合わせた。

「ええ。今月の技工料の支払いをいただいてないんですよぉ」

鳥海が泣きそうな顔で答える。いくら未払いなのか知らないが、彼の反応から察するに生活に支障が出るほどの金額なのだろう。それなら遺族に相談するしかあるまい。

「それは困りましたねぇ」

代官山もそれくらいしか言ってやれない。

「それじゃ、我々も仕事がありますんで失礼します」

困っているのは代官山たちも同じだ。火事の一報が入ったとき、一連の事件とは無関係であることを捜査員の誰もが祈るような気持ちで念じていたはずだ。しかしその願いは届かなかった。

火は夜の八時半頃に岩波歯科医院から上がった。消防車が駆けつけたときには、オレンジ色の炎が建物全体を蝕《むしば》んでいた。火は一時間後に消し止められたが、中から男性の遺体が見つかった。診療は七時までなので、他のスタッフたちは後片付けを終えて、七時半には建物を出ている。院長の岩波哲夫はカルテや会計のチェック作業などでいつも八時過ぎまで残っているという。

代官山は懐中電灯を持って建物の中に足を踏み入れた。暗がりの中で何本もの懐中電灯の明かりが、焦げた壁や柱や煤けた治療器機を照らし出している。

「おい、代官様」

先に到着していた飯島が懐中電灯を向けてきた。代官山は眩しさに目を細める。焦げ後の黒が光を吸い込んでいるかのように建物内部の闇は濃度が高い。

「岩波歯科医院ってもしかして？」

「ああ。お前の考えているとおりだ」

火災の一報を聞いたとき、松浦妙子のインプラントの話を思い出した。彼女は取調室で「歯が痛い」と顔をゆがめた。そのときは気にならなかったが、今となってはあれが予兆だったのだ。松浦妙子の財布の中からは岩波歯科医院の診察カードが出てきた。岩波哲夫は彼女のかかりつけ医だった。

「岩波が倒れていたのは治療台の近くなんですね」

床にはチョークで人型が記されていた。鑑識の連中の仕事だ。

「そして誰かを治療中だったというわけだ」

「え？　診療時間は過ぎてますよね」

「台の上を見てみろ」

そう言いながら飯島は懐中電灯をユニットに向ける。

患者の座るシートはクッション部分が焼け落ちて、内部の配線が焦げた状態で剝き出しになっていた。そのすぐ真横に治療器具を並べておける小さなテーブルが設置されている。そのテーブルは可動式になっており術者によって移動することができる。テーブルには金属製の皿が置いてあり、その上に歯科用ミラーや探針などの鋭利な歯科治療器具が数本転がっていた。さらに反対側に設置された注水器には金属製のコップが置いたままになっている。それらは真っ黒に焦げ付いている。

「本当だ。診療時間を過ぎているのに。急患ですかね？」

他の治療ユニットはテーブルの上に整頓されていた。コップがのっているのもここだけだ。

「いや、おそらく犯人だろう。急患を装って院長一人になった治療室に入り込んだ。そして院長の隙をついて襲った」

代官山の頭の中でその様子が再現される。

犯人は治療ユニットの上に座っている。岩波からいくつかの問診を受けてそれに答えている。とにかく痛みがひどいからなんとかしてほしいと訴える。岩波が治療の準備を始める。スタッフが帰ってしまった後なので、一人で用意しなくてはならない。岩波が背中を向けたとき犯人は隠し持っていた刃物を彼の背後に突き立てる。しかし絶命はさせない。あとはいつもと同じだ。ガソリンを撒いて火を放つ――。

代官山の頭の中の犯人は、人の輪郭をした黒い影だ。男なのか女なのかも分からない。

「次のターゲットが松浦妙子のかかりつけの歯医者だったとはな。だけど何で歯医者なんだよ？　いったい犯人は焼き殺した八人にどんな恨みがあるってんだよ」

飯島がお手上げだと言わんばかりに投げやりに言い放つ。こうなっては次のターゲットの予測も立たない。犯人は相変わらず放火にこだわっている。しかし被害者たちの過去を洗ってみても放火や火事とはおよそ縁がない。ここまで被害者が増えても謎は深まるばかりだ。警察の立場はさらに悪化している。

「くそ……。マジで刑事辞めたくなってきちまったぞ」

飯島が珍しく弱音を吐いた。

代官山脩介（18）

岩波歯科医院のスタッフの証言から、院長と松浦妙子との関係が摑めてきた。

「松浦妙子はスタッフたちに言わせれば、いわゆるモンスター患者だったらしい。毎日のように顔を出しては院長に筋違いなクレームをつけていた。院長も随分、悩んでいたそうだ」

飯島が呆れたように肩をすくめる。

「妙子は夫の不倫のストレスを歯医者へのクレームという形で発散させていたんでしょうね」

彼女のクレームは執拗でその内容も感情的なものだった。他の患者のいる治療室でヒステリックに喚き散らすことも珍しくなかったという。

「岩波サイドに医療ミスでもあったのかな」

飯島が頭を掻きむしりながら言う。

「いえ。岩波歯科医院にはアルバイトで勤務している歯科医師が一人いるんですよ。彼が言うには、術後のレントゲンでも問題は見当たらないそうなんです。院長の治療に落ち度はなかったと証言してます。いわゆる不定愁訴というやつなんでしょう」

自覚症状があってもそれがレントゲンや検査値に異常として出てこない。心因性による症状も少なくないという。夫婦関係の不和がストレスとなり、それが今回のような症状を引き起こしたのかもしれない。

「それにしても犯人の目的は何だ？　なぜ岩波を殺す？　妙子のストレスを受け取ったから？　それがどうして殺意になるんだよ」

岩波哲夫は背後から犯人に襲われている。検死で岩波の背中に刺切創《しせつそう》が見つかった。犯人が刃物を刺して引き抜いた傷だ。傷はそれなりに深かったようだが致命傷には至っていない。しかし岩波の動きを封じるには充分なダメージだったと思われる。

その状態で犯人はガソリンを撒いて火をつけた。おそらくガソリン入りのポリタンクをスーツケースか何かでカモフラージュしていたのだろう。岩波の気道は焼けていた。火に巻かれているときは息があったということだ。

「とにかく終わったことを悔やんでもしょうがねえ。被害者が戻ってくるわけじゃないんだ。それよりも次だ。松浦妙子から引き継いだストレスを岩波は誰にぶつけたかだ。犯人の動機はさっぱり分からんが、被害者が出るとすれば次はそいつだ」

「それについてはスタッフからの情報があります。岩波院長がコンピューターの業者を医院まで呼び出して怒鳴りつけたことがあるそうです」

「コンピューター?」

「はい。歯科業界では『レセコン』と呼ばれているらしいですが、カルテを作成管理したりそこから診療報酬明細書を印字したりするコンピューターのことです」

患者は受付窓口で保険証を提示して、治療後に自己負担金を支払う。医療機関は残りの給付額を支払基金に請求する。その請求書をレセプトという。レセコンとはレセプト・コンピューターの略である。

「岩波院長がその業者を怒鳴りつけたってどういうことだ?」

「はい。どうやらパソコンがすぐにフリーズして使い物にならなかったみたいですね。そのたびに業者が駆けつけては対応するんですが、パソコン本体の初期不良なんでしょう。何度もトラブルが続くから院長もキレたようです」

院長がサポートセンターにたびたびクレームを入れているところをスタッフが見ている。その口調もきわめて攻撃的だったそうだ。

「なるほど。院長はモンスター患者で相当ストレスがたまっていたみたいだからな。その業者をはけ口にしたのかもしれん」

つまりその業者が次のターゲットということなのだろうか。しかしますます分からない。犯人はいったい何のためにこれほどの凶行をくり返しているのか。その行き着く先にはいったい何があるというのか。

「俺たち、今からその業者へ行ってきます」

代官山は書類業務をしていた黒井マヤに声をかけると、二人して部屋を出た。

代官山脩介（19）

浜松市役所前の大通りの両側には大小のオフィスビルが櫛比している。この不況で多くのビルは空テナントを抱えているようだ。株式会社サイバーメディックの入居しているビルも八つあるフロアのうち三つしか埋まっておらず、入り口に掲げられたフロア案内も空白が勝っていた。

サイバーメディックは四階のフロアを占有していたが、ビル自体がそれほど大きいわけではないのでオフィスの詳細をざっと見渡せる程度の広さであった。十数個あるそれぞれのデスクがブースで仕切られて、社員たちはパソコン画面に向かって作業をしている。

「何かご用ですか？」

代官山が誰に声をかけようか迷っていると、奥のブースからワイシャツ姿の男が出てきた。ネクタイの剣先を右肩に引っかけている。年齢は三十代といったところか。中肉中背。目鼻立ちにこれといった特徴はないが、色白で妙にスベスベした肌が印象的だ。

しかし男は呆然といった風情で黒井マヤを見つめている。マヤも戸惑った様子で、

「静岡県警捜査一課の黒井です」

と名刺を出した。男は我に返ったようにそれを受け取ったものの、なおも惚《ほう》けた表情で彼女を見つめていた。

「私の顔に何かついてます？」

「い、いや……。すみません。最近見かけたばかりなので。へえ、県警の刑事さんだったんだ」

男は取り繕ったような笑顔でマヤから受け取った名刺を確認した。

「私のことをご存じなんですか？」

「いえ、通勤電車の中で見かけたことがあるってだけのことです。気にしないでください。まあ、あんな親子の茶番を見せられたら、ねえ」

意地悪げな笑顔を向けながら、男はポケットから小さなメモ帳を取り出して、おもむろにそ

れを虚空に叩きつける仕草を二回した。代官山には意味が分からなかったが、マヤには心当たりがあるようだ。とても小さな声で「サイアク」とつぶやいた。

「浜松中部署の代官山です」

代官山が素性を明らかにすると、声が聞こえたのかパソコン画面に向かっていた社員たちが一斉にこちらを向いた。

「ああ、岩波先生の件でしょう」

男は瞳に好奇心を灯《とも》らせながら代官山の名刺を受け取った。岩波歯科医院のことは今朝の新聞の一面で大きく報じられている。警察の落ち度を批判する論調もエスカレートするばかりだ。

「警察も大変ですねえ。被害者八人ですってね。そろそろ犯人を逮捕しなくちゃ、立場がないでしょう」

男の顔に嘲笑の色が見え隠れする。周囲の社員たちも似たような視線を代官山たちに向けている。しかし現状では給料泥棒と罵られても返す言葉がない。

代官山は居心地の悪さを感じつつも「ええ、まあ」と言葉を濁した。

「ところで片山則夫さんという方はこちらにおられますか？　岩波歯科医院のサポート担当と伺ったのですが」

「私がそうですよ」

男が二人に名刺を差し出した。サイバーメディックのロゴと片山則夫の名前が明記されている。肩書きは営業主任だ。

「いろいろとお話を聞きたいんですが」

「ええ。ここではなんですからこちらへどうぞ」

片山則夫が代官山とマヤをフロア奥へ導いた。パーティションで仕切られた一画には、湾曲したデザインの大きなテーブルに椅子が並べられている。

「これでもいちおう会議室なんですよ」

片山は椅子を二つ引き出すと代官山たちにすすめる。二人は礼を言って腰を下ろすと、片山がテーブルを挟んで向かい合って着席する。マヤはどういうわけかばつが悪そうに顔をうつむけたままだ。マヤの方は面識がないようだが、片山は何らかの形でマヤを知っているらしい。

「具体的には片山さんはどんなお仕事をされてるんですか？」

「うちは大手とは違いますから。開発、営業、メンテ、サポート。ここの社員は何でもしますよ。たとえば初めてうちのソフトを導入された先生に対してはちゃんと使えるようになるまでレクチャーします。導入していただいてから三日間くらいはつきっきりですよ。まあ、最近の若い先生の中には私なんかよりパソコンに詳しい人も多いですけどね」

代官山は改めてフロアを見渡してみる。十数人のスタッフの中に若い女性も三人ほど交じっている。

「なるほど。それで岩波歯科医院はどうだったんでしょう？　何かトラブルみたいなことはあったんでしょうか？」

代官山が尋ねると片山が表情を曇らせた。

「ええ。あの先生、ちょっと厳しい方なんですよね。パソコンは精密機械ですから、使ってるうちにフリーズしてしまうことはあり得るわけです。そのときは再起動をかけてもらうんですが、それで問題なく起動すればいいわけで。でも岩波先生は納得しないんですわ。これは不良品だ、すぐに直せ、交換しろと言ってくるわけです。私も何度も呼びつけられました。でもそのときは異常が出ないんですよ。もともと不良品じゃないですから。それでも結構きついこと言われるんですよ。あれには参っちゃいましたね」

「電話なんかでもそうなんですか？」

「ええ。ちょっとしたことですぐに私のケータイにかけてきましたね。それも大したことじゃないんですよ。パソコンの起動がいつもより遅い気がするとか、キーボードの打鍵感がおかしいとか。口調も攻撃的で執拗なんですね。怒鳴ることもしょっちゅうでした。あとであそこのスタッフの女の子からこっそり聞いたんですが、仕事でイライラすることがあると、いつもあんな感じになるみたいです。歯科って細かくてストレスが大きい仕事だってのは分かるけど、そのはけ口を向けられたら、こちらだってたまったもんじゃない」

代官山はメモ帳に片山の名前を書いて丸で囲った。間違いなく岩波のストレスは片山則夫に向いている。つまり次のターゲットは彼である可能性が高い。しかしさすがにそんなことを本人には伝えられない。

「それで少しお尋ねしにくいことなんですが」

「は、はい」

代官山の目つきに何かを感じ取ったのか片山が改まって姿勢を正した。

「片山さんにとって岩波院長のクレームは苦痛だった、つまりストレスだったわけですね？」

「え、ええ……。ぶっちゃけきつかったですよ、あの先生は。ケータイが鳴って画面に先生の名前が表示されるだけで胃が痛くなりましたからね。ここだけの話、あんな事件があって解放された気分なんです。こんなこと言うのは不謹慎だってことは分かってるんですけど」

片山が周囲を警戒するように見回しながら声を潜めて答えた。

「いえいえ。本心を包み隠さず話していただけると、こちらとしては助かります」

片山が突然、テーブルに身を乗り出してきて眉をひそめた。

「まさか、刑事さん。私を疑ってないですよね？　たしかに動機はあるかもしれませんけど、私にはちゃんとアリバイがありますからね。調べてもらえれば分かりますよ」

「もちろん片山さんのアリバイは確認させていただきます。でも我々はあなたを容疑者だと考えているわけではありませんから」

代官山の言葉を聞いて安心したのか片山は背もたれに背中を戻した。もちろん片山も容疑者候補の一人ではあるが、とても連続放火殺人を重ねるような人間には思えない。しかし話の内容から岩波の悪意のバトンが彼に渡ったように思える。むしろ片山は次の被害者になるような気がしてならない。

「もうひとつ質問があります。片山さん、あなたはそのストレスを誰かにぶつけましたか？」

「はぁ？」

あまりに意表を突いた質問だったのだろう。片山が間の抜けた顔をして素っ頓狂な声を上げた。

「何なんですか？　それって」

「岩波は仕事によるストレスのはけ口をあなたに向けた。そのストレスを今度はあなたが誰に向けたか。我々はそれを知りたいんです」

「それって事件に関係あることなんですか？」

片山が訝しげに目を細める。

「もちろんです。捜査上の秘密なので理由は言えないんですが重要なことなんです」

代官山が答えると片山は腕を組んで天井を見上げた。

「たしかに昨夜はイライラしてましたよ。岩波先生から電話でどやされましたから。あそこのスタッフから聞いたことがあるんですが、先生はモンスター患者に悩んでるって。きっとその鬱憤晴らしだったんでしょうね。夜、電話が入ったんですよ。そのときは自宅にいました」

モンスター患者。松浦妙子のことだ。

「それは何時頃？」

片山は「ちょっと待ってくださいよ」と携帯を取り出して、着信履歴を表示させた。

「ええっと……八時四分ですね。それから十分くらいいつものようにどやされていたんですけど、途中で呼び鈴ブザーのような音が聞こえたんです。それからすぐに急患が入ったって、電話を切られました。ラッキー、助かったってほっとしましたよ」

黒井マヤが顔を上げて、代官山の脇腹を肘でつついた。代官山は小さく頷く。火の手が上がったのがその時分だったから、おそらくその急患が犯人だろう。

「片山さん、質問に答えてください。あなたはそのイライラを誰かにぶつけませんでしたか?」

「うーん。先生からの電話でたしかにイライラしてましたけど、そのときは自宅でしたからね。しいていえば小学生の娘をちょっと叱ったくらいかな。部屋を散らかしてましたからね。ストレス解消というより教育ですよねぇ」

片山が肩をすくめてみせる。たしかにその程度では悪意のバトンが渡ったとは思えない。

「他はどうです? 岩波先生のことでイラついたのは昨日に限った話じゃないでしょう。今までにも何度かあったはずです」

「私は先生みたいに自分より立場の弱い人間をストレスのはけ口にはしませんよ。そういうパワハラめいたことは許せないタチなんでね。私の場合、酒を飲んで酔っ払って発散させてしまいます」

この質問だけは、片山は真剣な眼差しで答えた。代官山の質問に答えたというより彼なりのポリシーを主張したつもりなのだろう。それだけに嘘をついているようには見えない。

「ありがとうございました。なにか気づいたことがあったらこちらにご連絡ください」

代官山はテーブルの上に置いてある名刺を指さした。

「あ、それと黒井さんでしたっけ?」

片山が立ち上がろうとするマヤを呼び止める。

「な、何ですか？」

「三ヶ日のみかんの丘公園に行かれたことがあるんですか？」

「いいえ。どうしてそんなことを聞くんですか？」

「つい最近、通勤電車でお見かけしたとき、公園のポスターを気にかけていらっしゃったようなので」

「ごめんなさい。記憶にないわ」

マヤが素っ気なく答える。

「そうですか。変なことを聞いてお引き留めしてすみません」

マヤは立ち上がると片山に向かって一礼してそそくさと部屋を出て行った。代官山は慌てて後を追う。

「片山が黒井さんのことを知っていたみたいですが？」

車に乗り込み会社のビルを見上げながらマヤに尋ねた。

「え、ええ、そうみたいね。何で私のことを知ってんのかしら？」

マヤはシートベルトを締めながら首を傾げてみせる。どうやら答えるつもりはないらしい。

相変わらずばつが悪そうな顔をしているのでそれ以上は踏み込まないでおいた。

「そんなことより……代官様はどう思うの。片山のこと」

「何とも言えませんね。片山はああ言ってますが、無意識のうちに誰かにストレスのはけ口を向けてしまうことだってある。しばらく片山則夫を張ってみましょう。犯人が片山を殺しに現れるかもしれません」

「はぁ、面倒くさいわね。あの男、ネチネチしてて大嫌い。犯人、さっさと焼き殺してくれないかなあ」

マヤが大きくため息をついた。

代官山脩介（20）

助手席の黒井マヤがスナック菓子の入った袋を差し出してきた。運転席の代官山は礼を言うと、前方の家に視線を縫い付けたまま、袋の中に手を突っ込んだ。

おそらく建て売りで販売されていた住宅だろう。周囲には似たようなデザインの家々が並ぶ。それぞれの庭にはブランコなどの子供用遊具、玄関先には三輪車が転がっている。

閑散とした路上に車を止めて、代官山とマヤは片山の家を二時間以上も眺め続けている。夜十時。静寂の車内に二人の菓子を咀嚼《そしゃく》する音だけが規則的に聞こえてくる。

「ときに黒井さん。アルファベットの謎は解けましたか？」

「アルファベット？」

「ほら。暗黒人形展であったでしょ。インディアンの子供たちが森で遊んでいる作品。タイトルが『ＡＭＣＣ』でしたよね」

「ああ。あれね。今でもちんぷんかんぷんよ」

マヤがスナックを咀嚼しながら答えた。

先日、彼女は深夜にわざわざタクシーを使ってやすらぎ工房に立ち寄っている。そして工房の中をデジカメで撮影していた。それについて彼女は一言も触れようとはしない。代官山もそれ以上はつっ込まない。あの夜、あとをつけていたことがバレてしまう。

「そういえば二日前、署に顔を出さなかったですね」

「別件で愛知県警に行ってたの」

「別件？　何です？」

「所轄のあなたには関係のないことよ」

マヤは冷ややかに言った。所轄といわれると彼女との立場の違いを痛感させられる。マヤは県警本部の捜査員であり、階級的にも代官山より上だ。そして何より警察庁ナンバーツーの愛娘である。

「黒井さん……」

「何よ？」

「黒井さんは何で刑事になろうと思ったんですか？」

代官山はコンビを組んだ刑事に必ずこの質問をしていた。しかしマヤには年下の女性で上司という気後れもあって聞けずにいた。しかし、今は尋ねられずにはいられない。

「何でって……それは父の影響よ。私は警察官としての父の姿を見て育ってきたわ。だから父みたいな立派な警察官になりたいと思ったの」

「でも、どうして捜査一課なんです。殺しとか強姦とか女性にはキツイじゃないすか」

「それこそ女性蔑視だわ。女性だって凶悪犯を憎む気持ちは一緒よ。父も刑事部の第一線で戦ってきたの。それを受け継ごうと思うのは男だけじゃないわ」

マヤの言うことは志の高い刑事の矜持《きょうじ》そのものだった。しかし彼女の瞳に本心を語っていない者特有の揺らめきを感じた。長年刑事をやっていると、何となくそれが分かる。彼女の口調にはそれこそ白々しさすら感じる。

彼女が捜査一課の配属を希望した理由――。

そのときだった。

遠くの方でサイレンが聞こえた。それは徐々に数を増やして音量を上げていく。

「まさか……」

代官山はマヤの顔を見た。

「どうやら私たち見当違いをしていたようね」

彼女は微笑んでいた。焼死体を眺めていたときのように瞳をキラキラと輝かせながら。そして何よりそんな黒井マヤは一段と美しく見えた。

鳥海尚義

「サイアクだよ。ほんっとにもぉ、チョー最悪よ。俺の話、聞いてるか?」

　鳥海尚義は隣で焼き鳥をかじっている西川英俊の肩を何度も叩いた。

「痛《いて》えし、ちゃんと聞いてるし。真っ昼間だというのに随分酔っちまったようだな」

　西川がカウンター席の向かいで苦笑している鉢巻き姿の店主に水を一杯と合図した。時計をみると午後の二時を回ったところだ。この店は居酒屋でありながらランチもやっている。しかし夜の部と同じメニューも出してくれる。もちろんアルコール類も同じだ。こんな時間から飲んでいるのは自分たちだけかと思ったが、他にも同じような客が三、四人いた。

「酔ってるよ。悪いか。お前も飲めよ」

　鳥海は空になった西川のお猪口《ちよこ》に冷酒を目一杯注ぎ込んだ。

「それにしてもひどい取引先だな。そんなの切っちまえばいいじゃん」

　西川が酒をチビチビと舐めながら言う。

「ああ、じれったい。クイッといけ、クイッと」

「今日は随分と荒れてるねえ」

　西川は苦笑を見せると弾みをつけて一気に流し込んだ。しかしすぐに咳《せ》き込む。そんな友人の姿を見て鳥海は愉快になった。すかさず「よしよし」と西川の背中をさすってやる。

「いいよなあ、お前は。昔から頭が良かったし顔もいいから女にもてた。合コンに行ったたって俺はいつもお前の引き立て役だったからな。俺がお前に勝てるのは酒くらいだよ」

　西川とは高校二年生のとき、席が隣だったことをきっかけに交友が始まった。高校を卒業して西川は有名私大に進学、鳥海は歯科技工士になるための専門学校に進んだ。進路は違っていたが二人はまめに連絡を取り合って機会があれば居酒屋で酒を酌み交わした。

「オヤジさん！」

鳥海は網の上の焼き鳥をさばいている店主に声をかけた。

「あいよ！」

「写真撮ってよ。俺たちの友情の証《あかし》を残しておきたいんだ」

鳥海は店の壁を指さした。壁は訪れた客たちの写真で埋められている。それぞれが真っ赤な顔で笑っている。店にはポラロイドカメラが置いてあって客のリクエストに応じて店長が撮影する。そしてその写真が壁模様の一部となる。この店のサービスの一つだ。

「マジかよ、鳥海」

「いいじゃねえか。キスでもしようぜ」

「うわっ！　よせ！」

鳥海が西川の頬に唇を押しつけた瞬間、フラッシュがまたたいた。カメラから写真が吐き出される。数分で画像が浮かび上がってきた。

「こんな真っ昼間から何やってんだか」

西川が完成した写真を見ながら苦笑する。鳥海はそれを奪い取って見ると爆笑した。西川の表情が可笑《おか》しい。鳥海は店主からマジックペンを借りると写真に日付を書き込んで壁にピンで留めた。

三十歳になった今でも、年に数回は恒例行事のようにこの居酒屋で飲んでいる。二人ともまだ結婚をしていない。鳥海にとっては西川英俊は高校時代から続く唯一の親友だ。

技工所勤務時代は労働時間のわりに薄給で、結婚して家族を養うなんてことは夢のまた夢だった。しかし開業すれば売り上げから経費を引いたすべてが自分の収入になる。そうなれば自由に使える金も増えるし、欲しかった車も買える。

しかし現実は甘くなかった。

鳥海が開業した頃、歯科医院のワーキングプアぶりを特集した記事を雑誌や新聞などで頻繁に目にするようになった。鳥海自身、歯科産業が斜陽化していることは知っていたが、まさかここまで悪化しているとは思わなかった。

歯科医院の経営不振ばかりが取り上げられているが、その下請けに位置する歯科技工所はさらに悲惨だった。歯科は保険と自費治療に分けられる。先進国とは思えないほど単価が低く抑えられている保険の報酬では材料費をまかなうのがやっとの状態だ。そこから歯科医師の取り分を差し引けば技工所に支払われる額は信じられないほどに低い。そしてこの不況だ。たのみの自費治療も激減していた。

歯科技工はフルオーダーメイドの作業である。患者一人一人の歯の個性に合わせた補綴物《ほてつぶつ》（義歯やブリッジなど）を顕微鏡レベルの精度で仕上げなければならない。すべて患者一人のために作られたもので、この世に二つとない作品だ。工業製品のように大量生産がきかない。

完成までの行程も煩雑で、長年の経験と専門知識、高度で繊細な技術、高価な機器を必要とする。フルオーダーなら靴や洋服でも数十万円するのに、歯だと数百円とか数千円という単位だ。そこからさらに光熱費や設備のメンテナンス費用が引かれる。異常なまでに単価が低いので数をこなすしかない。無茶とも思える注文を引き受ければ徹夜同然の労働になる。

しかし集中力が続かない。精度が落ちればクレームとなって返ってくる。もちろん再製だ。そうなれば利益につながらない労働が増えて、なおかつ評判を下げて自分の首を絞めることになる。だから精度と完成度には神経を遣う。しかしその努力が睡眠時間を削っていく。

「おいおい、飲みすぎだろ」

西川がお猪口を持ち上げようとする鳥海の腕を押さえた。その彼の顔も真っ赤に染まっている。

「飲まずにいられるかってんだ。俺は岩波の奴隷じゃないんだ。あいつと同じ真っ赤な血が流れてる人間なんだ。感情の生き物なんだよ!」

鳥海はお猪口をテーブルの上に叩きつけた。酒が跳ねて手の甲が濡れた。

「ひでえな、岩波歯科医院」

西川が同調するようにつぶやいた。

「取引を切っちゃうわけにはいかないのか?」

「できればそうしたいよ。でもあそこを切ってしまうと収入が半減してしまう。それにあの院長の紹介で取引が始まった医院もあるから下手に怒らせるわけにはいかないんだ」

「だけどいくらなんでも理不尽だろ。明らかにパワハラじゃないか」

岩波歯科医院は他の医院に比べてクレームが突出して多い。徹夜までして作製した作品をあれこれ難癖をつけてつき返してくる。そのたびにまた徹夜をして作り直さなければならない。

確かに模型上で適合していても患者の口の中に入れたら適合しないこともある。それは必ずしも技工士の責任とはいえない。歯科医師の手技や衛生士による型取りでエラーが出ることもある。歯型模型を作るさいの水と石膏《せっこう》の分量のわずかな誤差も不適合の原因となるのだ。しかしそれにしても岩波からのクレームは多すぎる。

それに岩波院長がそんな態度を取りだしたのもここ一ヶ月のことだ。それ以前にも理不尽な対応がなかったわけではないがこれほどまでにひどくなかった。最近は訪れるたびになじられる。おかげであの医院の建物に近づくだけで、足がすくんだり吐き気がしたりと体が拒否反応を起こしてしまう。尿に血液が混じることもしばしばあった。

「あの歯医者に勤めてる女の子が俺の知り合いなんだ。この前、それとなく聞いてみたんだが、あの院長、以前から機嫌が悪くなると出入りしている業者にクレーム出して憂さ晴らししてるらしいって話だぞ。ここだけの話、あの院長は現在、モンスター患者に悩んでるらしい」

「ちくしょう、そういうことだったのかよ」

鳥海は歯を嚙みしめながら握り拳に力を込めた。

「因果だな」

「何だ、そりゃ？」

鳥海は聞き返す。

「社会は日に日に悪くなってる。若者たちは将来に夢を持てないし、俺たちはいつ仕事を失うかとビクビクしてるし、年配者は老後の不安でいっぱいだ。今の日本人の多くが貧すれば鈍するに陥ってる。社会が悪化すれば人々の気持ちは荒んでいくさ。恋人や友人、家族に不和が起こる。モラル意識はますます低下する。そんなストレスを抱えた人間は攻撃的になる。他人を攻撃することで気分を晴らす。だけどそれで終わるわけじゃない。攻撃を受けた人間はそのストレスを引き継ぐことになる。おそらく岩波の患者は何らかのストレスを抱えていたんだろう。そのストレスをモンスター患者となることで解消した。しかし今度は岩波院長が彼女のストレスを引き継いだ。それがパワハラという形でお前に渡ったのさ」

「因果ってそういうことか」

モンスター患者にも前走者がいたはずだしその前にもいたはずだ。負の感情が巡り巡って鳥海まで渡ってきた。鳥海は得心した。

「まっ、お前に愚痴って少しは気分が晴れたよ」

「そりゃ、よかったな。おっと、二時半か。そろそろ出ようか」

二人は支払いを済ませ店を出た。雨上がりのむんとした熱気が冷房で冷やされた肌を生ぬるくする。今日は岩波の理不尽なクレームに頭の中がテンパってしまったので、仕事を放り出して店が開店する正午からここで飲んでいる。それからギリギリまで膨らんだ愚痴を吐き出すため西川を呼びつけたのだ。営業で外回りの西川はすぐに駆けつけてくれた。仕事なんてどうにでもなるという。そんな友人のおかげで頭の中から悪いガスが抜けたような気がする。

「おいおい。まだ真っ昼間じゃないか」

西川が空を見上げて眩しそうに目を細める。

「お前だって会社に戻らんとまずいだろ」

鳥海自身、明日が納期の仕事をいくつかやり残している。今から取りかかれば何とかなりそうだ。西川がポケットからキーを取り出した。するとすぐ近くのコインパーキングに止めてある車のランプが点滅した。彼はふらつく足でそちらに向かう。運転席のドアには彼が勤務する会社のロゴが施されている。西川の使っている営業車だ。

「西川、車で来たのか？」

鳥海はドアノブに手をかける西川に声をかけた。

「うん。得意先から直で来たからな」

西川は運転席に体を億劫《おっくう》そうに滑り込ませるとシートベルトを締めた。目つきは緩んでいるが顔色は変わっていない。

「お前、飲んでるじゃないか」

「大丈夫だって。会社はここからたった二キロだぜ。車をこんなところに置いて行けるかよ。サボったことがバレバレじゃないか。安心しろ。そんなに飲んだわけじゃないし意識もはっきりしてるって」

「いや、だけどさ……」

西川の緩んだ目が少しだけ鋭くなった。

「だったら何であんな時間に俺をこんな店に呼び出すんだよ。俺が仕事中って知ってんだろ。

それなら車で来ることくらい分かってんだろうが」

「そ、そりゃそうだけど」

鳥海には返す言葉がなかった。彼が営業車で駆けつけてくる可能性を想定していなかったわけじゃない。ただそれを考えることがひどく億劫だったのだ。鳥海はなんとしてでも西川に愚痴を吐き出したかったことに気づいた。そう思うと強くは言えない。

「心配するな。超安全運転で行くからよ。それに自慢じゃないけどもっと飲んだ状態で高速を走ったこともある。今日なんてそれと比べれば全然楽勝だぜ」

西川は鳥海に向かってピースサインをした。

「ま、まあ、顔色は変わってないし大丈夫そうかな。とりあえず気をつけてな」

鳥海は車体を軽く叩いて言った。

「じゃあな」

西川はパーキングを出ると急発車してタイヤの音をきしませながら鳥海の前から遠ざかっていった。

「ほんとに大丈夫かよ」

鳥海は小さくなった西川の車体に向かってつぶやいた。

代官山脩介（21）

鳥海デンタルラボ。

その名前を聞いたとき、代官山は血の気が引いて倒れそうになった。つい二日前の夜にその名前を聞いたばかりだ。

「ガイシャは鳥海尚義、三十歳、男性。鳥海デンタルラボを経営する歯科技工士。住所は浜松市中区幸《さいわい》二……」

目の下に隈を作った主任が、どこか疲れたような声で被害者のプロフィールを読み上げる。

「鳥海は先日放火された岩波歯科医院に出入りする歯科技工士だ。今回もガソリンが使われているが一連のものと同じ製品だ。ガソリンのブランドはマスコミには流していないから、同一犯の可能性が高い」

壇上に座る三ツ矢一課長は憔悴《しょうすい》しきった様子でため息をついた。どんなときでも冷静沈着だった捜査一課のリーダーがこんな表情を見せるのは初めてのことだ。テーブルの端に座る高橋署長も神妙な顔を向けている。

代官山は青白い顔をした貧相な青年を思い出した。疲労を滲ませたような顔をして焼け焦げた岩波歯科医院の建物を眺めていた。取引先が燃えてしまったため、技工料金の回収に困り果てていた。その金が入らないとラボの経営が立ちゆかないのだろう。

今回も前回までと同じような手口だった。

鳥海はラボ建物の玄関で黒焦げになって転がっていた。今度は腹部に刃物による二ヶ所の刺切創痕が見つかった。そして今回もそれが致命傷にはなっていないようだ。

九人目の犠牲者は捜査員たちにもショックだったようで、会議室は怒りとも失望ともつかない、いたたまれない空気で満たされていた。その後、報告される情報も犯人に結びつくようなものではなかった。放火が起こるたびに目撃情報も上がってくるが、それらも一貫性がなく、現状では男なのか女なのかも特定できていない。

「てっきり次のターゲットはサイバーメディックの片山則夫とばかり思っていたが、とんだ早とちりだったな」

飯島が後ろの席から身を乗り出してきて、代官山に耳打ちする。岩波歯科医院の院長はモンスター患者である松浦妙子から受けていたストレスを、片山だけでなく鳥海にもぶつけていた。これも勤務するスタッフからの聞き込みで確認できた。

「でも、どうして鳥海だったんですかね。岩波のストレスのはけ口は片山にも向いていたのに」

「さあな。しかしこの流れからいけば、岩波からのパワハラを受けて鳥海も大きなストレスを抱えていたことになる。そのストレスを今度は誰にぶつけたかだ」

飯島が眼光を鋭くさせる。

思えば悪意のバトンは弱い方、弱い方へ向かって流れている。

上司から部下へ、恵まれた者から恵まれない者へ、強者から弱者へ。

最後に行き着く先はどこなのだろう。きっと本当の意味での弱者に違いない。そこに事件の真相があるのかもしれない。

「それはそうと鳥海は俺と高校が一緒なんですよ」

「お前、どこ出てんだよ?」

「浜松西校です」

「ほぉ。なかなかの進学校じゃねえか。ガイシャのことを知ってんのか?」

「いえ、学年が違うし面識はありません。でもやっぱり同窓の後輩となると他人事とは思えないですよ」

浜松市内には都市圏に比べて、それほど多くの高校があるわけではない。刑事をやっていると、自分の中学や高校の先輩後輩を逮捕する機会にも出くわすことがある。もちろん被害者も然《しか》りだ。そんなときは複雑な気持ちになってしまう。

「だったら後輩の無念を晴らすためにも俺たちがばんばんないとな」

飯島が後ろから代官山の背中を叩いた。それが合図となったように捜査会議は終了した。

結局、鳥海尚義の人間関係を徹底的に洗うという、今までと代わり映えがしない捜査方針で進められることとなった。彼にも火災や放火にまつわる経歴はない。事件の被害者の中でつながりがあるのは岩波哲夫だけで、畑山哲平とも縁がなかった。松浦健一郎とは小学校が同じだが年齢が離れている。

普通、捜査においてこれだけ多くの犠牲者が出れば、彼らの交友をたどっていけば早い段階で共通線に行き着く。

日本の警察の捜査能力は計り知れないものがある。しかしその方法は実に単純で、人海戦術でしらみつぶしに当たっていくのだ。聞き込みでは一言一句に対して裏を取るし、場合によっては友人の友人の友人までたどっていく。必要とあらば何百人もの捜査員を投入する。たとえ証言者が嘘をついたとしてもそれは無駄なことだ。何度でも同じ質問がくり返され、膨大な情報から整合性が突き詰められていくので、生半可な偽証などすぐに看破されてしまう。逆を言えば、正確な情報を提供しても即座には信用されないのである。証言の信憑性は徹底的に検証される。

その警察がこれだけ調べても出てこなかったのだ。現状で被害者たちには共通線がないとしか言いようがない。しかしそんなはずはない。彼らは一人の犯人によって焼き殺されている。

「単なる愉快犯でないのは確かだ。ホシは被害者たちに強い怨恨を抱いていて、彼らを火で殺すことに強いこだわりを持っている」

と飯島が言う。

「それに急いでいるようにも感じますね。立て続けで犯行の手口も粗暴です。当初はベランダの室外機に細工して部屋の窓を開けさせたりと妙に手が込んでました。しかし今では押し込み強盗同然です」

一連の犯行には切羽詰まったような焦りを感じさせるものがある。犯人には何らかのタイムリミットがあるのかもしれない。

「お嬢ちゃんはどう思う?」

飯島が代官山の隣に座っているマヤに話を振った。

「さあ、私には何とも」

飯島のことを快く思っていない素振りで返す。飯島は代官山と顔を見合わせて鼻で笑った。

「次の被害者が出ると思うか？」

「たぶん。でも、次で終わりじゃないかしら」

「ほう。根拠は？」

飯島がわずかに身を乗り出す。代官山もマヤを見た。

「次で十人目ですから。キリがいいでしょ」

「何じゃ、そりゃ」

マヤの返答に飯島が呆れたように口をゆがめる。

「十人か……」

代官山は独りごちた。

「いいか、全員よく聞け」

壇上の三ツ矢一課長が顔を上げて捜査員たちに声をかけた。ざわついていた彼らもさっと静まり居住まいを正して正面を向く。三ツ矢はテーブルを拳で叩きつけるとその勢いで立ち上がった。

「被害者九人と十人ではインパクトがまるで違う。マスコミも市民も黙ってはいまい。いいか、もう我々は崖っぷちに立たされている。これ以上の失態は許されない。これがラストチャンスだ。もし十人目を出してしまった場合、我々警察の全面敗北だと思え。全員、心してかかるように。以上だ！」

それだけ言い残して、三ツ矢は会議室を出て行った。見送る捜査員たちの表情はいつになく引き締まっていた。

代官山脩介（22）

幸にある鳥海デンタルラボ周辺の聞き込み、いわゆる地取りをかけて事件当日の目撃情報を集めたが今回も空振りが続いている。灼熱を思わせる日差しは容赦なく照りつけて、捜査員たちから気力や体力を奪っていく。一緒に回る黒井マヤもさすがにこの暑さにしかめっ面だ。汗で髪型も化粧も崩れている。

「とりあえず飯にしましょう」

代官山は近くの蕎麦屋を指さした。マヤも表情を緩ませて頷いた。このまま外を歩き続けていたら熱中症になってしまいそうだ。中にはいると店内はほぼ満席で順番を待つ客が並んでいた。客のほとんどが冷たいざる蕎麦を啜《すす》っている。奥の四人がけの席に飯島と荻原が座っていた。代官山とマヤに向かって手招きをしている。

「ラッキー」

二人は喜んで飯島たちと相席をさせてもらうことにした。待っている客は十人近くいる。二十分待ちは覚悟しないとならないだろう。

「そっちはどうだ？」

飯島の相方である、オギこと荻原が声をかけてきた。

「さっぱりですよ」

代官山は冷たいおしぼりを首筋に当てながら答える。

「ホシは運にも恵まれている。直接的な目撃者が出ていないからな。もっとも人目のつかない場所を選んで犯行に及んだということもあるがな」

荒木カップルと佐々木佑哉と松浦健一郎（九条保奈美も含む）、岩波哲夫と鳥海尚義は自宅アパート（岩波は自院、鳥海は自営する技工所）で殺された。いずれも夜になると人通りの少ない、人目につきにくい立地の物件だ。佐原伸子と松浦妙子は外で殺害されたが、こちらもやはり工場跡地や路地など人気がない。粗暴な手口の犯行も目立つが、場所に関しては入念な下調べをしたと思われる。

「十人目が出ますかね？」

代官山が飯島コンビに見解を求める。

「ああ。それはおそらく間違いないな。だから俺たちはそれを阻止せにゃならん。一課長も言っていたが十人目が出てしまったら俺たちの負けだ」

「そんなことになったら一課長も署長も首が飛びますね」

荻原が深刻そうに眉間に皺を寄せながらお茶に口をつけた。

「鬼将軍も無事では済まんな」

飯島の言葉に一同苦笑した。あの日はいきなり顔を出して怒鳴り散らすだけ怒鳴って、テーブルと椅子を蹴飛ばして帰っていった。東大卒のキャリアにはとても見えなかった。あの風貌と貫禄はヤクザの親分でも充分に通用する。

「でも十人目が出るとして次は誰なんでしょう?」

「この事件には唯一の法則性があるからな。岩波院長から回ってきたストレスを鳥海が誰にぶつけたかだ。そいつが次の被害者候補になる」

つまり悪意のバトンが今現在、誰に渡っているのか。

「俺たちもそこら辺を含めていろいろ聞き込んでいるんだが、そういう話は出てこない。鳥海尚義はどちらかといえば気の優しい男で、他人に敵意を向ける人間ではなかったそうだ」

飯島の話が本当なら悪意のバトンリレーは鳥海で止まったことになる。しかし、代官山にはどうしてもそうは思えなかった。これでは九人もの人間を焼き殺す犯人の動機がさっぱり見えてこない。ここまでする以上、まだ続きがあるのだ。

「ちょっとお手洗いに行ってきます」

突然、黒井マヤが立ち上がる。彼女は手提げバッグを椅子の上に置いて中から化粧ポーチだけを取り出した。

「ごゆっくり、お嬢ちゃん」

飯島が彼女に向かって手をヒラヒラと振る。マヤはそんな飯島を無視して店のレジ隣にある化粧室に向かっていった。

「なんだかんだいって小娘だな。可愛いバッグだ」

飯島が身を乗り出してマヤのバッグを覗き込もうとする。代官山も名前くらいは知っている女性に人気の高いブランドのエコバッグだ。

「ちょっと飯島さん。それはまずいっすよ」

代官山が止めに入ったが、飯島はすでにバッグの中に手を突っ込んでいた。そして中から一冊の文庫本を取り出した。

「あのお嬢ちゃん、どんな本を読んでいるのかな。ちょっと興味があるだろ」

「飯島さん、まずいですって」

代官山の忠告を聞かず飯島は文庫本をパラパラとめくり始めた。表紙は書店のロゴがデザインされたカバーで覆われているのでタイトルが分からない。彼女は休憩時間にもその文庫を読んでいた。

「ほぉ、案外古風だな」

「どんな本なんです？」

飯島の隣に座っている荻原が本の中身を覗き込みながら言った。

「クリスティの『そして誰もいなくなった』だよ」

「クリスティ？」

今ひとつピンとこなくて代官山は聞き返した。

「なんだ。知らんのか。アガサ・クリスティだよ。『そして誰もいなくなった』は彼女の代表作だぞ」

「ああ」

と、代官山は頷いた。もちろんアガサ・クリスティは知っている。英国の有名なミステリ作家だ。名探偵ポアロが出てくる物語はいくつか読んだことがあるが、『そして誰もいなくなった』は未読だ。代官山は映画はよく観るが、それほど読書家ではない。ただ、さすがにタイトルくらいは聞いたことがあった。

「どんなストーリーなんですか？」

「お前、本当に読んだことがないのか？　超有名なミステリ小説だぞ」

そう言いながら飯島は簡単な物語のあらましを説明した。

英国のある島の洋館に年齢も職業もバラバラの十人の男女が招かれた。しかし招待状は偽物であることが分かり、だから、招待主も姿を見せない。さらには迎えの船が来ないため彼らは完全に孤立することになった。やがて何者かによって一人一人殺されていく事件が発生する。島には隠れる場所がないので犯人は招待客の中にいる。外部との連絡手段も逃げ場もない状況で生き残った人間は互いに疑心暗鬼に陥っていく――という設定だ。

「殺しの趣向が面白いんだ。彼らはマザーグースの童話になぞらえて殺されていく。まあ、よくぞあそこまでこじつけたもんだ」

飯島がパラパラと文庫をめくる。

「へえ、なかなか面白そうですね。映画ばかりであんまり読書しないんですけど、読んでみようかな」

「何度も映画化されているぞ。個人的にはルネ・クレール監督版がおすすめだな。白黒で古い作品だがあれが一番原作に忠実だ」

「この作品も殺されるのは十人なんですね」

代官山が本を指さすと、

「ああ、そういえばそうだな」

と飯島が目を細める。そして、

「一人が殺されるたびにテーブルの上に飾られたインディアンの人形が一つ減っていくんだよ。犯人もなかなかの凝り性だよな。実際にそれをやっちゃうと証拠品や遺留品をたくさん残すわけだから、警察にたくさんのヒントを与えることになる。犯人にとって捕まるリスクが高くなるばかりで、そのわりにメリットがない。まっ、ミステリ小説のための殺人だよ」

と続けた。

インディアンの人形……。

代官山の頭の中でビリッと電気が弾けた。

「インディアンの人形は最初は十体あったんですね？」

「もちろんだ。最初に集まった人間は男女合わせて十人だからな。そして殺されるたんびに一つ一つ消えていくのさ」

代官山は暗黒人形展の作品を思い出していた。部屋の真ん中のテーブルに展示された、武器を持ったインディアンの子供たちが森に散らばっている作品だ。

あのとき、テーブルの上には何体の人形があったっけ？

代官山はこめかみを指で押さえて記憶をたどる。

四体だ。間違いない。タイトルもアルファベット四文字だった。あの森の広さにしては随分と寂しい数だなと感じたことを思い出した。

そうこうするうちに、注文したざる蕎麦が運ばれてきた。

「それにしても映画版まで知っているとは飯島さんはミステリに詳しいですね」

荻原は割り箸を二つに割りながら感心したように言う。

「当たり前だろうがよ。俺たちは刑事だぞ。コロンボとクリスティくらいは基本だろ。お前らが勉強不足なんだよ」

「そんなの昇進試験に出てきませんよ」

と荻原が笑う。

「こう見えてもアガサ・クリスティにはちょっとだけうるせえんだ。ガキの頃からずっと読んできたからな。最近、未発表の短編二つが発見されて刊行されたんだが、もちろんそれも読んだ。ところでクリスティのフルネームって知ってるか？」

「そんなの知るわけないじゃないですか」

荻原が首を振った。

「アガサ・メアリ・クラリッサ・クリスティ」

飯島が一語ずつ発音を区切って答えた。

「へえ、外国人は自分の名前を覚えるのが大変ですね」

「俺はオギや代官様みたいに学はないけどよ。なかなかの物知りだろ」

「いやあ、マニアックですねえ」

と、荻原が感心する。しかし飯島の答えを聞いて、代官山の頭の中でまたも電気が弾けた。

「ちょ、ちょっと、飯島さん！」

「何だよ。血相変えちゃって」

「そのフルネーム、もう一度いいですか？」

「変なやつだな。アガサ・メアリ・クラリッサ・クリスティだよ」

飯島は訝しげな顔を向けたがフルネームを反復した。

それを聞いて、代官山の頭の中でバラバラに散らばっていたパズルのピースのいくつかが収まっていく。しかし完成には数ピースが足りない。いくつか肝心な部分が虫食いの空白となっているため全体図が曖昧《あいまい》だ。見えそうで見えないもどかしさに、いてもたってもいられなくなる。

「おいおい、何をしてんだ！　代官様！」

気がつけば代官山は黒井マヤのエコバッグの中身を漁《あさ》っていた。飯島も荻原も目を丸くしている。代官山はトイレの方を見た。まだマヤは姿を見せない。

「お嬢ちゃんに叱られるぞ」

飯島を無視してなおも中身を掻き回す。やがて代官山はデジタルカメラを探り当てた。コンパクトサイズの国産メーカー品だ。初心者でも扱えるようなタイプなので使い方は感覚的に分かる。代官山は電源を入れると再生モードに切り替えた。そこには今までマヤが撮りためた画像がサムネイル状に並んでいる。

代官山は目的の画像を表示させた。やすらぎ工房の内部を写した四枚の画像である。一枚目は代官山と一緒に訪れたときに撮影したもの、もう一枚は代官山につけられていることも気づかずに深夜にこっそりと撮影したものだ。さらにもう二枚はその日よりも後に撮影されている。マヤはあれからも深夜の訪問を続けていたのだ。

写真は四枚とも部屋の真ん中にある『ＡＭＣＣ』にフォーカスを合わせている。

一枚目は代官山も見たとおり、やはり四体のインディアンの子供たちが、森をデザインしたテーブルクロスの上に置かれている。二枚目以降は窓の外からフラッシュを焚《た》いて撮影した画像だ。

その四枚を見比べて、代官山は体温が下がっていくのを感じた。

代官山は自分の携帯電話を開いてネットにつないだ。「やすらぎ工房　浜松」で検索すると、やすらぎ工房のオーナーが運営しているブログがヒットした。アクセスしてみると「暗黒人形展　バーバラ前園」が写真付きで紹介されている。そのうちの一枚を見て、頭を殴られたような衝撃を受けた。

「なんてこった……」

代官山はカメラの電源を切ってバッグに戻した。そして飯島から文庫を奪い取るとそれもバッグの中に返す。そして、

「俺の分も食ってください」

とまだ箸をつけていないざる蕎麦を、飯島の方に差し出しながら立ち上がった。

「いったいどうした？　代官様よぉ」

飯島と荻原が呆然と見上げてくる。

「ちょっと俺、今から調べなくちゃならんことがあるので」

「……ってお前、お嬢ちゃんはどうすんだよ？」

「体調が悪くなったから帰ったとでも言っておいてください。これが俺の分です」

代官山は財布から千円札を取り出すとテーブルの上に置いた。

「クリスティのフルネーム聞いたとたんに目の色変えやがって。さっぱり意味が分かんねえよ。それに単独はまずいぞ。それくらいお前も分かってんだろ。ましてやあのお嬢ちゃんはお前の上司だぞ」

飯島が苦笑したまま視線を尖らせた。彼の言うとおりだ。刑事は許可のない単独行動は禁じられている。

「飯島さん、オギさん、すんません！」

代官山は頭を下げると、そのまま店の外へ飛び出した。

西川英俊

信号待ちをしていた西川英俊はハンドルを握りながらダッシュボードのデジタル時計を見た。午後二時四十六分。一日で一番気温が上がる時間帯だ。六月に入ったばかりだが照りつける日差しが熱い。

「あれ？　今日って何かなかったっけ？」

こめかみに指をおいて記憶をさぐる。しかし今ひとつ頭が回転しない。

無理もない。ついさっきまで居酒屋で高校時代の同級生である鳥海尚義と飲んでいたのだ。西川は舌打ちをするとバッグから手帳を取り出した。今日の日付のページをめくるとそこには「午後三時、第三会議室にて営業会議」と書き込まれている。絶対に外せない重要な会議だ。すっかり失念していた。鳥海と飲んでいる場合じゃなかったのだ。

西川は助手席に手帳を放り投げるとアクセルを踏み込んだ。しかし大通りは渋滞をつくっている。このまま渋滞に従っていけば三時の到着は微妙なところだ。そこへもって遠くの方から救急車のサイレンが聞こえてきた。それは徐々にこちらに近づいている。救急車がここを通過するつもりなら道を譲らなければならない。そうなればさらに車の流れが悪くなる。三時の会議には絶対に間に合わない。

西川はいちかばちか車を左折させて路地に入った。酒のせいか目の焦点が微妙に合わない。

前の車のブレーキランプが赤く滲んで見える。目をこすって車を直進させる。うまい具合にすいている道路を見つけた。道は広くないがここを直進すれば会社の近くまで抜け出せる。そうこうするうちに救急車のサイレンが接近してくる。どうやら彼らも渋滞を避けて目ざとくこの路地を見出したようだ。

急がなくては。

西川はアクセルを踏み込んだ。車はタイヤを滑らせて発進する。道路脇を歩いていた女性が驚いたような顔でこちらを見る。

――今日の議題は何だっけ？　何の資料がいるんだっけ？　出席者は誰だったっけ？

頭の中で数々の疑問が駆け巡るのにその答えが出てこない。ああ、鳥海につき合うんじゃなかった。西川は手探りで助手席に放り投げた手帳をさがした。どんなに探っても感触がない。下に落ちたか？　視線を助手席の足下に移した。果たして手帳はそこに落ちていた。

ガシャン！

手帳に手を伸ばそうとした瞬間、衝撃に襲われた。サイドガラスの破片がボロボロと膝に落ちてくる。西川は無意識のうちにブレーキパッドを踏んでいた。破裂音がしてエアバッグが膨らむ。ひび割れたフロントガラスの風景が大きく回転して、西川の体を放り出そうとしたがシートベルトががっちりと引き留めた。

何が起こったのかすぐには分からなかった。おそるおそる外を覗くと、フロントバンパーがへこみボンネットが曲がって浮き上がった小型車が見えた。その周囲にはオレンジやレッドのライトカバーの破片が散らばっていた。運転席には女性の姿が見える。手を額に当てながら頭を左右に振っている。よかった。意識はあるようだ。

引っかかるドアを開けて外に出ると、自分が交差点の真ん中に立っていることに気づいた。どうやら出会い頭の衝突事故だ。信号はないが、西川の通ってきた道路には「止まれ」の標識と停止線があった。落とした手帳を拾おうとして、見逃してしまった。

西川は舌打ちをすると相手の車に近づいた。運転席の女に向かって、

「大丈夫ですか？」

と声をかける。女は顔を上げた。どこか疲れきったというか、覇気の乏しい表情を見せる。肩にかかる黒髪もぱさつき気味で潤いがない。化粧も肌になじまず粉がふいているようだ。全体として整った顔立ちだが二十代にも四十代にも見える。事故の衝撃から戻っていないのか、水気の乏しい虚ろな目を向けていた。

「おい！　車をどかせよ」

クラクションと怒鳴り声がした。気がつけば四方の道路は渋滞をつくっている。西川と女の車は交差点上の障害物になっていた。西川は慌てて車に乗り込むとキーを回した。しかしエンジンは苦しそうな回転音を上げるだけで始動しない。窓から顔を出してみるとサイドの車体がゆがんでタイヤを押し込んでいる。これではエンジンがかかったとしても動かすことはできそうにない。レッカー車が到着するまで立ち往生は避けられないだろう。

道路の幅が狭いので他の車もすり抜けることができない。運の悪いことに迂回路もここから

百メートル以上離れている。

「道を空けてください、緊急車両が通過します！」

渋滞の後ろからサイレンと共に放送が聞こえた。立ち往生している車両は道路脇につけて救急車が通過できるだけの道幅を確保しようとしているが、いかんせん狭すぎる。救急車は五十メートルほど後方で何とか前に進もうと足掻《あが》いている。しかし通り抜けることができない。渋滞のあちらこちらでクラクションが炸裂する。

西川は頭の中を掻きむしりたい気分だった。重要な会議に遅れる上、営業車まで全損させた。これから警察の検分も始まる。一旦停止の標識を見落として停車することなく交差点に進入したのは西川の方だ。そこまではいい。不注意の事故で済まされる。しかし実際は仕事をサボった上での飲酒運転だ。

気がつけば隣に女が立っていた。いつの間にか運転席から出てきたらしい。彼女は腕を組んでぼんやりと渋滞の向こうを眺めていた。

「緊急です！　道を空けてください！」

彼女の視線の先では救急車の足掻きが続いている。前後を車に挟まれて前進もＵターンもままならない。サイレンはけたたましく喚き立て、ドライバーたちは殺気立っている。

彼女の虚ろな目はなおも立ち往生する救急車に向いていた。

代官山脩介（23）

「警察の方ですか……」

玄関の扉から覗く、小太りの年配女性の瞳には不審と好奇の色が見え隠れしていた。

「ええ。浜松中部署の者です」

「もしかしてあれでしょ？　連続放火魔。もうすぐ十人なんですってねえ」

女性はさらに嘲笑もこもらせた。

「市民の皆さんには本当に心苦しく思います」

「しっかりしてよ。あたしたちの税金が使われてるんだからね」

女性は玄関扉を開けると、両手を腰に当てて蔑むように代官山を見上げる。ここのところ聞き込みで、辛辣な対応を受けることが増えてきた。

「で、何なの？　あたしが犯人だって言うの？」

そう言って女は体を揺すって笑いだした。

あんたが犯人だったらどんなに楽か。

「もちろんそんなことはありません。ただ、界隈の住民の皆さんのことを聞いて回っているところです。地域の安全のためですから、どうかご協力ください」

代官山は先ほど見せた警察手帳をポケットにしまいながらにこやかに頭を下げた。

「まあ、刑事さんみたいなイケメンだったら協力しちゃうけどね」

「ありがとうございます。助かります」

「で、何を聞きたいの？」

「そうですねえ、まずはお隣さんのことからお伺いしましょうか」

代官山は左隣の家屋を指さした。近所の中からたまたまそこを選んでいるようにふるまっているが、代官山の目的は「お隣さん」についての情報のみだ。外壁にトタンの波板が使われている二階建ての、昭和時代に多く見かけた造りだ。庭があるようで、木々の枝が敷地を囲うブロック塀にかかっている。

「前園さん？　時枝さんは気の毒な方よ」

隣はやすらぎ工房で人形の個展を開いていたバーバラ前園こと前園時枝の自宅だ。もちろん署で調べてここにやってきた。

「気の毒？　何かあったんですか？」

代官山は時枝を思い浮かべた。年齢のわりに美しい女性だった。不幸がつきまとう気配は感じなかったはずだ。

「最近知ったんだけど、時枝さんはもう長くないらしいのよ。脳腫瘍《のうしゅよう》なんだけど、場所が悪くて手術が不可能ってことらしいの。今はまだ日常生活に支障が出ていないようだけど、近いうちにそれもままならなくなるらしいわ。本当はもうすでにそうなっていても不思議はないくらいって話なの。でも気丈な女性よね。『自分の夢を叶える』ってそれでお人形作りに打ち込んだのね。もともと独学でやっていたみたいなんだけど、去年あたりから本格的に始めたみたい。すごいと思わない？　あたしだったらとても耐えられない。動けなくなる前に一つでも多くのお人形を作って生きた証を残そうとしているんだわ」

「そんなことがあったんですか……」

そんな大病を患っているような女性には思えなかった。しかし今思えばだが、どことなく超然というか凛とした美しさを漂わせていた。それも死を覚悟した者特有の佇まいだろうか。

「それだけじゃないわ。彼女の本当の不幸はそこから始まるのよ」

「まだ何かあるんですか？」

女性は眉をひそめながら顔を近づけてきた。そして心持ち声を潜めて言う。

「最愛のお孫さんを事故で亡くして、それからすぐにお孫さんの母親、つまり時枝さんの娘さんよね。凛子さんっていうんだけど、彼女が自殺をしてしまったの」

「お孫さんを事故で亡くして、娘さんは自殺ですか……。それは痛ましいですね」

代官山はメモ帳に「凛子」と書き込みながら頷いた。

「そうでしょう。時枝さんは三年前にご主人を亡くしているから、あの家で独りぼっちなのよ。最愛の家族をいっぺんに失って、自分はいつ病気で命を落とすか分からない。今は三方原の工房でお人形作りに打ち込んでいるみたいだけど、やっぱり辛いと思うの。本当に気の毒だわ」

女性は洟《はな》を啜りながらハンカチで目元を拭った。

そういえばマヤと工房に行ったとき、一つだけ飛び抜けて完成度の高い男の子の人形があった。そのとき、時枝は「私の最高傑作」と心から嬉しそうな笑顔を見せ、他の作品以上に慈しむような視線を送っていた。あの人形は亡くなった彼女の孫なのかもしれない。いや、間違いないだろう。

「娘さんの、凜子さんというのはどんな方だったのですか？」

「それって事件に関係あるの？」

「いえ、すみません。あまりにも壮絶なお話だったので、つい」

「凜子さんは蒲郡市《がまごおり》の病院だったかしら、ずっとそこのナースをしていたの」

事件に関係ないと分かってもすべて話してくれるらしい。見るからに噂話好きというタイプの女性だ。その方が代官山にとっても都合がいい。

「蒲郡市ですか？」

蒲郡は愛知県南東部に位置する、三河湾に面した人口八万人程度の市である。

「そうよ。四年ほど前かな。何があったのかよく分からないけど、仕事を辞めて浜松に戻ってきたのね。それで間もなく地元の男性と結婚したわ。もっともダンナの方は凜子さんが妊娠中にどっかの若い女と浮気してて、それがバレちゃってね。二人は間もなく離婚したわ。それでも凜子さんは子供を産んだ。遊真って名前でね。目の大きな可愛い男の子よ」

女性は話を一時止めると表情を曇らせた。どうやらここから悲劇が始まるらしい。

「六月の頭だったかしら。今から二ヶ月ほど前ね。静大工学部の近くに和地山公園ってあるでしょ。凜子さんは遊真ちゃんをそこへ連れて行って遊ばせていたの。でも遊真ちゃんが滑り台の上から頭から落ちて……」

女性が言葉を切って唇をぎゅっと噛みしめた。しかしすぐに顔を上げて話を続ける。

「すぐに救急車を呼んだんだけど、間に合わなくてね。遊真ちゃんは意識が戻らないまま亡くなってしまったの。まだ三歳よ。この世には神も仏もないいんだわ」

前園時枝はあの人形に亡くなった遊真の魂を感じていたのかもしれない。人形を見つめる愛おしそうな目は孫に向けるまさにそれだ。

「そのショックで遊真ちゃんのお母さんも……」

「ええ。遊真ちゃんが亡くなって二週間ほどたった頃だったわね。三ヶ日町の山中で凜子さんの遺体が見つかったの」

三ヶ日は浜松市北区に位置するみかんの名産地で、愛知県との県境に面している。みかん畑が広がる山と湖に囲まれた美しい田舎町だ。マリンスポーツも盛んなリゾート地でもある。

「それが自殺だったんですね」

「そう。でも壮絶よ」

「壮絶？」

「凜子さんは自分でガソリンをかぶったの」

「ガソリン！　焼身自殺ですか！」

思わず声を上げてしまったので女性が目を丸くした。

また代官山の頭の中でパズルのピースが一つはまった。当初、警察は火にこだわる手口から火災か放火にまつわる怨恨が犯人の動機であると考えて、過去に遡って火災事故や放火犯罪を洗ってきた。しかしその中に焼身自殺は含まれていない。警察にとって盲点だったといえる。

「凜子さんが亡くなったのは六月の中旬ですよね」

「そうね。それくらいだわ」

一番最初の犠牲者である荒木カップルの放火事件が七月二日だったから、凜子が自殺をしてから約二週間後ということになる。

「亡くなる直前の凜子さんってどんな感じでした？　何か気になるようなことはありませんでしたか？」

代官山が尋ねると女性は「そういえば」と話を切り出した。

「凜子さんが『遊真の死は事故じゃない、人災だ』って言ってましたね。そのときの彼女の顔が忘れられないわ。ぞっとするほど怖かったの」

「人災だ、というのはどういうことですか？」

「時枝さんから聞いた話では、救急車が遅れたのは途中、車同士の接触事故があって立ち往生を余儀なくされたからだって。なんでもその事故を起こしたドライバーが飲酒運転をしていたらしいのよ。たしかに人災だわ」

同感だ。その人物がドライバーとしての自覚を持っていれば、運転前に飲酒などしなかっただろうし、飲酒をしたら運転をしなかったはずだ。そうなれば事故も起こらず、駆けつけた救急車は小さな命を救えたかもしれない。

「あれ？　お客さんか？」

女性の夫だろうか、年配の男性が門から入ってきた。どうやら散歩の帰りのようだ。

「あら、あなた。おかえりなさい。こちらは中部署の刑事さんよ」

「刑事さん？　また？」

男性が代官山を見る目を丸くする。

「またって前にも刑事さんが来たの？」

女性も知らなかったようで夫に問い質した。

「ああ。お前が買い物に出かけていたときだよ。えらい別嬪さんでな。隣の時枝さんのことをあれこれ聞いていったぞ」

男性が隣家を指さしながら言った。別嬪さん。黒井マヤに違いない。

「ご主人。それっていつのことですか？」

「十日くらい前かな。早朝マラソンに行くときだったから六時前だったね。あんな若い女の刑事さんが朝早くからご苦労なこったと思ったよ」

十日くらい前といえば初めて二人で暗黒人形展を訪ねた頃だ。

「どんな話をされたんですか？」

「どんな話って、だからお隣さんのことだよ」

男性は話の内容を詳《つまび》らかに説明してくれた。それは彼の妻から聞いた話とほぼ同じだった。

やはり思ったとおり、マヤは独自に推理を展開させていたようだ。出勤前の早朝に聞き込みまでしている。盲点であった前園凜子の焼身自殺にはかなり早い段階で注目していたのだろう。奇《く》しくも畑山哲平の足取りを追うため聞き込みに行った先が、前園凜子の母親である時枝の人形展だった。しかしあの日、マヤは前々から興味のあったバーバラ前園の作品もさることながら、時枝本人のことを探っていたに違いない。今思えば、マヤは時枝からプライベートなことを含めていろいろ聞き出していた。

代官山は夫婦に礼を言って、その場を離れた。

次に代官山は浜松聖徳病院に向かった。そこで前園遊真が運び込まれた正確な日時を確認する。さらに当時救急車を運転していたスタッフからも話を聞くことができた。渋滞を避けて細い路地に入ったのが運の尽きだと唇を噛んだ。あと数百メートルで現場に到着というところで、前方の交差点で車同士がぶつかる事故が起こった。道路が狭いためＵターンすることもかなわず、故障して動かなくなった二台の車が道を完全に塞いでいるため、進むこともできなかった。その場にいたみんなで協力して、なんとか車をどかして和地山公園にたどり着いたときには、既に子供は冷たくなっていたそうだ。もしあの事故が起こっていなければ、かなりの確率で子供の命を救えただろうという。

その話を聞いて代官山は強い怒りを覚えた。本来子供たちの手本になるべき大人の心ない行為が、その子供の命を奪っている。いつだって傷つくのは弱者なのだ。

ここで「もしかして」と思う。悪意のバトンは強いところから弱いところへ流れている。バトンの最終的に行き着く先は、本当の意味での弱者。

その弱者とは前園遊真ではないのか！

病院を飛び出した代官山は中部署に戻って、交通課に顔を出す。そして救急車を遅らせる原因となった事故の詳細を調べた。事故の調書はすぐに見つかった。代官山は書類に目を走らせる。そこには二人の人物の名前が記載されていた。

一人は西川英俊。もう一人は村越早苗。

西川英俊の証言では、運転中に会議の予定が記載されたメモ帳を助手席の足下に落としてしまい、それを拾おうとして前方から目を離したところで衝突したとなっている。

しかし駆けつけた警官は、ところどころでろれつの怪しい西川に対してアルコール検査を実施した。そして基準値を大きく超える濃度のアルコールが呼気から検知された。警察官が問い詰めたところ、運転する直前まで事故現場からすぐ近所にある『八兵衛』という居酒屋で飲酒していたと白状したというわけだ。

結局、西川の飲酒運転が主原因の事故と処理された。村越早苗も前方不注意とされたが、相手が飲酒していて正常な判断能力が低下していただけにもらい事故といっていいだろう。

先ほどから胸ポケットにしまってある携帯電話が何度も振動している。画面には黒井マヤの名前が表示されていた。代官山は電源を切った。

代官山脩介（24）

代官山は神立町《こうだちちょう》の柳通り沿いに建つビルの駐車場に車を止めた。全面鏡面の壁が八月の強い日差しを反射させている、五階建ての近代的なビルだ。一棟ごと「静浜損保株式会社」が借り上げているようで、入り口のプレートには一階から五階まで会社のロゴと部署が記載されていた。大きめの自動扉をくぐるとカウンターで案内係の女性が隙のない笑顔を向けている。

「中部署の代官山と申します」

代官山が警察手帳を見せると、女性の顔がわずかに強張った。

「営業部の松崎さんという方にお話を伺いたいのですが。もちろん先方には連絡がいってます」

代官山は前もって中部署からこの会社に連絡を入れた。そのときは松崎という男性が対応することを伝えられた。

「営業部の松崎でございますね」

女性は受話器を取って耳に当てた。やがて相手が出たようで、短いやりとりのあと、受話器を置いて再び代官山に笑顔を向けた。

「三階の小会議室でお待ちください。エレベーターを降りて真向かいの部屋になります。すぐに松崎が伺います」

代官山は礼を言ってエレベーターに乗った。三階で降りると小会議室は目の前にあった。部屋の真ん中に大きなテーブルが置いてあり、周辺に七つほどの椅子が並んでいる。座ろうかどうしようか迷っていると部屋の扉が開いて小太りの中年男性が入ってきた。

「お待たせしました。営業部の松崎です」

そう言いながら松崎は名刺を差し出してきた。確認すると「静浜損保株式会社　営業課長」とある。代官山も自分の名刺を出した。

「いやあ、警察の方から名刺をもらうのは初めてです。珍しいですからね、大切にします」

松崎は突き出た腹を揺らして快活に笑った。脂ぎった顔にぎょろりとした二重まぶたの目が印象的だ。頭部は薄くなっているが肌につやがある。若いようにも見えるし、老けているようにも見える。

「以前、こちらの営業車で接触事故を起こした、西川英俊さんについてお聞きしたいのですが」

西川が事故を起こしたのは六月の頭だから、今から約二ヶ月ほど前のことになる。西川の名前を出すと松崎は表情を曇らせた。

「まったくお恥ずかしいことで、その件では中部署の方にはお世話になりました。勤務中の、それも営業車を使っての飲酒運転ですからね。クビですわ」

松崎は手で首を刎《は》ねる仕草をした。

「じゃあ、今は御社の社員じゃないんですか？」

「ええ。もっともクビといっても本人がその日のうちに辞表を上司に叩きつけましたからね。さんざん悪態をついて出て行きましたよ。まったく呆れるというか、なんというか」

「勤務態度はいかがでした？」

「あまりいいとは言えませんでしたね。それでもあいつ、見た目は悪くないし、口も達者なんですよ。仕事に身が入ってないわりにそれなりの業績を上げてましたね。まあ、良くも悪くもお調子者ですね」

松崎がわざとらしくため息をつく。

「それで……。先ほど電話で申しましたとおり、西川英俊の履歴書を拝見させてもらいたいんですが」

「はい。人事部から借りてきました。捜査のためでしたら協力しないわけにはいきませんからね。ところであいつ、何をやらかしたんです？」

松崎のぎょろ目に好奇の色が広がった。

「いえいえ、そういうわけでは。事故処理のことでちょっと確認したいことがありましてね」

「二ヶ月も前の事故なのに？」

「え、ええ。書類に不備があったものですからその確認です。大したことじゃありません」

代官山は西川のプロフィールや略歴を手帳にメモしていった。しかしメモをしていくうちに代官山は血の気が引いていくのを感じていた。

「刑事さん、どうしました？　怖い顔して。呼吸が荒いですよ」

松崎が代官山の顔を覗き込もうとする。代官山は彼から顔を逸らして、呼吸を整えた。鼓動が胸板を激しく叩いている。原因は西川のプロフィールだった。彼の生年と学歴の欄を見て、代官山の頭の中のパズルの空白がさらに埋まったのだ。

「ちょっとこの履歴書をお借りしてもいいですか」

「は、はあ。かまいませんけど」

訝しげな返事をする松崎に代官山は挨拶もそこそこに部屋を飛び出した。

もう一ヶ所調べなければならないところがある。

代官山脩介（25）

居酒屋『八兵衛』は前園凛子の息子、そして前園時枝の孫である遊真が息を引き取った和地山公園の近くにある小さな店だった。

時計を見ると四時半を指していた。真夏の空はまだ明るい。そして日が随分傾いたとはいえ、気温が下がることはない。営業は昼の部が三時まで、夕方の部は五時からなので、今は仕込み作業の時間だった。店の扉を叩くと、鉢巻きを巻いた中年の男性が「今、忙しいんだよ」と迷惑そうな顔を覗かせた。

「お仕事中、申し訳ありません。浜松中部署の者です」

と代官山は警察手帳を出した。これで大概の市民は従順になるが、ここ半月はワイドショーで連日叩かれているだけに突っかかってくる者も少なくない。しかし店主は愛想笑いを浮かべている。過去に後ろめたいことでもあるのかもしれないが、今はそんなことにこだわっているときではない。

店の中に入ると冷房の涼しさで外との温度差にめまいがしそうになる。中はごく普通の居酒屋の造りだった。全体として民芸調のデザイン、五人くらいが腰掛けられるカウンターに、テーブル席が五つほど。

しかし壁は客と思われる写真で埋め尽くされていた。それぞれに日付が記載されている。どの写真も目つきの緩んだ酩酊《めいてい》気味の顔を覗かせていた。

「この男性が以前、ここに客として来たことがあるはずなんですが、ご存じですか?」

代官山は西川の履歴書に貼ってある顔写真を指さした。西川の事故調書によれば、彼は運転直前までこの店で飲酒していたとある。

「今から約二ヶ月前、六月一日のことなんですが、正午過ぎから二時半頃まで、西川はここに寄っているようなんですよ」

老眼が始まっているのだろう、店主はポケットからメガネを取り出して写真を注視した。

「ああ。覚えているよ。ちょうどそん頃、お巡りさんが来てこの人のことをいろいろ聞いていったから。なんでも飲酒運転だったらしいじゃん。迷惑な話だよ。この人が車だったことを知っていたか聞かれてさ。うちは駐車場を持ってないからそんなこと知りようがないんだ。来る客全員に『あなたは車ですか?』なんて聞けるかよ。それにちゃんと飲酒運転撲滅のポスターだって貼ってある。お客の皆さんは大人なんだからさ。こういうのは個人の責任でしょ」

店主が写真を眺めながら愚痴をこぼす。彼の言うことも分かるが、これで実際に事故が起きている。それが救急車の到着を遅らせて小さい命が助からなかったのだ。そう考えるとやはり酒を提供する側にもそれなりの責任がついて回ると思う。

「それでその日、西川は一人でここに立ち寄ったんですか？」

西川の調書によると彼は一人でこの店で飲んでいたと証言している。そしてこの店主も同じように証言したとある。

「あ、ああ……。たしかそうだった、かなあ？」

店主の目線が右上方向に上がった。人間は嘘をつくとき論理脳である左脳を使う。脳と目の動きは連動しているといわれるが、左脳を使うとき目は右上を向く。飯島から教わった嘘の見分け方だ。他にも視線をこちらに合わせようとしなかったり、鼻や口元を頻繁に触るようになる。今、店主は鼻を掻いている。

「彼はどの席に座ったか憶えてます？」

「はい。カウンターの一番奥ですよ」

店主は話題が変わって安堵したような表情を見せると奥の席を指さした。代官山は椅子を引いて着席してみる。壁にはいろんな表情をした客たちの写真がピンで留められている。いずれも油性のマジックペンで日付が記入されていた。やがて代官山は一枚の写真に目を留めた。それは頭の中の空白をさらに埋めるパズルピースの一片となった。

「オヤジさん。あんたやっぱり嘘ついてるよね」

そう言いながら店主を睨むと、彼はしくじったなあというような顔で頭を掻いている。彼も写真のことは失念していたようだ。

「これ、西川英俊だよね？　そして連れがいるよね」

「はあ……。すんません」

店主はあっさりと嘘を認めた。日付入りの写真がここにあっては否定のしようがない。そこには鳥海尚義が西川の頬にキスをしている姿が写っていた。二人とも顔が赤い。酔ってふざけていたのだろう。

「何で一人で飲んでたなんて嘘をついたんですか？」

代官山は語気を強めた。

「実は、あの日この男性から電話がありましてね。交通事故を起こしたけど、友人を巻き込みたくないから一人で飲んでいたことにしてくれってね。このキスしてる方をかばったんだろうね。二人とも時々来てくれるお客さんだったからね。つい承知しちゃったというわけです」

店主は申し訳なさそうに目を伏せながら言った。

「あの日、二人はどんな話をしていたか覚えてますか？」

「ええ。キスしている青年の方がえらく愚痴ってましたね。酔っ払って大声で話すもんだから内容まで聞こえちゃったんですよ」

「愚痴？」

「はい。彼は歯科技工士さんで、取引先の歯医者からパワハラを受けてるみたいな話でしたね。友人に愚痴をぶつけることで憂さ晴らししたんでしょうなあ」

憂さ晴らし――悪意のバトンの受け渡し。

つながった！　頭の中の空白に最後の一枚がピタリと適合して、全体図が完成した。そしてそれは悪意のバトンの終着駅を描いていた。

「どうしたんですか、刑事さん。顔が真っ青ですよ」

「ちょっと水を一杯くれないか」

気がつけば喉が渇いていた。店主が運んできたコップの水を受け取り喉に流し込む。そのとき壁に貼ってある写真の中の一枚に目が触れた。

「オヤジさん。これって？」

代官山はその一枚を指さした。

「ああ、これですか。きれいな女性でしょう。遅い時間の女性の一人客って珍しいから無理言って一枚撮らせてもらったんですよ。お知り合いの方ですか？」

知り合いもなにも黒井マヤだ。

「彼女は何をしに来たんだ？」

「何をしにって、飲みに決まってんじゃないですか。ビール一杯だけ飲んで帰られましたけど」

「彼女とどんな話をした？」

「そういえば……。そのキスをしている写真を見ながらいろいろ聞いてきましたよ。知り合いかもしれないとか言ってね」

「それはいつのことだ？」

「一週間くらい前かなあ」

ここにも黒井マヤが立ち寄っている。そして鳥海と西川の写真を見出した。つまり一週間も前に二人の接点に気づいていたということになる。まだあの時点で鳥海は死んでいなかった。

携帯電話を取り出して電源を入れる。そしてすぐにマヤを呼び出した。しかしつながらない。メッセージから先方も電話の電源を切っているようだ。最終的な着信履歴も一時間前で途切れている。そろそろこちらの動きに勘づいたのだろう。

代官山は店を出ると車に飛び乗った。

代官山脩介（26）

西川英俊のアパートはそこからさほど遠くない高丘公園の近くにあった。道路一本を挟んで航空自衛隊浜松基地が広がっており周辺は金網フェンスで囲まれていた。空飛ぶ司令塔と呼ばれるＡＷＡＣＳが離陸している。ボーイング旅客機の背中に円盤状の大型レーダーを装着した早期警戒管制機だ。浜松に住んでいるとこの巨体が飛行している姿を毎日のように目にする。

西川のアパートは二階建てのどこにでもよく見かける軽量鉄骨の物件だ。外壁は水色のモルタル材が使われている。部屋は二〇一号室とあった。ベランダに回ってみたが火の手は上がっていない。しかし家の外で火をつけられた被害者もいるから安心できない。

代官山は二階に上がると部屋のチャイムを鳴らした。しばらくすると扉が開いてタンクトップにホットパンツというラフな格好の若い女性が現れた。二十代前半といったところか。栗色に染めた髪に瞳のクリッとした可愛らしい女性だ。

「西川英俊さんのお宅ですよね」

「そうだけど」

代官山はすかさず警察手帳を開いた。女性はチャームポイントである瞳を見開いた。

「西川さんはいらっしゃらない？」

代官山は部屋の奥を覗き込みながら言った。しかし人の気配はない。

「つかぬことを聞くけど、あなたは？」

「彼の友達……みたいなもんかな」

代官山が尋ねると彼女は首を傾げながら答えた。自分でもどういう関係か定まっていないらしい。写真で見る限り、西川英俊は女性受けしそうな顔立ちをしている。

「彼ならバイトに行ってるけど」

代官山の質問を先読みして彼女が答えた。

「バイト？」

「うん。なんかすごく時給のいいバイトが入ったんだって」

「彼はフリーターなの？」

「そうよ。二ヶ月前に保険会社をクビになったんだって。飲酒運転して営業車をおシャカにしちゃったみたい。ホント、馬鹿だらあ」

彼女は屈託のない笑みを見せた。どうやら彼とつきあい始めたのはここ最近のようだ。

「今、連絡つくかな？」

「あの人、なんかやったの？」

「いやあ、ちょっと前の会社のことで確認したいことがあるんですよ。営業車をおシャカにしちゃったでしょ。そのことでね」

代官山の思いつきを彼女は疑う素振りも見せなかった。「ちょっと待って」と携帯を取り出すと番号を呼び出して耳に当てた。

「あれ？　だめだ。電源が切れてるか電波の届かない場所にいるって」

そう言いながら携帯を代官山の耳に押し当ててきた。たしかにつながらないメッセージが流れている。代官山は嫌な予感がした。ここ最近この予感がやたらと当たる。

「あの、バイト先分かります？」

「ああ。ちょっと待ってね。たしかチラシがテーブルに置いてあった」

そう言って彼女は部屋の奥に引っ込んで、再びチラシを持って戻ってきた。それを受け取って確認する。代官山は頭の血が一気に引いていくのを感じた。めまいがして息苦しくなる。思わずよろめいて壁に手をついた。

「刑事さん、大丈夫？」

彼女が代官山の顔を覗き込みながら言った。

「だ、大丈夫ですよ。ところで彼は何時にここを出たのかな？」

「ええっと。二時間前くらいかな。車で向かったのよ」

代官山は時計を見る。もう五時を回っている。

「でもさあ。時給三千円ってすごくない？　陶器人形を作る手伝いで何でそんなにもらえるわけ？　あたしが行きたいくらいだよ。どっから見つけたんだろ、このチラシ。あいつ、そういうことには目ざといんだよねえ。あ、ちょっと……」

代官山はチラシを握ったまま階段を駆け下りた。背後から彼女の呼びかける声がしたが無視した。路駐した車に乗り込むと一気にアクセルを踏んだ。

代官山脩介（27）

ここへ来るのは今回で三回目だ。

西川のカノジョから受け取ったチラシには「やすらぎ工房」と書かれている。「時給三千円」のロゴが大きく打たれ、「人形制作補助」の下には「簡単な作業です。誰でもできます」と書かれていた。さらにチラシの隅にはバーバラ前園こと前園時枝が優しく微笑む写真がある。

これを見ればフリーターなら誰でも飛びつくだろう。本来なら競争倍率が激しかったに違いない「おいしいバイト」である。しかしこれは西川をおびき寄せる罠《わな》だ。今の代官山にはそう断言できる。前園時枝は西川の部屋のポストだけにチラシを差し入れた。高額な時給に西川はすぐに電話を入れる。もちろん採用だ。

工房の駐車場には西川のものと思われるワゴンが止めてあった。しかし前園時枝の白いセダンがない。代官山は胸騒ぎを覚えつつも工房の建物に向かった。入り口の扉を開けようとするも鍵がかかっている。回り込んで窓から内部を覗き込んだが、人の気配がない。テーブルの上には人形たちが展示されている。カーテンの隙間から一番近くに見える人形は、前園が最高傑作と自認していた展望台の上の男の子だ。この作品には彼女も相当に力を入れたようで展望台も精巧に作り込まれていた。

代官山は周囲から適当な大きさの石を探して持ち上げた。そして石を窓ガラスに向かって叩きつける。ガシャンと音がしたが周囲は畑に囲まれていて民家がない。車通りもなかったので誰にも気づかれなかったようだ。代官山は手を伸ばしてクレセント錠をひねると窓を開いた。そして割れたガラスの破片に注意しながら、工房の中に侵入した。

中をひととおり確認したが、時枝と西川の姿はなかった。工房は無人だ。

西川の車が残ってセダンがないということは、二人は時枝の車でどこかに行ったと思われる。行き先に手がかりがないか。部屋の中をさらに見て回る。展示室に入って、その異変にすぐに気づいた。

『ＡＭＣＣ』だ。マヤと訪れた日には四体のインディアンの人形があった。

しかし今は……一体もない。

他の作品は前回と同じように展示されている。『ＡＭＣＣ』だけに限って、人形がすべて撤去されている。代官山にはその意味が分かっていた。

西川の命が危ない！

どこにいる？　時枝のセダンで二人はどこに向かった？

もし時枝が西川を殺すとするならその舞台をどこに選ぶか。

西川の飲酒運転が時枝の孫、前園遊真の命を奪ったも同然だ。

命の灯火《ともしび》が消えたのは遊真だけではない。彼の母親、凜子もそうだ。絶望的な喪失感に耐えられず、彼女はガソリンをかぶって自ら火をつけた。

その場所はどこだ？

代官山は携帯を取り出して中部署の会議室に詰めている神田を呼び出した。

「お前ら、どこにいんだよ？」

「お前ら？　黒井さんはそちらにいないんですか？」

どうやらマヤはまだ中部署に帰っていないらしい。どこにいるというのだろう？

「飯島さんから聞いたぞ。お前、マヤをおいてけぼりにして単独行動取ってるんだってな」

「はい。すんません」

「さては何か勘づいたんだな？　マヤだろ」

代官山は電話越しに頷いた。

「今すぐ調べてほしいことがあるんです。お願いします！」

携帯を耳に当てたまま頭を下げた。

「何だ？　言ってみろ」

「六月の中頃に前園凜子という女性が焼身自殺をしています。その場所を知りたいんです」

「焼身自殺……。そんなことがあったのか？」

「ええ。俺たちは放火事件や火災事故ばかりを注目していたでしょ。焼身自殺は盲点でした。その自殺ではガソリンが使われてるんです！」

神田が受話器の向こうでうなり声を上げる。

「そういえばマヤのやつ、こそこそ何かを調べてやがると思ってたが、それだったのか」

神田の舌打ちが聞こえた。

「分かった、代官様。ちょっと待ってろ。五分で調べられる」

そう言って神田が電話を切った。しばらくして着信メロディが鳴った。画面には神田の名前が表示されている。彼は五分といったが三分しかたってない。

「三ヶ日の高山《たかやま》山頂に展望台がある。みかんの丘公園というところだ」

「みかんの丘公園！」

三ヶ日、みかんの丘公園。つい最近聞いたことがある。

そうだ、歯科レセコンを扱うサイバーメディックに聞き込みに行ったとき、帰り際に片山則夫がマヤに公園のことを尋ねていた。彼女が電車の中のポスターを気にしていたような話だった。

「そこで前園凜子は自殺をしている。六月十九日の早朝だ。そこに何かがあるんだな？」

「ええ。俺の勘に間違いがなければ、犯人と最後の犠牲者がそこにいます」

神田の息を呑む音が聞こえる。

「神田さん。俺はとりあえず今からそこに向かいます」

「場所は分かるか？」

「カーナビがありますから」

「そうか。飯島さんたちをすぐに向かわせる」

「お願いします」

代官山は携帯を耳に当てたまま運転席に乗り込んだ。キーを回す。エンジンがかかるわずかな間ですらもどかしく感じられた。

「マヤはどこだ？　電話にも出ねえんだよ」

「分かりません。こちらからかけてもつながりませんから」

一瞬ためらうような間を窺わせ、神田は言った。

「分かった。とにかく無茶すんなよ。お前の勘はあんまり当てにならんけどな」

減らず口をたたく気にもなれなくて代官山は携帯を切った。アクセルを踏み込む。代官山は東名高速道路の浜松西インターから高速道路に入る。三ヶ日のインターまでわずか十キロだ。飛ばせば五分で出られる。しかしそこから高山の山頂までは山道ということもあって数十分はかかる。

間に合うだろうか……。

代官山は高速道路に入るとアクセルを全開にした。

代官山脩介（28）

木々に囲まれた山道は蟬《せみ》の声が反響していた。代官山にはまるでそれが何かの警報のようにも聞こえた。時計は六時を回ろうとしている。日も随分と傾き始めてきた。

カーナビがはじき出した経路どおり、三ヶ日の市立図書館を通り過ぎてから上り坂に入っていった。アクセルを踏み込むが、クネクネとしたカーブと急勾配が続くのでスピードが上がらない。山頂はすぐ近くに見えるのになかなか近づけないもどかしさに代官山は思わずハンドルを叩いた。

もし、推理が外れていれば大きなロスタイムとなる。工房にインディアン少年の人形がなかった。それが意味すること。おそらく前園時枝は西川を今日中に焼き殺すはずだ。

そんなことを考えているうちに車は広場にたどり着いた。入り口は駐車場になっており「みかんの里農村公園」のプレート看板が立っている。看板には公園の概略と周辺の簡単な地図が記してあった。

その前に二台の車が止まっている。一台は日産の小型車。「わ」ナンバーだからレンタカーのようだ。そしてもう一台の白いセダンには見覚えがある。以前、工房の駐車場に止められていた車種だ。前園時枝のものに違いない。よく見るとレンタカーの小型車の運転席には誰かが乗っている。代官山が近づくと運転席の扉が開いた。

「黒井さん……」

運転席から出てきたのは黒井マヤだった。彼女は漆のような髪を掻き上げると代官山に向かって挑戦的な視線を向けてきた。

「あら？　偶然ね。こんな山奥に何しに来たの？　一人ハイキング？」

「黒井さんこそ。こんなところで何やってんですか？」

代官山もわざとらしく尋ねる。

「ええ。天気がいいからきのこ狩りでもしようかと」

マヤが白々しく微笑む。

「って、こんなことやってる場合じゃないでしょうが。とにかく俺はやっとあなたの推理に追いついたってわけですよ。十日遅れでね」

代官山は白のセダンに近づいてみる。誰も乗っていない。時計を見ると六時半を回っている。真夏の空もそろそろ夜の支度を始めている。夕方とあって人気がない。

看板を確認すると地図上に「みかんの丘景観展望所（高山山頂）」とある。原生林に囲まれた山道を通ってここから歩いて十分の距離らしい。神田が電話で言っていた高山山頂の展望台というのはこれだろう。車では行けないようだ。

「黒井さん。行きますよ！」

「どこに？」

「分かってくるくせに」

「あたし、虫とか苦手なのよ」

代官山は車をロックすると靴紐を締め直して、山道に入っていった。マヤもぶつくさ言いながら後ろをついてくる。

周囲はヒメシャラ、ミヤマツツジ、クロバイが群生し、コナラ、カゴノキ、山桜などの雑木が入り組んでいた。近く遠くから何種類かの蟬の鳴き声が入り交じっている。春や秋の気持ちのいい季節なら絶好のハイキングコースだろう。トレッキングに慣れてないので、何度か足を滑らしそうになったが、十分も歩くと山頂公園に着いた。公園といっても車が数台止められる程度の広さしかない。早くもシャツが吸い込んだ汗で重くなる。マヤも黒のジャケットを脱いでいる。細い体に白いブラウスが貼り付いている。紫色のブラのラインもくっきりと浮かび上がっていた。頰をピンク色に染めながら汗ばむ表情がなまめかしい。

「あの展望台……」

代官山は息を吞んだ。ここでふと気づいた。片山則夫の言っていた、マヤが電車の中で見ていたというみかんの丘公園のポスターには、この展望台の写真が入っていたのではないか。マヤはそれに反応したのだ。彼女にとってそれはつい先日見たばかりのものだった。代官山と一緒に訪れた人形展で。

視線の先、公園の奥側には木を組み合わせて建てられた展望台がある。代官山もこれと同じものをつい先ほど工房で見た。前園が自分の最高傑作といっていた男の子の人形がこの上にのっていた。妙に精巧だと思っていたが、前園は木片を使ってこの展望台を忠実に再現したのだ。

――そのモデルになった男の子がお気に入りなの。だからついでに作ってあげたのよ。

マヤと工房を訪れた日の前園の言葉がよみがえる。

あの人形のモデルとなった男の子。その男の子にピンとくるものがあった。あの人形は間違いなく前園遊真だ。遊真はあの展望台がお気に入りだった。よく家族で遊びに来たのだろう。その遊真を失い、母親の前園凛子は自殺をすることになる。息子が大好きだった展望台の上で幸せだった思い出を噛みしめながら、自らガソリンをかぶり火を放ったのだ。

ここからでは死角になってよく見えないが、展望台の屋上に人影が見え隠れする。誰かがいる。代官山とマヤはそっと展望台に近づく。そして階段を上り屋上に向かった。

屋上は十人で満員になりそうな広さだった。奥の方に一組の男女がいた。男は手を後ろに回された状態で正座をしながらうなだれている。女は男を見下ろしていた。床にはポリタンクがあった。辺りにはガソリンの臭いが充満している。女の右手には包丁、左手にはライターが握られていた。

果たして女は前園時枝、男は西川英俊だった。

二人は代官山たちの方を見た。絶望に顔をゆがめた西川の表情は、一気に安堵の色に塗り替えられた。西川は腕を後ろに回したまま体をよじらせている。顔色が真っ青だ。よく見るとシャツの脇腹の部分が赤く染まっている。

西川は時枝に促されてここまでやって来た。彼はこれも時枝の創作活動の一環だと疑わなかった。時枝に言われるままこの展望台に上ったとき、他の被害者と同じように不意打ちで脇腹を刺されたのだろう。動けなくなったところをロープで手首を縛られたようだ。

「前園時枝さん」

代官山は彼女に声をかけた。

「あら、こんにちは。あのときの刑事さんね。代官山さんって言ったかしら。ちょっと変わった名前だから覚えているの。可愛らしいお嬢さんも一緒なのね。あなたたち、お似合いのカップルね」

時枝は代官山の出現にさほど驚いた様子もなく穏やかな顔を向けて答えた。

「そんなことより、ここで何をしてるんですか？　包丁なんて物騒じゃないですか。そんなことやめませんか」

「あなたたちがここに来たということは、すべてお見通しってわけね。つまりお嬢さんもあのタイトルの謎を解いたのね。若いのに優秀ね」

時枝が西川の喉元に包丁を突きつけながら微笑んだ。彼はこの暑さの中、ガタガタと体を震わせている。よく見ると二人の髪も服もぐっしょりと濡れていた。むせかえるような臭い。ガソリンだ。彼らはガソリンをかぶっているのだ。揮発性の液体が西川の体温を奪っている。しかしそれが西川をふるわせているわけでない。時枝がライターを点火すれば一気に炎上する。時枝は西川もろとも自分の体を焼こうとしているのだ。

「遊真が死んじゃって娘は変わったわ。表情から喜怒哀楽がまったくなくなってしまった。毎日毎日、朝早く家を出て行っては、夜遅くに帰ってくる。一晩帰ってこないこともあったわ。

どこで何をやっているのか、聞いても返事すらしてくれなかった。帰ってきても部屋にこもってパソコンの前にはりついて何かを調べている。多分、ほとんど寝てなかったと思う。それでも私は放っておいたわ。どんなことでも打ち込めることがあるのはいいことだ、ふさぎ込んで引きこもるよりはずっとマシだって。だからまさかあの子が自殺をするなんて考えもしなかった」

そう言いながら、床に置いてあるポリタンクを片手で持ち上げてさらにガソリンを振り撒いた。西川が体をねじりながら避けようとするが無駄なことだった。そして残ったガソリンを持ち上げて自らかぶった。

「凜子さん……娘さんは、事故の原因を調べていたんですね」

代官山は手のひらを前に出して諭すようにゆっくりと言った。なるべく時間を稼ぐ必要がある。

「刑事さん。バタフライ・エフェクトって知ってる？」

代官山は首を横に振った。聞いたことがない言葉だ。

「目の前を飛んでいる蝶々の羽ばたきが巡り巡って地球の裏側でハリケーンを引き起こすって理論よ。私は娘にいつも言っていたの。どんな出来事にも必ず原因があるってね。その理屈を幼かった娘のしつけに使っていたわ。たとえばあの子が壁に落書きをする。それが巡り巡って飛行機が落ちてたくさんの人が死ぬかもしれない。そうしたらあなたのせいよって。大きな災害や事件も原因をたどってみれば案外些細なことなの。逆を言えば何気ない行動が人の命を奪ってしまうことがある。脅しやイジメや浮気やパワハラ。遊真の死はまさにバタフライ・エフェクトだったわ」

マヤは腕を組んだまま時枝をじっと観察している。さらに時枝は続けた。

「凜子は遊真が死んだ因果のすべてを憎んだのね。だから救急車が遅れた原因を遡って調べていたの。調べたことをメモ帳に記録していた。そのメモ帳を、娘が死んだあとたまたま部屋を整理していたら見つけたの。私は救急車が遅れた原因も含めて何も聞かされていなかったから、メモを読んで強いショックを受けたわ。そこに書かれている人間たちに強い憎しみを覚えた」

時枝の瞳がぎらりと光った。思わず射竦《いすく》められてしまうような鋭利な光だった。

「それであなたが凜子さんの無念を晴らしたわけですね」

「ええ、そうよ。ただ殺すだけでは気が済まなかったわ。娘と同じ苦しみを味わわせてやろうと思ったの」

「だから火にこだわったわけですね」

「もちろんよ」

時枝が首肯しながら答える。

「でも、娘さんはそこまで調べておきながら、どうして報復を実行しなかったのでしょう？　徹底的に調べ上げたのに、関わった者たちには何もせずに自らの命を絶っている」

代官山の問いかけに時枝は寂しげな顔をした。

「それは私もよく分からない。娘は何を考えていたのか。ある日、娘がどこにも出かけずテーブルでじっとしていたの。何を調べているのかまだそのときは知らなかったから、『今日は出かけないの？』と声をかけたわ。そうしたら娘が『もういいの』と答えた。あれほど取り憑《つ》かれたように調べていたのに、その日はそう答えたの。そして『遊真が死んだのは私のせいだった』ってぽつりと言った。あのとき、遊真のことは事故だと思っていたから、『そんなことはない』と強く否定したわ。あの子が自分を責めることに嫌な予感がしたのね。そして次の日……忘れもしないわ、六月十八日。娘は朝早くから出かけていった」

「そして次の日の朝に自殺をされるんですね」

代官山は先読みして言った。家を出たのが十八日の早朝、自殺をしたのが十九日の早朝。その二十四時間、彼女はどこで何をしていたのだろう。思いを巡らせながら、時枝に飛びかかってライターをもぎ取るタイミングを計っていた。しかし彼女はまるで隙を見せない。彼女までまだ五メートルはある。

「母親失格ね。正直、家を出て行くあの子の表情を見て自殺とはまったく考えなかった。とても強い決意を秘めた目をしていたの。それはね、何かをやり遂げると決意したときにみせる目なの。ピアノコンクール、学芸会の主役、高校受験……。絶対に自殺を考えていたのではないわ。もっと前向きで大きなことよ。でも、結局、あの子は次の日の早朝にここで自殺を図った。あの日は何だったのかしら？　何か大きなことをやり遂げようとしているときの目だった。間違いないわ」

何か大きなことをやり遂げる？　それが自殺ではなかったらいったい何だったというのか。

「なぜ焼身自殺だったのでしょうか？」

「自分を苦しめるためだったのね。遊真の死は自分のせいだって言ってた。たとえ不可避な事故でも子供を守れなかったことは、母親にとって何にも代え難い落ち度なの。あの子もそう考えたに違いないわ。だから自分に罰を与えたのよ。そうやって遊真にお詫びをしたんだと思う」

時枝は肩をふるわせている。ガソリンで濡れた頰を涙が伝っている。代官山は時枝たちに半歩近づこうとした。しかし足を止める。時枝がライターを持ち上げて火をつけるポーズを取ったからだ。

「刑事さんにお願いがあるの」

時枝がライターを持ち上げたまま、代官山に言った。

「何ですか？」

「遊真は鏡の反射光を目に当てられて滑り台から落ちたの。誰かのいたずらだって凜子が言ってたわ」

時枝がギラリとした瞳を向ける。白目は真っ赤に充血していた。

「いたずら？」

代官山は思わず聞き返した。そんなことは初めて聞いた。

「ええ。だけどそれが女だったとしか分かってないの。娘は蘇生処置で手が離せなかった。気がついたときに女は姿を消していたらしいわ。距離が離れていたし、さらに林の陰になっていて顔がよく見えなかったそうなの。ただ明らかに遊真を狙っていたと言ってたわ。他にも子供たちがいたのに遊真だけを狙って……」

時枝が飛び出しそうな憎悪を抑え込んでいるように歯を剥き出して食いしばる。肩で大きく息をしている。前園遊真が滑り台から落ちたのは事故だと思っていた。女は明らかに遊真を狙って鏡の光を反射させていたという。それが本当なら立派な殺人だ。

「私は頭に爆弾を抱えている。私の命ももう長くない。最近、自分が誰なのか名前すら思い出せないことが増えているの。復讐のことも忘れかけてしまうことがある。あと何人、誰を殺せばいい。そんなことすらあやふやになってしまうのよ」

時枝は自嘲するように笑った。

「あと少しで私は自分のことすら分からなくなる。手術ができないからどうにもならないの」

それは時枝の隣人も言っていた。脳腫瘍が見つかったが、場所が悪くて摘出できないと。代官山は一連の放火で手口が粗暴化していくところに、犯人の焦りを感じていた。それが彼女のタイムリミットだったのだ。

「私は遊真が助からなかった原因を作った連中に復讐をするだけで精一杯だった。その中でもこの西川は特別よ。救急車を遅らせた直接的な原因を作った男だもの」

「ごめんなさい！　ごめんなさい！　許してください！」

時枝の足下で西川が後ろ手のまま泣きながらすがりつく。しかし彼女はそんな西川に目もくれなかった。

「この男のモラルの欠如が最愛の孫と娘の命を奪った。娘の凜子はまさにここで、火をかぶって死んだわ。遊真が大好きだったこの場所で。それがどれほどの気持ちだったか。どれほどの苦しみだったか。母親の私にも想像ができない。あの子の書いたメモ帳を見つけたとき誓ったの。絶対に許すわけにはいかない。娘と同じ苦しみを、遊真の死に関わった人間全員に味わわせてやる！」

時枝は工房で見たときの優美で上品な女性ではなかった。べとついた髪を振り乱し、髪の間から覗かせる瞳は憎悪というよりむしろ狂気の気配を湛《たた》えていた。

不用意な呼びかけひとつで取り返しがつかないことになりそうで、代官山は言葉をかけることができなかった。飯島たちがここに到着するにはまだ時間がかかるだろう。むしろ彼らが乗り込んできたら、時枝はためらいなく火をつけてしまうかもしれない。そちらの方が心配だった。

「ただ心残りなのは、遊真を滑り台から落とした女を見つけ出せなかったこと……。私にもう少し時間があればねえ。だけどもうかなわないことよ」

時枝は視線をマヤの方に向けた。マヤは相変わらず腕を組んだままだ。退屈なテレビドラマでも見ているような顔で、時枝と西川を眺めている。

「頭のいいお嬢さんにお願いよ。私に代わってその女を見つけ出して。そして、どうしてそんなことをしたのか聞き出して」

時枝は表情を緩めると仄かに微笑んだ。

「こんだけ調べておいてそんなことも分かってなかったの？　あんた、バッカじゃないの？」

マヤが時枝に向かって平然と言い放つ。時枝の表情が急に強張った。

「ちょ、ちょっと、黒井さ……」

「あ、あなた、遊真の命を奪った女の正体を知っているって言うの？」

時枝の言葉が代官山の声を遮った。時枝は大きく目を見開いてマヤを見つめている。代官山への警戒が緩んだように思える。ライターを握る手がわずかに下がった。

「ええ。確かめたわけじゃないけど」

「お願いだから教えてちょうだい。誰なの？　その女はいったい誰なのよっ？」

時枝が声をふるわせた。そんな彼女をマヤは意地悪そうに見つめている。

「どっしよーかなー」

そう言ってヘラヘラと笑いだした。

——今だっ！

時枝の視線が揺れた瞬間を見計らって、代官山は飛びかかろうとした。

しかしその判断は間違っていた。時枝は反射的にライターを握る手で振り払おうとした。その際、ライターを点火させてしまったのだ。

オレンジの炎が一瞬のうちに噴き上がり、時枝と西川を呑み込んだ。

「前園さんっ！」

時枝と西川の叫びと、蟬の鳴き声の和音が代官山の耳の中で炸裂した。手と顔に熱い痛みが

走ったので代官山は思わず後ずさる。二人はオレンジの光の中で影となってのたうち回ってい
た。そのうち西川が立ち上がり、弾みをつけて手すりに飛び出していった。あっという間に彼
の姿は屋上から見えなくなる。五メートル下の地面に頭から落下したのだ。ドサリと鈍い音が
した。

時枝は床の上で転がり回っていたが、徐々に勢いが弱まり、やがて動かなくなった。ガソリ
ンの臭いが肉の焦げた臭いに変わっていく。この一ヶ月で何度この臭いを経験しただろう。

「前園さぁぁぁん！」

踊り狂うような火炎の勢いが強くて、代官山にはどうにもできなかった。周囲には水道もた
め池もない。マヤは腕を組んだまま動こうとしない。

「黒井さんっ！」

「可哀想なオバサン。本当の真相も知らずに死んでいくなんて」

マヤはそうつぶやくと、炎に蹂躙《じゅうりん》され蝕まれていく時枝の姿をうっとりとした瞳で見つめて
いた。まるで花火を眺めているようだ。激しく揺らめく炎がマヤの顔をオレンジ色に浮かび上
がらせる。その表情は見惚れてしまうほどに美しかった。

代官山脩介（29）

午後八時。日は完全に落ちて辺りは夜の帳《とばり》が降りていた。下界では猪鼻湖《いのはなこ》を取り巻くように

三ヶ日の街やリゾートホテルの明かりがぽつりぽつりと浮かび上がっている。

みかんの丘景観展望所のある高山山頂は大騒ぎだった。投光器や捜査員たちの照らし出す懐中電灯の光がライブハウスのスポットライトのように動き回っている。展望台の周りは駆けつけた新聞記者やテレビ局などマスコミの連中が取り巻いている。静岡のローカル番組でよく見かける女性キャスターがカメラを前に、

「焼死した二人のうちの一人が一連の事件の犯人ではないかという情報も入ってきました」

と、興奮気味にレポートしている。

「分かったようでよく分からん事件だな。子供一人が死んだことで、何で十人もの人間が死ななきゃならねえんだよ」

飯島が地面にうつぶせに倒れている、西川の炭のようになった死体を見下ろしながら言った。彼は火炎に巻かれて自ら屋上から落下した。土台の段差に頭部を直撃したようで首がおかしな方向に傾いていた。展望台は四方がシートで覆われているのでマスコミの連中には見えないようになっている。

事件のあらましについて飯島には簡単に説明してある。しかしマヤの言動については伏せておいた。

「前園時枝を入れれば焼け死んだのは十一人ですよ」

「ちくしょう……。最悪の結果だな」

飯島が恨めしそうな目で屋上を見上げた。そこには前園時枝の死体が横たわっている。ここ

に来るまで捜査本部で彼女の名前が上がることはなかった。現場に散らばる捜査員の誰もが忸怩たる思いを表情に浮かべていた。端から見れば淡々と仕事をこなしているようだが、代官山にはそれぞれが見えない重りを引きずっているように思える。彼らは報われない結果に失望し落胆し疲弊していた。

「飯島さん。ちょっといいですか」

屋上から神田が顔を覗かせて飯島を呼んだ。彼はため息をつきながら階段に向かっていく。

「代官様」

飯島と入れ違いに黒井マヤが近づいてきた。黒いスーツに黒い髪に黒い瞳。彼女のほとんどが闇に同化している。

「お手柄ね。あなたのおかげで犯人にたどり着くことができたじゃない」

あまりに白々しい。代官山は彼女を睨め付けた。

「何なのよ？」

「前園時枝が犯人だってことに気づいたのはいつなんですか？」

代官山が尋ねるとマヤは不機嫌そうに視線を逸らした。

「はぁ？　言ってることがさっぱり分かんないですけど」

「俺もタイトルの謎が解けたんですよ」

「タイトル？」

「前園時枝の作品のタイトルです。『ＡＭＣＣ』ですよ」

「ああ。あれね」

マヤの視線が不安定に揺れた。

「申し訳ないけどあなたのバッグから文庫本を見つけました」

文庫本を見つけたのは今日の昼食に入った蕎麦屋でのことだ。マヤが席を立っている最中である。

「ちょ、ちょっと……。私のバッグの中を覗いたの？」

「それについては謝んないといけないですけど、本が見えたのでどんなのを読んでんのかなあと思ってつい」

バッグの中から本を取り出したのは飯島だが、とりあえずここでは名前を出さないでおいた。

「あなたは人のバッグを勝手に覗いてもいい国に生まれた人なの？」

「すんません」

素直に謝る代官山に拍子抜けしたような顔をする。

「それはともかく、黒井さんのバッグから出てきたのはクリスティの『そして誰もいなくなった』でした」

「それが何か？」

マヤの下瞼が痙攣《けいれん》したようにピクリと震える。

「それを見た飯島さんが教えてくれたんですよ。クリスティのフルネームを」

彼女が再び視線を逸らした。かまわず代官山はポケットからメモ帳を取り出す。

「アガサ・メアリ・クラリッサ・クリスティ」

代官山はメモを読み上げると「ですよね？」と確認した。マヤは何も答えない。

「あの四つのアルファベットは英国ミステリの女王のフルネームの略称だったんですよ。たまたま人形が四つだったのでそれぞれに対応するアルファベットだと思い込んでしまったけど、違ったんです」

「だったらどうだって言うのよ？　あの人形のどこがクリスティと関係すんのよ？」

「もぉ。分かってるくせに。あの四人のインディアンの人形はクリスティの代表作『そして誰もいなくなった』をモチーフにしていたんですよ。孤島の洋館に招かれた十人の男女。テーブルの上に並べられた十体のインディアンの人形。一人が殺されるたびに人形が一つずつ消えていく……」

「それで？」

マヤは腕を組み直すと、代官山に向き直る。その表情はどこか投げやりだった。

「俺が黒井さんと暗黒人形展へ行ったとき、テーブルの上には四体のインディアンの人形が並んでいました」

森をイメージしたデザインのテーブルクロスの上に武器を持ったインディアン姿の男の子の人形が四つのっていた。

「今思えばバランスが悪かったですよね。人形の数に対して森が広いというか。妙に閑散とした印象でした。黒井さんも前園時枝にそう指摘してたじゃないですか」

「そうだったかしら？　覚えがないわ」

「間違いなくそう言いましたよ。たしかにあの森の舞台は人形の数に対して広すぎる。それで俺はこう思ったんです。実はもともとインディアンの人形はもっとたくさん置かれていたんじゃないかと。調べてみたら案の定でした」

代官山はマヤに携帯の画面を見せた。

「やすらぎ工房のブログが携帯電話からでも閲覧できるんですよ。その中に暗黒人形展が紹介されてます。よく見てください。ほら、真ん中に『ＡＭＣＣ』が写ってますよね」

見る前から代官山の言いたいことを承知しているようにマヤが画面を一瞥した。画面に表示されているテーブルの森は、代官山たちが見たときとは違って賑やかだった。

「この画像では十体のインディアンが写ってます。つまり一番最初の時点で人形は十体あったんです。『そして誰もいなくなった』とそっくりのシチュエーションですよ。そこへもってタイトルがクリスティのフルネームですからね。前園時枝もそういうつもりでつけたんでしょう。しかしあえて分かりにくいイニシャルにしたのは、彼女なりのメッセージだったと思います」

「何のメッセージだって言うのよ？」

「それは今は置いておきますね。とにかく十体あったインディアンの人形が、俺たちが行ったときには四つしかなかった。つまり六つの人形が消えていたわけです」

マヤが目を細める。

「黒井さん。あの日、俺と暗黒人形展を訪ねましたよね。畑山哲平のことで聞き込みに行ったたわけですけど、あなたにとってはそうでなかった。あなたの興味の対象はバーバラ前園、前園時枝本人だったんです」

以前からマヤは暗黒人形展に行きたがっていた。最初は純粋に猟奇的な作品を見たかったのだろう。しかし奇しくも事件とつながっていた。それに気づいたのはマヤだけだったのだ。

「どうして私が前園さんを探りに行かなくちゃならないのよ？」

「警察は放火や火災の加害者や被害者たちをしらみつぶしに当たってました。犯人は火で殺すことにこだわっている。動機はそこなのではないかと考えたからです。しかし盲点があった」

「盲点？」

「焼身自殺です。行為そのものに加害者も被害者もない。だから本部は除外した。焼身自殺なんて発想がなかった。俺もつい先ほどまでそうでした。前園時枝の娘、凛子がここで自らの命を絶っています。それにはガソリンが使われてました」

マヤが「それで？」と続きを促した。その表情からは何も窺えない。

「あなたは警察が見落としていた前園凛子の焼身自殺に早い段階で着目していた。そして彼女が自殺した原因を調べ上げた。やがて息子の死にたどり着いた。そして遺族である母親の時枝に疑惑を向けた。俺とやすらぎ工房を訪れた日、あなたは前園時枝への疑惑を一層強めたはずだ。根拠はインディアンの人形の数です。あの日、個展のパンフレットを持ってましたよね」

車で工房に向かう際、助手席のマヤがパンフレットを見ながらナビをしてくれたのだ。

「思えばあのパンフレットには作品の写真が掲載されていました。その中には『ＡＭＣＣ』も写っていたはずです。あなたはパンフレットを見ながら作品を鑑賞していた。つまりあの時点でインディアンの数が減っていることに気づいていたはずだ。十体あるはずの人形が四体。つまり六体取り除かれていた。そしてあの日はそれまでに六人が犠牲になっていた。この一致性をあなたが見逃すはずがない。さらにあと四人犠牲者が出ることもね」

昼の蕎麦屋で確認した彼女のデジカメ。代官山が彼女の後をつけた夜の写真があった。その画像の人形は三体だった。あれは松浦妙子の事件があった直後だった。消えた一体がそれなのだ。さらに後日に撮影された画像もマヤのデジカメに残っていた。それぞれ人形が一体ずつ減っている。そしてそれぞれに事件が起こった日付がスタンプされていた。

「あなたこそ推理小説の読みすぎじゃないの。そもそもどうして前園時枝がわざわざそんな形で殺人予告をするのよ？」

「それについては二つの解釈があると思います。一つは、これは推理小説にもありがちなんですが――自分の犯行を誰かに止めてもらいたかった。それとなくヒントを出して誰かに気づいてもらいたかった。それが先ほど言った彼女のメッセージです」

いくら復讐心にとらわれていたとはいえ、前園時枝はもともと善良な市民だ。あれだけ多くの人間の命を奪う罪の深さに常に葛藤を抱えていたはずだ。だから作品に「分かる人には分かる」タイトルをつけたのだと思う。

「本当にありがちね。それでもう一つは？」

「彼女は脳腫瘍を患ってました。場所が悪くて手術による摘出ができないそうなんです。症状は日に日に進行していた。記憶が飛んでしまうことも増えていたようです。そこで彼女は人形を作った。復讐を遂げるたびに一つ一つ排除していく。その数を数えることによって記憶をつないでいたんじゃないでしょうか。そして病気の発症が彼女にとってのタイムリミットでした。それは今日明日にでもやってくるかもしれないほど進行していたそうです」

「それは気の毒な話ね」

マヤの口調はほとんど他人事だった。

「あなたのデジカメには四体の『ＡＭＣＣ』から一体ずつ減っていく写真が残っている。つまりあなたが時枝に疑惑を向けたのはそのあたりからだったんでしょう。俺と一緒に工房を訪ねたときにはまだ確信がなかったんだと思います」

「ちょ、ちょっと……。代官様、あなた、私のデジカメまで覗いたの。もしかして監察官室の人？」

監察官室は警官の不祥事を内偵する部門を請け負っている部署だ。もちろん代官山とは無関係だ。

「しかしあなたは時枝の犯行に確信を強めていく。たとえば時枝は最近、頻繁に検査や治療で一泊とか二泊程度の短期入院をしていました。彼女のかかっている病院に知り合いのナースがいるんですが、時枝の入院日の確認を取ってみたんですよ。一連の事件は彼女の入院日からすべて外れているんですね。俺がそれに気づいたのは数時間前ですけど、あなたはずっと前に把握していたはずです。おそらく松浦妙子、もしくは岩波哲夫のときには、あなたは時枝の犯行であることを確信していたと思いますね。人形の数も事件の起こるタイミングに合わせて減っていたわけですから。ただ次に誰が殺されるかまでは予測できない。悪意のバトンが誰の手に渡るかまではいくら黒井さんでも窺い知れないことです。今日の昼の時点で俺たちが着目していたことは、岩波哲夫から受けた鳥海尚義のストレスが誰に向いたかでした」

「あなたの言う悪意のバトンが誰に渡ったか、ね」

「ええ。今度はそいつが被害者になる可能性が高い。それが俺たちにはまったく見当がつかなかった。あなたはとっくに分かっていたんでしょうけどね」

思えば代官山が前園時枝に着目した一番最初のきっかけは今日の昼、黒井マヤのバッグの中に入っていた文庫だった。そして飯島から出たクリスティのフルネームが『AMCC』の意味につながった。そしてインディアン人形の数とその意味……。半信半疑で調べた前園時枝の情報。パズルのピースが次々とはめ込まれ、まったく見えなかった全体図が徐々に形を成していった。そして残すところ空白のピースはあと一つとなった。

――鳥海が前園とどうつながるのか？

「前園時枝を調べていたら西川英俊という人物が上がってきました。二ヶ月前、彼は交通事故を起こします。事故の原因は西川の飲酒運転です。そこで勤務していた保険会社で彼の履歴書を見せてもらったんです。それには彼のプロフィールが書き込まれてました」

「当然よね。履歴書だもの」

「西川は俺と同じ高校だったんです。浜松西校。だからすぐにピンときました。あの鳥海尚義も同じなんです。さらに生年月日を見ると二人は同学年でした。ただちに同窓会名簿を確認したら案の定でしたよ。西川と鳥海はクラスメートだったんです」

つながった。

この瞬間、頭の中のパズルに最後のピースがはめ込まれた。

「時枝が言っていたバタフライ・エフェクトですよ」

「風が吹けば桶屋が儲かるってやつね」

「荒木から回ってきた悪意が巡り巡って西川に飲酒運転をさせることになった。そしてそのバトンは最後の人間に渡ります。人の悪意はいつだって弱い方弱い方へ流れていく。その行き着く先は本当の意味での弱者です。今回のそれは幼い子供でした。西川の起こした事故は救急車の到着を大幅に遅らせた。それによって助かるはずの小さな命が助からなかった。その子供が誰か、黒井さんも既に知ってますよね。俺よりも先に分かっていたはずだ。前園遊真。前園凜子の息子であり、時枝の孫です。息子を失ったことで凜子は自らの命を絶ってしまう。焼身自殺です。時枝はこうなってしまったすべての因果を憎んだ。そして復讐に向かったんです。彼女にとって殺す順番をバトンが渡っていく時系列どおりにしたのは賢明でした。少なくとも荒木から鳥海までは時枝とまるで接点のない人間ですから警察も時枝にたどり着けません」

黒井マヤは耳たぶをいじりながら退屈そうに話を聞いている。

「黒井さん。あなた、刑事の道を選んだのは父親の影響と言いましたよね」

「ええ。そうよ」

「本当はもっと他にあるんじゃないですか？」

「何があるって言うのよ」

「エムズショップってご存じですよね？」

代官山が唐突に出した店の名前を聞いてマヤが眉をひそめる。彼女が深夜に立ち寄っていた猟奇マニア専門ショップだ。後で調べて分かったことだが全国的にもマニアの間では有名な店らしい。

「まさか、バッグの中身だけでなく私の行動まで監視してたの？」

「言っておきますけど俺は監察官室の人間じゃないですからね。そんなエリートじゃありません。それはともかく……たしかにあなたがあの店に出入りしているところは確認しました」

代官山が彼女の顔を覗き込もうとすると、唇を尖らせて視線を逸らした。

「黒井さん。あなた、犯人逮捕なんてどうでもよかったんでしょ？」

「どういう意味よ」

「あなたの興味は事件解決じゃない。殺人現場だ。殺人現場を見たいがために捜査一課の刑事になった。あのときはうまくやりすごされちゃったけど、松浦妙子の歯を拾いましたよね。俺は地面に落ちていたガイシャの歯を拾ってポケットに入れるところをはっきりと見たんだ。そして佐原伸子の爪」

マヤは表情を変えずに聞いている。代官山はおかまいなしに続けた。

「コレクターなんでしょ。殺人現場からホシやガイシャの遺留品をこっそり持ち帰って集めている。きっとあなたの部屋にはマニア垂涎《すいぜん》のアイテムが並んでいることでしょうね。そして皮肉なことに、あなたはおそらく刑事としても超一流だ」

「何よそれ？　責めてんだか、褒めてんだか分からないわ」

マヤが鼻で笑う。

「神田さんが見抜いてましたよ、あなたの刑事としての素質をね。あなたは数日前の時点で、犯人もその動機も事件のプロセスもほぼ把握していたはずだ。しかしそれを上には報告しなかった。犯人を逮捕してしまえば、以降殺人現場は生まれない。あなたは前園時枝に最後まで犯行を遂げさせたかった。あなたが見たかったのはあくまでも殺人現場。黒焦げになった焼死体だった」

ダリオ・アルジェントの映画や暗黒人形展などから、ホラーやオカルト好きの女性くらいに思っていた。しかし実際のマヤは被害者の体の一部や遺留品を集めるほどの筋金入りだったのだ。当初、まさかそこまでとは思いもしなかった。

二人の間にしばらく沈黙が続いた。やがてマヤがゆっくり顔を向けると、

「もしそうだとしたら？」

と冷ややかな目で代官山を見つめながら言った。

「ホシを含めれば十一人も亡くなったんですよ。あなたがもっと早くに上に報告していればガイシャを減らすことができたんだ！」

代官山は興奮のあまり拳骨を自分の膝にぶつけた。しかしマヤは表情を変えない。

「それでどうするつもり？　私みたいな小娘が千里眼の持ち主で、ベテラン捜査員の皆さんが見通せなかった真相を早々に看破してたっていうの？　誰が信じるかしら」

マヤが肩をすくめる。

「少なくとも神田さんは信じますよ。あと飯島さんもね」

「仮にそうだとしてもパパが許さないわ」

「どういうことですか？」

「パパは私のことが大好きなの。だからどんな理由であろうと私を貶《おとし》める人間を許さない。それは代官様も神田さんも、一課長も刑事部長も例外じゃないわ」

「脅しですか？」

代官山の問いかけにマヤは首を横に振った。

「そもそも私が誰よりも早く、犯人に行き着いていたなんて代官様の思い込みよ。あなたはすべて一人で推理をして前園時枝を割り出した。私が工房を訪れたのも、作品を写真に撮ったのもすべて偶然。文庫本もそう。私が読み始めた本がたまたま前園時枝の作品につながっていただけよ」

「そんなのあり得ない。俺が前園時枝に行き着いたヒントはすべてあなたから得たものだ」

クリスティの文庫本だって、『ＡＭＣＣ』の意味に気づいたからこそ彼女は読んでいたのだ。作品を読んでマヤは時枝の意図を確信したはずだ。しばらく代官山にはそれが休憩時間の読書にしか見えなかった。彼女はそんな相棒を横目に推理を展開していたのだ。

「それに他にもいろいろ調べてますよね。愛知県警に行って何を調べたんですか？　この事件に関係することですか？」

マヤは代官山と四六時中、行動を共にしているわけではない。時々、代官山から離れて何かを調べている。彼女は別件だと言うが、今の代官山にはそうは思えない。

「まだ分からないことがあります。時枝の言っていた女って誰なんです？　遊真に反射光を当てた女です。さらに燃えている時枝に向かって言いましたよね。『本当の真相も知らずに死んでいくなんて可哀想だ』って。本当の真相ってなんですか？」

「もうやめましょう。すべては代官様の妄想に過ぎないわ。あなたが自力で事件を解決した。それでいいじゃない」

マヤが代官山を見上げてほんのりと微笑む。妄想だと突っぱねられると返す言葉がない。

「マヤ！　ちょっと来てくれ」

展望台の屋上から神田が顔を突き出して彼女を呼んだ。彼女は「呼んでるから」と上を指さして、そのまま階段を駆け上がっていった。

代官山脩介（30）

次の日には県警本部長、一課長、主任による記者会見が行われた。被害者の人数が二桁に届いてしまったが、犯人を死亡という形とはいえ確保できたことにより、事件解決を浜松市民に宣言することができた。

　マスコミの捜査に対する批判も苛烈を極めたが、犯人が被害者のほとんどと血縁や交友を含めた接点がなかったこと、また目撃情報が乏しかったことなどから、難航するのは致し方なしの一点張りでなんとか乗り切った。市民も安堵したのか、警察にかかってくる抗議の電話も激減したそうだ。数ヶ月もすれば人々は警察の失態はもちろん、事件のことまでも忘れていく。

　たしかに一連の放火殺人事件は前園時枝の手によるものであった。彼女の自宅からは被害者たちの自宅を記したマップや家屋の写真が見つかった。彼らの行動を観察したメモも押収されている。警察発表が行われてから、前園時枝を現場近くで目撃したという証言もいくつか寄せられた。目撃した当時は品の良さそうな初老の時枝を怪しい人物とは思いもしなかったという。また今さらながら前園凜子と思われる女性の目撃情報も上がってきた。

「今頃、遅いっつうの」

　飯島が憎々しげに言う。これらの証言が早い段階で上がっていたら、あるいは展開が違っていたかもしれない。今回、警察は運にも恵まれなかった。その後もいろいろと裏付ける証拠が上がり、一連の放火は前園時枝の犯行で決着した。

　しかし腑に落ちない点がいくつかあった。

　まずは時枝の実娘である前園凜子だ。彼女は救急車が遅れた原因を遡って調べていた。時枝が言った「朝早くから夜遅くまで、時には夜を徹して取り憑かれたように何かを調べていた」とはそのことである。凜子も息子が死ぬことになった因果のすべてを憎んでいたはずだ。それは時枝以上だったはずである。しかし彼女は手を下さなかった。それどころか自ら火をかぶって自殺を図っている。

この点が分からない。

どうして彼女はそんな苦しい思いをして死ぬ必要があったのか。自殺の方法なら他にもいくらでもある。自殺者は年々増えているが焼身自殺は稀だ。

「自分自身に苦しみを与えるということは、やっぱり自らを罰するためじゃないのか」

飯島が解釈を傾ける。時枝もあの展望台の上で同じようなことを言っていた。どんな状況であれ子供を死なせてしまうのは母親として何にも代え難い落ち度だと。

しかしそれでも腑に落ちない。息子が死んだのは救急車が遅れたからだ。その遅れの原因となったのは西川の飲酒運転である。彼女に母親としての落ち度があったとは思えない。何をもってして息子の死は自分のせいだと考えたのか。それも凜子はその因果を遡ってまで調べ上げたのだ。

そしてもう一つ。

遊真を滑り台から落とした女だ。凜子が言うには公園の林の陰から女が鏡の反射光を遊真に向けていたらしい。遊真はその眩しさで安定を失い滑り台から落下したのだ。その女は明らかに意図的であったという。しかしそれが誰であるのか時枝はつきとめることができなかった。

凜子はどうだったのだろう？

彼女は女を特定できたのだろうか？　それに時枝が言っていた「自殺前日の早朝に凜子は

『とても強い決意を秘めた目をして』家を出て行った」という話も気になる。時枝はその決意は自殺することではないと言った。何か前向きで大きなことをやり遂げると決意したときの目だと強調していた。

①遊真に反射光を当てた女は誰なのか？

②凜子はなぜ焼身自殺を図ったのか？

③凜子が強い決意で「やり遂げたこと」とは何なのか？

代官山は疑問点を手帳にメモした。頭の中で完成したと思っていた全体図に新たに三つの空白が虫食い状に浮かび上がった。しかし警察は①から③までの代官山の疑問に対して合理的解釈を求めていない。死亡とはいえ犯人が確保された。動機も一応の筋が通っている。そして何より放火殺人事件は今後続かない。詳細部分は多少詰めなければならないが、今のところそれで充分なのである。

そうしたところに黒井マヤが通りかかった。

「黒井さん！」

代官山が声をかけると彼女は立ち止まって振り向いた。県警捜査一課の連中は書類など残りの仕事を終えると本部のある静岡市へと帰っていく。もちろんマヤも本部の人間なので例外ではない。代官山は手帳を見せて自分の三つの疑問を伝えた。

「そろそろ教えてくださいよ。時枝に言っていた本当の真相って何なんです？」

「まだそんなことやってるの？　まさか前園時枝が本当の意味での犯人とか思ってんじゃない

でしょうね？」

とマヤは手を腰に当てながら苦笑する。

「え？　本当の意味での犯人って？」

「どんだけ推理力ゼロなのよ。正義感ばかり百点満点でも、真相には一ミリも近づけないわよ」

時枝が本当の意味での犯人でないとしたら……他に犯人がいるということになる。代官山のパズルにまた一つ虫食いが増えた。全体図を空白にしてしまうほどの大きな穴だ。

「本当の犯人って誰なんですか？」

「所轄はヒマでいいわね。どうだっていいじゃない、そんなこと。とりあえず事件は解決した。真相なんて分かる人にだけ分かればいいのよ」

少なくとも代官山は「さっぱり分からない人」だ。

「そういうわけにはいきませんよ。特に①の女のことは前園時枝から託されたんですから」

「じゃあ、一緒に行く？」

マヤがうんざりしたような顔で親指を署の玄関に向けた。

「はあ？」

「『はあ？』じゃないわよ。あなたの謎解きにつき合ってあげるって言ってんの」

「つき合うって、本部に帰るんでしょう？　そんな時間があるんですか」

「時間なんてないわよ。所轄さんと違って忙しいんだから、こっちは。だからチャッチャと終わらせるわよ」

「チャッチャって……。やっぱり黒井さんは真相を知ってんじゃないすかぁ」

「あなたがガキみたいにうるさいからよ」

やはり彼女は一連の事件の真相を把握していた。ただウラを取っていないだけのようだ。

「ただし条件があるわ」

マヤが人差し指を立てる。

「何ですか？」

「謎が解明できたら、今度は私の行きたいところにつき合ってもらうわよ」

「いいですよ、それくらい」

代官山は受け入れた。真相のためならお安いご用だ。

「じゃ、レッツラゴーよ」

「どこへ行くんです？」

「本当に何も分かってないのね。蒲郡よ」

蒲郡市は静岡県の隣、愛知県にある。そういえば最近、蒲郡市が話題に出てきた。そうだ。

前園時枝の隣人に話を聞いたときだ。以前、前園凜子が蒲郡市にある病院に勤務していたと言っていた。凜子は看護師だったという話だった。

二人は車に乗り込んで蒲郡市まで走らせた。東名高速道路の浜松西インターから音羽蒲郡インターまで三十分ほどの距離である。代官山がマヤのナビで向かった先は蒲郡市内にある歩道橋だった。道の脇に車を止めると、マヤは代官山に一枚のコピー用紙を差し出した。そこにはローカル新聞の記事がコピーされていた。ざっと目を通す。

『蒲郡聖心病院の高梨清彦医師（34）が歩道橋の階段から落下して死亡』と見出しが打たれていた。高梨医師は蒲郡聖心病院のオーナーの一族である。その彼が深夜に歩道橋の階段から足を滑らせて転げ落ちた。解剖の結果、血中から高い濃度のアルコールが検出されており、直前まで行きつけのバーで飲みかなりの泥酔状態だったという。事故はその帰り道で起こったようだ。

「仕事が終わってからそのバーに立ち寄るのが彼の日課だったそうよ。なんでもそのお店に勤めている女性が目当てで通っていたみたいね。彼は木曜日が非番だから、水曜日の夜にはかなりの酒量になるそうよ。お店から自宅までは徒歩圏内だから酔い覚ましに歩いて帰るわけだけど、その途中に大きな歩道橋があるの。それがここ」

マヤが目の前の歩道橋を指さした。四車線にまたがる歩道橋で、階段は急で段数もかなり多い。上るだけで息が切れそうだ。

「当日は雨がやんだ直後だった。彼は雨がやむまで店の中で酒を飲みながら待ち、やんだのを確認してから店を出たそうよ。つまり路面は濡れていたわけ」

「なるほど。泥酔して滑って、階段を転げ落ちたわけですね」

代官山は階段を見上げる。この急な角度と高さから転げ落ちたらひとたまりもないだろう。

案の定、頸骨《けいこつ》を折って即死だったそうだ。

「じゃあ、行きましょう」

「ちょ、ちょっと……。行くってどこへ？」

「高梨清彦が勤務していた蒲郡聖心病院のことを調べによ」

「さっぱり訳が分からない。それと放火事件とどんな関係があるんですか？」

「それを確かめに行くの。さっさとついてきなさい」

蒲郡聖心病院は歩道橋から車で五分足らずの距離にあった。建物は六階建てで、思っていた以上に大きい。それなりに年季は入っているようだが、鉄筋の重厚な造りになっている。しかし代官山の車はその病院を素通りした。マヤの指示で向かった先は小さな喫茶店だった。中に入ると一番奥に座っている若い女性の席に近づいた。

「静岡県警捜査一課の黒井マヤです。藤本真紀さんですね」

マヤが声をかけると藤本なる女性は立ち上がり頭を下げた。どうやらここで待ち合わせをしていたらしい。そういえばここに来る前に中部署で誰かに電話をかけていた。

「すみませんね。お忙しいのにお呼び立てしてしまって」

マヤが恐縮そうに頭を下げると藤本は「いえいえ」と顔をほころばせた。感じのいい女性だ。

「こちらは浜松中部署の代官山です」

マヤが代官山を紹介する。代官山は初めましてと名刺を渡した。

「藤本真紀と申します。それで、私に何を聞きたいのですか？」

名刺を受け取った藤本が代官山にさっそくといった風情で尋ねてくる。しかし代官山には事情がまるで摑めない。

「ええっと。藤本さんは以前、蒲郡聖心病院にナースとしてお勤めだったんですよね？」

隣に座っているマヤが質問を向ける。

「ええ。でもつい最近辞めました」

「それはどうしてですか？」

マヤが尋ねると藤本は露骨に顔をしかめた。

「セクハラです。亡くなった人に唾を吐きかけるようなマネはしたくないんですが」

「なるほど……」

マヤが頷く。どうやら藤本は生前の高梨医師にセクハラを受けていたらしい。辞めたのもそれが原因だ。彼女の表情には嫌悪が浮き出ている。よほど生理的に受け付けない男性だったのだろう。

「高梨先生の評判というのはどうだったんですか？」

「正直言って、私たちナース仲間の間では芳《かんば》しくなかったです。医学部もお金を積んで入ったようなボンボンでしょう。若いナースにちょっかいばかりかけて肝心の仕事の方はさっぱりでした。ドクターとして明らかに能力不足というか。他のドクターは熱心なのに高梨先生はあまり勉強してなかったですね。だからミスも多かったです。でもそれもすぐに私たちスタッフのせいにされちゃうんですよ。オーナー院長の息子で跡取りですからね。刃向かうなんてできませんでした。私もそれで嫌になって辞めちゃったわけです」

藤本はストローに口をつけてアイスコーヒーを啜った。

「ところで以前勤めていた前園凜子さんっていう女性を知ってますよね？」

前園凜子？　彼女が蒲郡の病院に勤務していたと前園時枝の隣人が言っていた。それが藤本の勤務する病院だったのだ。

「ええ。でも彼女がここを辞めてから何年もたちますよ。それ以来会ったことがありません。どちらにしても彼女とは担当科が違うので親しくしていたわけじゃありませんけど。ちょっと前に自殺しちゃったんですよね。人づてに聞いたんですがビックリしましたよ。お子さんを亡くしたショックですってね」

「今日は主に彼女のことを聞かせてもらいたいと思って浜松から参りました」

「もしかして、高梨先生の医療ミス疑惑のことですか？」

「医療ミス疑惑？」

代官山が目を細める。しかしその話がどう事件につながるのかこの時点でも読めなかった。

「前園さんが辞める直前だから四年くらい前かな、高梨先生が担当した乳幼児患者が亡くなってしまうという事故があったんです。そのときの担当ナースが前園さんでした。立ち入り調査も入ったんですが、病院側のミスにはなりませんでした。その頃から私たちの間でも噂になっていたんですよ。前園さんが高梨先生をかばって嘘の証言をしたんじゃないかって。赤ちゃんを亡くしたお母さんは気の毒でしたよ。半狂乱になっちゃって、とても見ていられなかったです」

藤本が痛ましそうな顔をしながらもコーヒーを啜った。

「つまり高梨先生の医療ミスでその赤ちゃんが亡くなった、そしてその事実を前園凜子が隠蔽したと？」

「確証はないですよ。真相は先生と前園さんしか知り得ないことですから。でも、一部のスタッフはそう噂してました。私もあの先生ならそういうミスをするかもしれないって思いました。それから間もなくでしたよ。前園さんがこの病院を辞めてしまったのは。きっと自責の念に堪えられなくなったんだってみんな言ってましたよ。その彼女が今度は自分の子供を失うことになる。そして自殺する。先生は先生で歩道橋から転げ落ちて亡くなった。皮肉ですよね。正直ここだけの話、罰が当たったんじゃないかと思います。だからあれはきっと医療ミスだったんですよ。人間が見逃しても神様は許さなかったんじゃないかな」

「あの……。最後にお聞きしたいんですが」

マヤが改まって尋ねる。

「何でしょうか？」

「亡くなった赤ちゃんの名前を覚えてますか？　こういうのって守秘義務があるってことは分かっているんですけど、実はそれがある重大事件に関与しているかもしれないんです」

マヤが説明する。調べればすぐに分かることだが、聞けるならここで聞いた方が手っ取り早い。

「別に私は全然かまわないですよ。どうせナースなんて辞めちゃいましたし。どうも私には向いてなかったみたい。不況にも強いし、もしかしたらドクターと結婚できるかもしれないと思って選んだ道だったけど、大変なわりにお給料がいいとはいえないし、ドクターと結婚どころかセクハラの対象にされるだけだし。ほんとにいいことがなかったんですよぉ」

「そうですか……。あのぉ、患者さんの名前をお願いします」

「ああ、ごめんなさい。自分のことばかりしゃべっちゃって。その赤ちゃんは篠塚隼斗ちゃんだったわ。隼斗ちゃん。可愛い名前よね」

「お子さんを亡くしたお母さんは今でも蒲郡に？」

「多分そうじゃないですかね。私と住所が近いのか、たまにスーパーで見かけますよ。でも篠塚さん、お子さんを亡くして旦那さんとの関係もぎくしゃくしちゃって。あれからすぐに離婚しちゃったんですよ。だから今は旧姓に戻っていると思います。再婚してなければね」

「そちらの旧姓はご存じないですか？」

「知ってますよ。たまたまなんですけど、苗字が私の一番の友人と同じで、名前が私の母親と同じなんです。だから忘れようがないんです。彼女の旧姓は……」

藤本が隼斗の母親のフルネームを答える。それを聞いて代官山は思わず立ち上がった。

なぜならその名前に聞き覚えがあったからだ。

そして疑問①から③までの三つの空白それぞれに、パズルのピースがピタリとはまった。それによって全体図は大きく書き換えられた。そして代官山は黒井マヤの言う「本当の意味での犯人」を知ることとなった。

代官山脩介（31）

代官山はデスクを挟んで女と対面していた。女は緊張した面持ちで代官山と向き合っている。ここは浜松中部警察署の二階にある取調室だ。部屋の真ん中にデスク一つとチェアー二つが置いてあるだけの薄暗くて殺風景な部屋だ。寿命間近の蛍光管が時折、明滅をくり返す。黒井マヤは壁に背中をつけて腕を組みながら女を眺めている。

藤本真紀と別れたその足で女の自宅へ向かった。女は同じ蒲郡市内に住んでいた。幸いにも彼女は在宅していた。警察手帳を見せると女の顔は強張った。代官山が浜松市の所轄刑事だと明かすと、彼女はどこかでそれを予感していたかのように二度ほど頷いた。

六月一日に和地山公園で、鏡の反射光を滑り台の子供に向けていたことを玄関で問い詰めた。シラを切るかと思ったが、彼女はあっさりと認めた。そこで代官山たちは任意同行という形で女をここに連れてきたのだ。

「隼斗は私にとってかけがえのない宝物でした。私の生きる希望のすべてだったんです」

女は虚ろな瞳を向けながら話を始めた。

「四年前のことです。隼斗が高熱を出したので病院に連れて行ったんです。蒲郡聖心病院です。あそこは大きいし蒲郡では昔からある病院なので信頼しきってました。なのに隼斗は戻ってきませんでした。病室で突然容態が急変して亡くなったというんです。病院側に説明を求めても難しい医学用語を並べ立てるばかりで訳が分かりません。最終的には原因不明の乳幼児突然死症候群という診断がつけられました。納得のいかない私は裁判まで起こそうとしましたが、彼らの主張を覆すだけの根拠がありません。結局、病院の主張を受け入れるしかありませんでした。それから夫との関係もこじれました。隼斗の死の責任を互いになすりつけ合いながら罵り合いました。二人ともおかしくなっていたんです。私たちはそれから間もなく離婚しました」

ここで女は大きくため息をついた。虚ろな目は徐々に赤みを帯びてきている。

「それからしばらくして、匿名の手紙を受け取りました。書いたのはあの病院のスタッフの誰かのようです。隼斗の死は担当医師の医療ミスの可能性が高いという内容でした」

「担当医師とは高梨清彦ですね」

「ええ、そうです。高梨はあの病院のオーナー一族の人間です。病院がらみでかばってるというんです。隼斗を担当した看護師は前園凛子という女性でした。彼女が高梨をかばうためにカルテを改竄《かいざん》したり嘘の証言をしたのではないかと手紙には書いてありました」

「でもその文面だと差出人も確信を持ってないようですね」

「あの病院のスタッフの間でそういう噂が流れていたというんです。そして当時、高梨医師と前園凛子は男女の仲だったという噂があったこともその手紙は教えてくれました」

「そんな噂があったんですか」

高梨と前園がつき合っていたことは藤本も知らなかったようだ。もし知っていたらあの喫茶店でしゃべっていただろう。そう考えると手紙の主は藤本ではないようだ。他の病院スタッフだろう。その人物は義憤に駆られてこの女に手紙を寄こしたに違いない。

「私も病院側が何かを隠しているだろうという予想はついてました。でも、手紙の内容もすべては憶測や噂のレベルに過ぎません。これだけではとても告発の材料にはならず訴訟も断念せざるを得ませんでした」

弱々しかった女の瞳に鋭利な光がよぎった。

「それでも私は何とか立ち直ろうとしました。とはいえ子供を亡くした喪失感というのは想像を絶するものでした。愛する者を失うということの本当の意味を思い知らされました。これは経験した者じゃないと分からないでしょうね。一時は息子の後を追おうかと思ったこともあります。でもそんなことをしたところで何にもなりません。むしろ私は息子の分まで生きてやろうと思ったんです。息子の分まで人生を楽しんでやろうと。そうすることで息子の無念に報いてやれるんじゃないかと、そう思ったんです。

それから四年が過ぎました。私は学生時代の友人に会いに車で浜松に来ていたんです。その帰り道、たまたま大きな公園の前を通りかかりました。そこである女性を見かけました。誰なのかすぐに分かりました。四年がたっていようと彼女の顔を忘れるはずがありません。隼斗を担当したナースの前園凛子でした。驚いたことに彼女は子供を連れていました。私から隼斗を奪ったかもしれない女があれから子供をもうけていたのです。そのときの私の気持ちはうまく表現できません。体内に熱く濃い黒煙が立ちこめて広がっていくような。とにかく私はいてもたってもいられなくなりました。あの女から子供を奪ってやる！　私が味わった思いをあの女にもさせてやる！　平穏な生活を取り戻していた私に突然降ってわいた衝動です。気がつけば私は鏡を子供に向けていました。おそらくそのときは殺意があったんだと思います。やがて子供が滑り台から落ちました。頭から落ちました。母親はパニックになり、野次馬が集まってきました。誰かが病院に電話したのでしょう。遠くの方で救急車のサイレンが聞こえてきました」

女の口調には熱がこもっていた。今や瞳はギラギラと輝き、この部屋に入ってきたときの弱々しさは微塵もなかった。不敵な笑みを浮かべる表情には狂気すら窺える。あの展望台の上で時枝が見せた表情と同じだった。これが理不尽に子供を失った母親の顔なのだ。

「救急車が到着すれば子供は助かってしまう。あのときは、させてなるものかという思いに支配されていました。後先のことなんて考えてなかった。私は鬼になっていました。気がつけば車に乗ってサイレンのする方向に向かっていました。そして交差点で事故を起こしました。営業車が交差点を通過したところで意図的にぶつけたのです。救急車は進むことも戻ることもできなくなりました。営業車を運転していた男性は直前まで居酒屋で飲酒していたようです。事故の責任はほぼすべて彼が負うことになりました。皮肉ですよね。ぶつけたのは私の方なのに。私は誰にも責められることなく自分の思いを遂げられました」

女はどこか投げやりに鼻で笑ってみせた。

「そのときはどんな気持ちでしたか？　村越早苗さん」

代官山は女の名前を呼んだ。そう、藤本が告げた篠塚の旧姓は村越だったのだ。

村越早苗。

代官山はこの名前に憶えがあった。交通課で事故のことを調べたとき、調書には西川英俊と一緒にこの女性の名前が記されていた。西川の運転する営業車と衝突した車のドライバーである。そしてメモ帳に記した①の疑問「遊真に反射光を当てた女は誰なのか？」の答えである。

「正直、虚しかった。何の達成感も満足もありません。かといって罪悪感があるわけでもない。いずれ今度は前園凜子が復讐にやってくると思ってました。しかし彼女はそうすることなく自分で命を絶ってしまった」

ここに②の疑問の答えがあった。なぜ前園凜子は自分自身に火を放って苦しんで死んだのか？

おそらく村越早苗の名前を聞いた当初、凜子はそれが隼斗の母親であることに気づかなかったのだ。医療ミス事故当時、母親は篠塚の姓を名乗っていたからだ。むしろ凜子が注目したのは西川の方だった。彼は飲酒運転をしていた。これが事故の原因そのものだという先入観を凜子にもたらした。その時点で村越という女性は調査の対象外になったのだ。凜子の憎悪は西川と彼を飲酒させた因果に関わった人間たちに向けられた。彼女は因果を遡って徹底的に調べ上げている。もしかしたら凜子自身が彼らに復讐を果たそうと考えていたのかもしれない。

しかしそうはならなかった。おそらく彼女はその後、何らかの形で篠塚早苗の旧姓に気づいたのだ。そうなればこの事故が西川の飲酒が直接的原因でないことは想像がつく。

――村越の故意によるものだ。

そう結論づけた彼女は絶望した。息子を亡くした元凶は自分がかつて荷担した医療ミスの隠蔽だったのだ。あのとき自分が正直に打ち明けていれば、彼女は遊真に鏡を向けなかったかもしれない。罰が当たったのだ。

――息子は自分が殺したも同然だ。

そう自分を責めた母親がどうやって折り合いをつけるか。彼女は自分に最大限の苦痛を与えて息子の後を追った。

そしておのずと③の疑問の答えも見えてくる。

凛子が強い決意で「やり遂げたこと」とは何なのか？

凛子は自殺する前日、何か強い決意を秘めた目をして家を出ている。母親の時枝は「あれは決して自殺をしようという決心ではない」と強く主張していた。彼女が三ヶ日の山中で焼身したのは次の日の早朝である。そして高梨医師が例の歩道橋から落下して死亡したのがその数時間前の深夜だ。

愛知県警は事故として処理したようだが、果たしてそうだろうか。凛子にとって高梨医師は男女の関係にあったとはいえ、息子を失う元凶となる医療ミスを引き起こした張本人だ。彼がミスを起こしたことで、巡り巡って前園遊真が死ぬこととなった。

泥酔している人間を背後から突き飛ばすことくらい非力な女性でも充分に可能だ。それにあの時間帯になると人気がほとんどなくなる。現に目撃証言はひとつも上がっていない。

「一連の放火殺人事件はご存じですよね？」

「もちろん知ってますよ。あの子供のおばあちゃんが犯人だったのね。テレビで知って驚いたわ。あれだけ大騒ぎになった放火殺人事件の原因が私にあったなんてね。私が公園であんなことをしたから、犯人を含めて十一人もの人間が焼け死ぬことになったのね」

いつの間にか村越は表情を消していた。そこには喜怒哀楽が窺えない。感情を抹殺でもしないと、こんな過酷な現実と向き合えないのだろう。

前園時枝は医療ミス隠蔽のことを凜子から聞かされていなかったようだ。だから時枝も村越早苗のことは眼中に入れなかった。

時枝が言っていたバタフライ・エフェクト。蝶の羽ばたきが巡り巡って地球の裏側でハリケーンを引き起こすというカオス理論だ。代官山たちは勘違いをしていた。荒木カップルの恐喝が蝶の羽ばたきで遊真の死がハリケーンだと思っていた。しかしパズルピースが完全に収まった完成図はまったく違う絵柄を描いていた。蒲郡市で起きた篠塚隼斗の死が蝶の羽ばたきで、浜松での連続放火殺人がハリケーンだったのだ。

そのことを村越に話すと彼女は、

「隼斗の死も遡ればさらに原因があるかもしれません」

と言った。相変わらず能面のような表情だった。

たしかにそうかもしれない。時枝が言っていた。何事にも原因があると。篠塚隼斗を死なせてしまった高梨医師のミスを引き起こした原因が思いがけないところにあるのかもしれない。それをずっと遡っていけば誰かがクシャミをしたとか、石につまずいて転んだとかそんなことかもしれないのだ。

黒井マヤと目が合った。彼女は村越の前で背伸びをしている。

「あーあ、終わっちゃった。もうちょっと楽しませてほしかったわねー」

黒井さんっ！

代官山脩介（32）

「『カフェオレ・クリームリッチ』でしょ！」

代官山が、中部署二階廊下に設置された自販機にコインを入れようとすると、背後から女の声がした。振り返ると黒井マヤが立っていた。

「代官様はいつもそれよね。ミルクがいっぱい入ってないと飲めないなんてどんだけお子様なのよ」

「まだいたんですか。てっきり本部に戻ったと思ってましたけど」

代官山はコインを入れてボタンを押した。ブラックコーヒーにしようかと思ったが、こんなことに意地を張ったところで何になる。

「これから出るところよ。名残惜しくてしょうがないって顔してるわね」

してねえよ。

「満足だったでしょ？　黒井さん」

代官山はもう一つカフェオレを取り出すとそれをマヤに向かってポンと投げた。彼女は片手でそれをキャッチしながら、「私はブラック派なんですけど」とつぶやいて、

「何がよ？」

と聞き返した。

「殺人現場をいっぱい見られて」

「またそれを言いますか。代官様の妄想よ」

「そうですかね」

「そうよ。だいたい私みたいな小娘が、あんな早い段階で真犯人とその動機やら手口まで見通せるわけないじゃない。エスパーじゃないんだから」

「変なところで謙遜するんですね」

黒井マヤは人並み外れた洞察力の持ち主だ。凜子のナース時代のことも見落とさなかった。実行犯の時枝ですら知り得なかった真相まで見通していた。結局、時枝は見当違いの放火殺人をくり返していたことになる。被害者たちは恐喝や不倫やパワハラ、飲酒運転など大人としてのモラルに問題があったが、殺されるようなことは何もしていない。実に気の毒な十人である。

黒井マヤの能力はもはや千里眼といっていい。しかしその卓越した能力で捜査に貢献しようとしない。それどころか刑事としての正義感を欠片ほども持ち合わせていない。

黒井マヤの興味はあくまで殺人現場。そのために彼女は捜査一課の刑事になった。刑事は殺人現場に直接立ち入ることのできる数少ない職業だ。それは彼女にとっては何にも代え難い特

権でもある。

死体に凶器に数々の遺留品。現場は猟奇マニアたちにとって宝の山なのだ。犯人が捕まれば殺人現場は生まれない。だから彼女は誰よりも早く突き止めた真相を口外しない。そっと胸の内に秘めておく。

「私のことを上には報告しないの？」

「ええ。どうせ報告したところであなたのお父上に握りつぶされますから」

「あら。少しは身の程をわきまえたようね」

マヤはにこやかに微笑んだ。その顔はまだ大学生でも通りそうだ。こんな小娘が自分の上司だったとはまだ信じられない。しかし、これほど有能な上司が他にいたであろうか。

「外に車を待たせてあるから。そろそろ行くわ」

「とりあえずお元気で」

代官山は敬礼をして笑顔を返した。

「あのさ。約束守ってよ」

マヤが髪の毛を指先に巻きながら上目遣いに言った。

「何でしょう？」

「約束したでしょ。謎が解明できたら私の行きたいところにつき合ってくれるって」

代官山は「ああ」と頷いた。約束した以上、果たさねばなるまい。

「この前、ダリオ・アルジェント監督の話をしたよね」

たしかオカルト映画『サスペリア』の監督だ。あまりにもマヤが熱っぽく語ったので、代官山もちょっとだけネットで調べてみたが、殺人現場をこよなく愛する猟奇趣味の黒井マヤがいかにも好みそうな映画監督だ。

「今度、静岡のミニシアターで彼の幻の名作といわれる『４匹の蠅』がデジタルリマスター版で上映されるの。というわけでつき合ってもらうわよ」

そう言いながらマヤは映画のチケットをバッグから二枚取り出した。恐怖でゆがんだ女の顔の隣では男が何者かによって首を絞められているデザインだ。ちっとも愉快じゃない。

「ダリオですかぁ」

代官山は顔をしかめる。猟奇ものは好まないし、そもそも作品があまりにもカルトすぎる。四十年近くも前のイタリア映画というのも微妙なところだ。とても楽しいデートになるとは思えない。

「つき合う以上は結婚を前提としてもらうわよ」

代官山はコーヒーを吹きそうになった。

「な、何なんですか、いきなり」

「だってダリオを一緒に観るんだから当然でしょ」

「意味分かんないですよ」

「知らないの？　一緒にダリオを観たカップルは結ばれるのよ。私はね、運命の男としかダリオを観ないことにしてるの。もちろんあなたもそのつもりだからＯＫしたんでしょう」

「い、いや、そんなの聞いたことがないっすよ」

黒井マヤはきわめて真顔だ。結ばれる男とダリオって……どんな都市伝説なんだよっ！

「あなた、こんな美人のプロポーズを断るなんてどんだけ草食系なのよ」

「だっていきなり結婚なんて……。それに俺、ジョニー・デップじゃないし」

たしかに彼女は美しい。こんな女性を妻にめとれば友人たちも羨ましがるだろう。しかし凶器や遺留品コレクションに囲まれた殺人現場みたいな部屋で暮らすことを想像すると躊躇してしまう。

「どうせあなたなんかコネでもない限り、未来永劫、出世できないんだから好都合じゃない。パパがあなたを幹部にしてくれるわよ。一生こんなクソ田舎のおまわりさんで満足なの？」

結婚願望が強いとは聞いていたが、どうやら彼女は本気らしい。

「そういう問題じゃなくて……」

「あのね。私に恥をかかせるつもり？　嫌なら嫌で結構よ。そういえば天竜の山奥の駐在所が人手不足だって署長さんが言ってたわね。あそこは空気もいいからのんびりできるわよ。殺人なんて数百年に一回しか起きないんじゃないの」

マヤが腕を組んで顔を見上げながら睨め付ける。仄かに残った少女っぽさが可愛らしい。肌も陶器のように白くてなめらかだ。性的な魅力も充分といえる。高飛車な性格と筋金入りの猟奇趣味にさえ目をつぶれば相当に条件のいい結婚相手だ。「それもありかな」という考えが頭の中をよぎる。

「す、少し考えさせてください」

代官山は言葉を詰まらせながら答えた。さすがに即決は無理だ。

「ああ、じれったい。ちょっと耳貸しなさい」

マヤはひとつ大きなため息をつくと手招きして言った。

「はい？」

「いいから、耳貸して！」

膝を曲げて彼女の口元に耳を近づける。それに合わせてマヤが踵《かかと》を上げて背伸びをした。

「えっ？」

黒井マヤの唇が代官山の頬にそっと触れた。ぷるんとした柔らかな感触が頬に揺れる。代官山は頬を押さえながら彼女を見下ろした。マヤは顔をうつむけたまますぐさと離れると、

「浜松市民がパアッと派手に殺されるといいわね。そしたらまたコンビを組めるわ。楽しみにしてるわね」

とまくしたてた。顔をうつむけているので表情はよく分からないが、白磁のようだった頬は真っ赤に染まっている。それから缶を握った手をさっと上げると玄関に向かって駆けていった。

代官山は小さくなっていく彼女の背中を呆然と見送った。

黒井マヤ……。どんだけツンデレなんだよっ！

「彼女、意外とベタなキャラだろ。なあ、色男さん」

いきなり背後から肩を叩かれた。振り返ると長身の男が立っていた。神田だった。

「今の若い女は俺たちの時代とは違って妙に結婚願望が強いからな。よかったじゃねえかよ。美人のお眼鏡にかなって。お父上はいずれ警察庁長官、警察組織の紛れもないトップだ。お前の人生も安泰だぞ」

「やめてくださいよ。そんなんじゃないですから」

「あの子を泣かせたら親父さんが黙っちゃいねえぞ。『飛ばせ』の呪文の一言で僻地へ左遷だ」

神田は拳を代官山の腹部にゴリゴリと押し当てた。

「ちょ、ちょっと……。ホント、いいかげんにしてくださいよ」

「つまらん謙遜すんな。それより今回はいい仕事をしてくれたな」

「いい仕事？」

「マヤのことだよ。お前が真相に行き着いたのも、彼女に導かれたんだろ？」

神田は拳を離すと今度は腕を肘でつつく。

「まあ、そうですね」

思わず苦笑してしまう。

「またここで事件が起こったらマヤのことは頼むわ。お前の仕事はあいつの推理したことを推理することだ。今回みたいにいい仕事を期待してるぞ」

「はあ……」

代官山は生返事をした。事件が解決したのだから、たしかにいい仕事だったのかもしれない。しかしどうにも釈然としない。充実感や達成感がまるでない。

「それにあいつはまんまと盗んでいったな」

「え？　別に何も盗んでないですけど」

神田がニヤリと笑う。

「いやあ、あいつはとんでもないものを盗んでいったぞ」

「あのぉ……もしかして『あなたの心です』とか言うんじゃないでしょうね」

代官山がそう言うと、神田はいきなり顔を真っ赤にして、

「じゃあ、世話になったな。また頼むぞ」

と言うなり玄関口に向かって駆けていった。どうやら当たりだったようだ。代官山はその後ろ姿を見送りながら、

「思いっきりアニメオタクじゃねえかよ」

とつぶやいた。

神田の小さくなっていく背中を眺めていると背後に人の気配が近づいてきた。

「なんて気持ちのいい連中だろう」

「飯島さん！　あなたまで！」

「代官様よぉ。今夜はつき合えよ。今度のヤマでお前には聞かなきゃいかんことがいっぱいあんだからよ」

飯島が人差し指を向けて意地悪そうに笑って通り過ぎていった。

黒井マヤのことをどう話したらいいものかと考えあぐねて代官山はため息をついた。

刑事としての正義感ゼロ。殺人現場マニア。殺人現場を見たいがために犯人を見逃す。性格は高飛車、傍若無人。なのに千里眼の持ち主でおまけにカワイイときてる。今夜、彼女は自宅で熱いシャワーを浴びたあと、凶器や遺留品のコレクションに囲まれながらダリオ・アルジェント監督の鮮血で彩られた猟奇映画を楽しむのだろう。

「バッカじゃないの」

代官山は誰もいなくなった玄関に向かってつぶやく。

そしてまた黒井マヤとコンビを組む日が近いことを予感した。

本書は書き下ろしです。原稿枚数577枚（400字詰め）。

カバーデザイン　bookwall
カバーイラスト　ワカマツカオリ

〈著者紹介〉
七尾与史　1969年6月3日、静岡県浜松市生まれ。第8回『このミステリーがすごい！』大賞で最終選考に残った『死亡フラグが立ちました！』（宝島社文庫）で2010年7月にデビュー。同作品はユーモア溢れるミステリーとして評価され、ベストセラーになる。他の著書に『失踪トロピカル』（徳間文庫）がある。

ドS《エス》刑事
風が吹けば桶屋が儲かる殺人事件
2011年8月5日　第1刷発行
2011年11月15日　第9刷発行

著　者　七尾与史
発行者　見城　徹

発行所　株式会社 幻冬舎
〒151-0051　東京都渋谷区千駄ヶ谷4-9-7

電話：03（5411）6211（編集）
03（5411）6222（営業）
振替：00120-8-767643
印刷・製本所：中央精版印刷株式会社

検印廃止

ISBN978-4-344-02032-0 C0093
幻冬舎ホームページアドレス　http://www.gentosha.co.jp/

この本に関するご意見・ご感想をメールでお寄せいただく場合は、
comment@gentosha.co.jpまで。